中外机智人物故事大观丛书

# 智斗太守

## 中国汉族文人机智人物故事选

祁连休　冯志华　编选

河北出版传媒集团　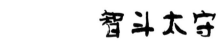河北教育出版社

图书在版编目（CIP）数据

智斗太守 ：中国汉族文人机智人物故事选 ／ 祁连休，
冯志华编选. —— 石家庄：河北教育出版社，2014.6（2022.11重印）
（中外机智人物故事大观丛书）
ISBN 978-7-5545-1219-7

Ⅰ．①智… Ⅱ．①祁… ②冯… Ⅲ．①民间故事－作
品集－中国 Ⅳ．①I277.3

中国版本图书馆CIP数据核字(2014)第128294号

| | | |
|---|---|---|
| 书　　名 | 智斗太守 | |
| | ——中国汉族文人机智人物故事选 | |
| 作　　者 | 祁连休　冯志华 | |
| 策　　划 | 郝建国 | |
| 责任编辑 | 刘书芳　张　涛 | |
| 装帧设计 | 慈立群 | |
| 出版发行 | 河北出版传媒集团 | |
| | 河北教育出版社　http://www.hbep.com | |
| | （石家庄市联盟路705号，050061） | |
| 印　　制 | 保定市铭泰达印刷有限公司 | |
| 开　　本 | 787mm×1092mm　1/16 | |
| 印　　张 | 18.25 | |
| 字　　数 | 270千字 | |
| 版　　次 | 2014年7月第1版 | |
| 印　　次 | 2022年11月第2次印刷 | |
| 书　　号 | ISBN 978-7-5545-1219-7 | |
| 定　　价 | 36.50元 | |

# 前　言

　　机智人物故事是世界各国民间故事中一个颇为引人注目的门类。这一门类的民间故事，是由一个特定的富有智慧的故事主人公贯穿起来的故事群的总称。这些故事群的主人公，有的有生活原型，有的并无生活原型，而是出自艺术虚构；有的属于劳动者型，包括奴隶型、农奴型、农夫型、村姑型、牧民型、渔民型、雇工型、仆役型、工匠型、矿工型、游民型等，有的属于非劳动者型，包括官吏型、文人型、才媛型、讼师型、艺人型、衙役型等。无论属于何种类型，这些故事群的主人公都机捷多谋，诙谐善谑，敢于傲视权贵，常以机智的手段调侃、播弄、惩治邪恶势力，扶危济困，并且嘲讽各种愚昧落后的现象，为民众津津乐道。这一类人物形象，往往在一个地区、一个民族、一个国家广为人知，成为民众心目中"智慧的化身"；有的甚至在全球传播，被誉为民间文学中的"世界的形象"。各国各民族的机智人物故事，尽管内容比较庞杂，瑕瑜并存，但大多数作品是积极的、健康的。它们大都以写实手法再现社会生活，富有喜剧色彩，蕴含着人民群众的幽默感，洋溢着笑的乐趣，具有一定的社会意义和美学价值。

　　中国的机智人物故事源远流长，蕴藏极其丰富。早在两千多年前的春秋时期，就出现过晏子这样的著名机智人物。晏子的趣闻逸事，至今仍然让人感到饶有兴味。此后的各个时期，也有不少机智人物故事流传。到了现当代，中国的机智人物故事更是层出不穷，迄今已在汉族和四十多个少数民族中发现了九百五六十个机智人物故事群。这些机智人物故事群，少则十数篇、数十篇，多则一二百篇、三四百篇，其中不乏影响较大的故事主人公，不乏精彩的、耐人寻味的篇什。从历史渊源的久远，从作品的数量和质量，从故事主人公艺术形象及其广泛的代表性诸方面来考察和衡量，中国的机智人物故事在世界范围内是不多见的。

除了中国以外，机智人物故事在亚洲、欧洲、非洲、美洲等地亦有流传。就地区而言，以亚洲较为突出；就国家而言，以土耳其、伊朗、阿富汗、印度、印度尼西亚、泰国、哈萨克斯坦、蒙古、日本、朝鲜、德国、保加利亚、罗马尼亚较为突出；就机智人物形象而言，以阿拉伯的朱哈、阿布·纳瓦斯，土耳其、伊朗、阿富汗和中亚细亚的霍加·纳斯列丁（毛拉·纳斯尔丁、纳斯尔丁·阿凡提），印度的比尔巴，印度尼西亚的卡巴延，泰国的西特诺猜，哈萨克斯坦的阿尔达尔·科塞，蒙古的巴岱，日本的吉四六，朝鲜的金先达，德国的厄伦史皮格尔，保加利亚的希特尔·彼得，罗马尼亚的帕卡拉等较为突出。

我们编选的"中外机智人物故事大观丛书"，旨在全面介绍世界各国的机智人物故事，借以引起读者对这一类民间故事的兴趣。此套丛书共有十册：《捉弄和珅——中国古代机智人物故事选》《奇怪的家具——中国汉族劳动者机智人物故事选》《智斗太守——中国汉族文人机智人物故事选》《反穿朝服见皇上——中国汉族官宦、讼师机智人物故事选》《国王有四条腿——中国西北少数民族机智人物故事选》《佛爷偷糌粑——中国东北西南少数民族机智人物故事选》《巧审"大善人"——中国云贵川少数民族机智人物故事选》《教国王的黄牛诵经——中近东、北非机智人物故事选》《巧断珍宝失窃案——亚洲机智人物故事选》《教皇中计——欧洲、美洲机智人物故事选》。本书即其中的一册。

倘若读者通过本书，通过这一套"中外机智人物故事大观丛书"，能够增进对于古今中外机智人物故事的了解，并且从中获得艺术欣赏的乐趣，我们将感到无比欣慰。

编　者

2012 年冬于北京

# 目　　录

# 丁月豪的故事

（汉族）

........................................

　　丁月豪是一位文人型机智人物。其原型丁月豪，字子常，系清末安徽怀宁县的一位私塾先生。他聪明博学，足智多谋，专门跟官府豪绅作对，替贫苦乡亲排忧解难。他的故事在怀宁一带不胫而走。

........................................

## 看 风 水

　　早春天寒，丁月豪在家无聊，便带了平日省吃俭用积下的一点儿积蓄，远走他乡，四处游山玩水。但没俩月，几两碎银便用得精光，他只得一路为人家算命，靠卜卦看风水得来点儿微薄收入勉强回家。

　　这一日傍晚，他正走在山上，心想自己不冻死，也会饿死在这里。于是他站在风中，向四处搜寻着能安身的目标。从薄雾中他隐约看见一个大宅院，想必是一个大户人家，丁月豪决定上那里去住宿。他紧跨脚步，向那大宅院走去。

　　果不出所料，如菩萨般坐在堂屋的财主，见来人衣衫褴褛，一副狼狈相，连理也不理，正要发令"送客"。丁月豪并不惊慌，他环顾四周，目光从门里转到对面房里的鸡埘①时猛地心中落定，他故作神秘地说道："老爷，我看你家公鸡清晨不叫吧？"

这一说不要紧，那财主倒着着实实地吃了一惊。他见来人还真的有点儿本事，还能算到他家的事。他家几只大公鸡天亮时确实不叫，他还怀疑是什么风水不好，正四处找地师哩，今天这个寒碜的人倒送上门来了。哎，真是人不可貌相，海水不可斗量。既然来了，你说他怎么不高兴？财主忙站起身，拱手作揖让座，家里人见老爷都恭恭敬敬地对待此人，哪还敢怠慢，连忙端茶递烟，忙得不亦乐乎。

丁月豪刚坐定，财主就迫不及待地问道："先生真不愧是位知识广博的江湖之士，敝人家中的公鸡每天早晨确实不打鸣，不知是何原因？"

丁月豪见他已入圈套，心说道：告诉你没那么容易，得叫我牵着你的鼻子转几圈。于是他故作神秘地说："这……我想想看。"

这一下又灵验了。那财主更坐不住，忙叫家人烧饭烫酒，饱吃了一顿。当夜又在热烘烘的炕上睡了一夜。

第二天早上，财主叫人早早烧好饭菜，设宴款待他，还送他十两银子。丁月豪再次吃饱喝足。财主见他很高兴，便趁机问："先生，不知现在考虑得怎么样？"

丁月豪早已做好了准备，便说道："做改很容易，把瓦匠找来，将鸡埘从东边移到西边，用石子在底下砌上五寸，还用原来的砖砌上，长五尺，宽三尺便行了。"

财主一听，忙吩咐家人找来瓦匠，经过一阵忙，终于按吩咐做好了鸡埘。财主怕他撒谎，又留他住了一夜。第三天黎明，奇迹出现了，几只大公鸡果然啼鸣了。

财主自然高兴得不得了，天不亮就起床，对丁月豪的神仙本领赞叹不已，左一口先生，右一口先生，又厚待了他一餐，才让他走。那十两银子足够他做回家的路费了。

---

① 鸡埘：在墙上筑的鸡窝。

其实，这鸡埘并不是什么风水不好，只不过是做得矮了，公鸡叫时伸不直头，当然叫不出声。经过他用石子垫上五寸，自然也就行了。所以出现了这个并非奇迹的"奇迹"。

## 捉　盗　贼

一个寒风呼啸的傍晚，丁月豪来到一个村庄。村前几棵几抱粗的参天枫树，一看便知这是一个大村庄。他又冷又饿，想进村投宿。可是，天尚未黑尽，村里却没有一个人活动，家家关门闭户，无鸡鸣狗叫。他好生奇怪，连敲几家门，里面人却大气也不敢出，足有半个时辰，他才敲开了一个长者的门。他问村里人为何这般？长者告诉他，最近夜里常闹土匪，村民们又恨又怕，只好早早地关门以防不测。

丁月豪看到这个大村子一户挨一户，形成了几条相互交错的幽深狭长的巷子，便问长者，强盗夜里进来，怎么不会迷路呢？长者道："贼有贼点子，他们从进巷子时起就在墙壁上几丈路插一支火香头，一直插到巷子里边，回来就看标记。"丁月豪心里一动，又和长者提着马灯到几条胡同里走了几趟，便对长者如此这般地交代了一番，长者脸露喜色，连声叫好。

入夜，长者派几个后生预先潜伏在村外。四更时分，十几个强盗蹑手蹑脚地摸进了巷子里，在墙壁上插了燃着的火香。后生们也蹑手蹑脚地闪进去，将火香全部拔起，依次插在另一条巷子的墙壁上，便迅速躲进巷子口的暗处，等着看好戏。

半个时辰后，强盗们顺着火香摸到巷口，只听"扑通扑通"，一个个强盗全掉进了一个又冷又臭的茅坑里……

## 斗　盐　商

一天，丁月豪回到自己家乡的小镇上，看到一家店铺门口围着一群人，他们个个义愤填膺，咒骂着掌柜的。他走近一看，一个老奶奶被推倒在地上，一个装盐的小盆摔在地上，盐撒得满地都是。他很快问明了缘由：原来这个老奶奶用自家鸡下的几只鸡蛋来换盐，这掌柜的不仅克扣了她的两个鸡蛋，盐买回家一称还少了一两。老奶奶气愤不过，端了盆回来，要掌柜的补上一两。掌柜的拒不认账，还将老奶奶推倒在地上。

众人见是足智多谋、爱打抱不平的丁月豪，便纷纷向他诉说掌柜的一向克斤扣两，要想办法治治这黑心的掌柜的。

丁月豪早就气得头上冒火，大步跨进了铺里。掌柜的见智多星丁月豪怒容满面地进来，心里有点儿慌，忙客气地招呼他。丁月豪不予理睬，要掌柜的赔老奶奶的盐，并保证今后不再克斤扣两。

掌柜的心里骂丁月豪是狗咬耗子多管闲事，但碍于众人在场不好发作，只得强打笑脸，对丁月豪说："你离家多日，好长时间不见你露几手了，今天光临寒舍，真让我太荣幸了，就让我开开眼吧！"丁月豪道："就请你出个题目。"掌柜道："你要是有点子把我从柜台里骗到柜台外，我就保证送十斤盐给老奶奶。"他又指指围观的人："他们这么多人我送每人一袋。"

丁月豪笑道："此话当真？"掌柜的一拍胸脯："君子一言，驷马难追。我绝不食言。"

丁月豪点点头，脸上又现出为难的神色，抓抓头，叹了口气，对大家说："我真想替大家出口气，无奈我确实才疏学浅，无能为力。"大家显得很是失望，掌柜的得意地冷笑起来。"不过，"丁月豪话锋一转说，"把你从柜台里骗出来我不行，但我能把你从柜台外骗到柜台里。"掌柜一听，不屑一顾地一笑，便走到了柜台外面。

丁月豪哈哈大笑，众人也笑得喘不过气来，掌柜的方才醒悟，脸上一阵儿红、一阵儿白，只好自认倒霉，赔出了上百斤盐。

以上三则李东讲述　观飞采录

# 对联惩歪才

新岭处有一家药店，药店的主人姓王。他为人阴险狡诈，贪图钱财，与官府素有勾结，是个"头顶上长疮，脚底下流脓"，坏透了顶的家伙。百姓对他恨之入骨，背后都叫他"王疮脓"。

但这个王疮脓读了几年私塾，有一点儿歪才，常常恃歪才欺侮人。丁月豪听到这件事，决定来教训一下王疮脓。

这天，丁月豪假装来抓药。王疮脓一看来了生意，立刻皮笑肉不笑地说："客官，您老抓药啊？"

"嗯，不错，老夫正是来抓药的。"

"请问，要抓什么药啊？"

"听说你这人有点儿才，我想出一副对联，请你按对联抓药，切勿抓错，否则……"

王疮脓心里喜滋滋的，迫不及待地说："请出联，我按联抓药，如果抓错，我这店就……就关门，不开了。"

"好！君子一言，驷马难追。"丁月豪心内暗自高兴，"你听了，我就出对联了。"

看女贞子配玉桂戴银花滑石阶前步步叫连行熟地，
听白头翁弹黄芩喝神曲沉香亭畔声声色板颂灵行。

"好，请你按联抓药吧。"

王疮脓一听，立刻吩咐伙计们道："快按对联抓药给这位先生。"

丁月豪一听，就说："请老板自己抓药，伙计们我不放心。"

"这……"王疮脓万万没有想到，要自己抓药。他虽是药店的主人，知道药名，却不知道药的形状。但这小子仗恃自己有点儿歪才，不想就此认输，眼睛转了几转，想了个鬼主意，就说："客官，我……我没有抓药这个本事，我认输，但我这有一副药对联的上联，请先生对出下联，也必须和我一样要对称。这样我就彻底认输，怎么样？"

丁月豪料到有这么一着，坦然地说："请吧。"

"好，请听了。"


宝炉炼丹大王知母救前子。


"对吧。"

"哈哈！关门吧。不用对了，你输了。"

王疮脓得意了，以为丁月豪对不上来，故意吓唬他的，就越发地催促说："快点儿啊，对不出来了吧！嘿嘿。"


玉竹熬膏使臣远志夺丁香。


"立刻关门！快！快！"冷不丁地丁月豪冒了一句。

"啊！这……"王疮脓一听，目瞪口呆了。


李东讲述　丁筱欢采录

# 千里盲子的故事

（汉族）

○·························○

千里盲子是一位文人型机智人物。其原型周千里，浙江省长兴县人，生平不详。因他为人正直，不但好打抱不平，而且足智多谋，人称他闭煞眼睛也知千里之事，故有"千里盲子"的绰号。他的故事在浙西一带广为流传。

○·························○

## 争 地 盘

老虎洞有一块南低北高的地盘，南头属有权有势的吴家，北头属周家。吴家仗势欺人，每逢翻地总把界石往上移，占了地马上就种上树，年复一年，霸占了周家许多好地。

周家不能眼睁睁地受人欺侮，他们找到千里盲子，请他用计治治吴家。千里盲子淡淡一笑，说："善有善报，恶有恶报。"

这年山洪暴发，周吴两家地里的界石被冲下三十多亩的样子。千里盲子把周家的众人叫拢后说："机会到了，你们几个去摸几斤螺蛳回来，用蜜糖搅拌好，晚上乘黑去埋在冲下来的界石下面，要做得神不知鬼不觉。"然后，千里盲子又在周家家谱里添了几笔。

那天，千里盲子带了人，把界内的那片树砍的砍，锯的锯，放倒了就背回家。吴家闻讯，前来阻止。千里盲子拿出家谱，指着一行文字不慌不忙地说："白纸黑字，我周氏家谱清清楚楚地记载着这块地盘的东南西北，谁也争夺不去。"吴家理亏，却气势汹汹地说："同去见官，让官府来判！"千里盲子心想，长兴县、湖州府都有吴家人，不能在这些衙门打官司！于是，写状子直告南京。不想南京不予审理，千里盲子犟脾气上来，接连上书，三四个月之后，总算来了一名官员。

这位官员来到长兴后，即令开堂办案。他大声问："周千里，是你们强占他人之地，为何还要上告？"

吴家心想自己权势大，又在那个官员身上花了钱，这场官司十拿九稳，不禁扬扬得意。

千里盲子说："启禀大人，地盘确实归属周家。"

"有何证据？"

"大人请看，我周家家谱里记载着：界石下面是螺蛳壳垫底。四十年前，周家一老人去世，葬在界石旁边。因生前爱吃螺蛳，临终时叫家人在其坟边埋了许多，不信可以去看。"

南京官员命人挖开界石，只见界石底里全是被蚂蚁爬出来的条条横横，再看挖出来的螺蛳壳个个淤塞泥土，螺壳泛白。南京官员心想：如果界石移动，不见得螺蛳壳也会移动，再说界石底螺蛳壳个个泛白，没有几十年是不会成现在这个样子的，看来这块地盘一定是周家的。想到这里，他又看看吴家的人，心里说，虽说我接了你们的钱，可你们又拿不出一件证据，也就怪不得本官啰。就判道："周家证据确凿，此地就属周家所有。从今往后，吴家不得再无理取闹，借此挑起事端，违者严惩。"吴家看看界石和螺蛳壳，明知是千里盲子使计，却又想不出话来反驳，只好服输。

原来，螺蛳被蜜糖一拌，蚂蚁就成堆成堆地爬来拖肉吃，没过三四个月，螺蛳肉吃光，连螺蛳壳也被啃得泛白，看上去像在地底埋了几十年一样。

# 麻袋套头破奸计

千里盲子常和官府作对，官老爷们恨透了，想方设法要治他的罪。

一天，县衙内抓到一个强盗。知县叫牢头把强盗带到内室，问道："大胆强盗，你是要活还是要死？""要活，要活，我上有八十老母，下有待乳儿女，望大人开恩啊！"强盗磕头如鸡啄米般地答道。知县一听，暗暗高兴，又说："要开恩，那好办，只要你供出与千里盲子是把兄弟，和你多次分赃，并医好了你的伤，我就放你回家，赦你无罪。"强盗心想：周千里我只闻其名，未见其人，同我又无亲无故，说他是我的把兄弟也无妨，便一口答应了下来。

过堂那天，两个捕快来到周千里家里，气势汹汹地喊道："周千里，有强盗供出你是他的把兄弟，坐地分赃，还治好了他的病。奉知县大人之命，前来拿你。"说完就把铁链往他头上一套。

千里盲子如丈二和尚摸不着头脑，心想：我家世代书香，知书达理，怎么与强盗同伍？定是那知县想加害于我。好！既然这样，我就来个将计就计，叫你这个狗官下不了台。想到这里，千里盲子对两个捕快一揖手，说："两位公差，待我拿条麻袋就跟你们走。""那好，快点儿！误了时辰休怪爷们不客气！"

三人来到县衙门外，堂上正在审那强盗，随着捕快一声喝："周千里带到。"千里盲子急忙把麻袋往头上一套，遮去了半个身子，走上大堂。这麻袋上下是孔，从里往外看是一清二楚，从外头往里看却不容易了。知县一看千里盲子头上套着只麻袋走进来大感不解，把惊堂木一拍："周千里，大堂之上，何以麻袋遮身？两旁衙役给我除去！"

"慢着，我有几句话要问大人。我同哪一个强盗同流？"千里盲子问道。

知县一指，说："旁边跪着的就是。"

"这位兄弟，你认识我吗？"千里盲子突然转向强盗问道。

"当然认识，那年我俩不是学桃园结义，拜了把子嘛。"

"那好。我且问你，我周盲子瞎的是左眼还是右眼？"

强盗没见过他，这时又看不清，只能乱猜："右眼。"

"我蓄连鬓胡须还是蓄山羊胡须？"

强盗想，书生都喜欢山羊胡须，准没错，就答："山羊胡须。"

"我是长脸还是圆脸？"

"是……圆脸。"强盗招架不住了，结结巴巴起来。

"哈哈哈哈，"千里盲子大笑起来，边笑边除去头上的麻袋，"看看清楚吧，我周千里眼睛一只没有瞎，也没蓄胡须，更不是圆脸，而是长脸。你说我们是拜了把子的，怎么连我的相貌都不认得呢？"强盗一下瘫倒在地。

"知县大人，此事怎讲？"千里盲子又盯着知县发问。

"这……"知县想不到自己精心计谋的几招，被周千里三言两语就捅破了。

以上两则周淦讲述　高柏耀　郑觉理采录

# 王二戏官的故事

（汉族）

○·····○·····○

王二戏官，本名王岩，清代丰润县城关的一位文人，以善于词讼闻名。他的故事，有不少关于抨击官府、播弄财主的内容，滑稽有趣，在河北丰润、唐山一带广为人知，讲述者既有知识分子，也有农村、城镇的劳动群众。

○·····○·····○

## 王岩告王岩

丰润的七品县官，枉为黎民父母，从不为百姓办事。民间有啥冤枉事前来打官司告状，他都推托公务繁忙，不理民词，交地方处理。别看他平常除了吃喝玩乐任啥不会，一到傍年背节，可就忙活起来了。那些溜须拍马的势利小人，为了向上巴结，纷纷给他送礼。他为了笼络这些摇钱树、聚宝盆，就打着"体察民情"的幌子，到送礼的人家拜访。

王二戏官虽然天性谑乐，可从不会顺着当官的屁股沟子放响屁，不但向来没有给县官送过东西，还经常戏弄县官，给他来个下不来台。

大年初一，刚响过开门炮，王二戏官就到衙门口擂鼓鸣冤。县官听见鼓响，不知出了啥事，赶忙更衣升堂。

"来呀，带击鼓人上堂！"县官惊魂未定地吩咐着衙役。

衙役们鬼哭狼嚎般地吆喝着："带击鼓人上堂！"

只见王二戏官头顶状纸，口喊冤枉，抢门而进，跪在堂下，低头等候问话。

县官见是个平民百姓打扮的人，"啪"的一声敲响了惊堂木："嘟，大胆刁民，姓甚名谁，哪里人氏，有啥冤枉，状告何人？快快讲来！"

王二戏官改变了原来说话的声音答道："回禀大人，小民姓王名山石，城里人氏，状告王岩！"

"啊？"县官早就恨透了王二戏官，这回一听有人告他，心想犯在我手里了。立刻改变态度对堂下之人说："王山石，你告他何来？慢慢地讲。"

王二戏官照旧变着声音低头说道："辞旧岁，迎新春，家家户户挂红灯、放鞭炮、贴对联。小人见王岩门前冷冷清清，问他却是为何？他说没钱给大老爷送礼，哪有钱过年？说着说着他就骂大老爷是个认钱不认人的赃官、贪官……"

县官本想拿住王二戏官的把柄，可这个王山石大不该当着班头衙役揭他的老底。"嘟"的一声止住了堂下之人。

堂下低头跪着的王二戏官假装害怕，继续变着声音说："大老爷，他真是这么说的，不信有诗为证。"

县官一听有诗，证据在手，比当着人说他强得多。因此吩咐衙役："呈上来！"衙役从王二戏官头顶上接过状纸递给了县官。县官不看倒还罢了，刚一念完，"腾"地一下子站了起来，好像椅子上突然钻出个钉子扎了屁股似的，脸上的汗"唰"地也冒出来了。原来诗里写道：

> 知县把年拜，
> 绕过王岩宅。
> 只因没送礼，
> 借金到府台。

县官本来做贼心虚，接受贿赂之事又让王二戏官知道了，还要捅到府台那里去，这下子吃不了还得兜着走哇！要说县官也算是在官场混事多年的老手了。只见他眼珠一转，大牙一龇，就来了个缓兵之计，似笑非笑地说："王山石，你代本县转告王岩，就说本县即刻登门拜访。这有铜钱两吊，赏你跑腿费用，下堂去吧！"

王二戏官接过铜钱，恢复了本人说话的声音："多谢大人！"

县官刚要回后堂，一听这个人说话的声音咋变了？扭头一瞅，原来是王二戏官。不由"啊"了一声说："你？你为啥冒名告状？"

王二戏官不紧不慢地反问："大人，我咋冒名了？"

县官理直气壮地说："你明明叫王岩，为何谎报王山石？"

"大人，'山石为岩，此木为柴'，前人造字，讲的明白。大人乃当朝进士，才高八斗，学富五车，难道连这还不懂？"

县官本来丢了面子伤了财，气堵嗓子眼儿，火顶脑瓜门儿，又让王二戏官这几句抢白，不由恼怒地说："大胆，放肆！"

王二戏官见县官生气了，就势嬉皮笑脸地说："大人息怒，常言说得好：'气是无烟火炮，色是刮骨钢刀，酒是穿肠毒药，财是惹祸根苗。'大过年就发这么大的火，可不吉利哟，不如我给你唱个拜年歌消消气吧。"王二戏官也不管县官爱听不爱听，自个儿只管唱了起来：


大年初一头一天，
王岩告状赚了钱。
咱们大家下饭馆，
我请客，你花钱，
肥吃肥喝用不完哪呀呼嗨。


王二戏官连唱带比画，把衙役们逗得眼泪都笑出来了。县官气得不知咋好，但又怕王岩上府台告他，不敢发作，只好暗气暗憋，凉锅贴饼子——蔫出溜了。

衙役们一见县官退了堂，阎王不在，小鬼造反，呼啦一下子围了上来，这个"恭喜"、那个"发财"地给王二戏官拜起了年。

"走，下馆子去。"王二戏官把手中的两吊铜钱掂了掂接着说，"这就叫吃孙喝孙不谢孙。"

徐长春讲述　郑文清搜集整理

## 囤满尖流

王二戏官对门住的是本家的老叔，叫王守忠，为人老实厚道，经常在外打短工，很受人们信任。这次他被南台财主张大脑袋雇去看粮仓，还没到期限就回来了。王二戏官知道后就过去问是咋回事。他老叔说："张大脑袋是个头上生疮、脚下流脓的家伙，坏透顶了。在他那儿干活，没有干到头的，到我这都换了六个了。他用大价码把人糊弄去，到那儿以后满不是那么回事。他说给他看粮仓，仓里的粮食越看越多才能照数给工钱。可天长日久，风吹日晒，虫子咬耗子拉的也没个多呀。他自个长小手往外鼓捣粮食，还反拍巴掌诬赖人。活白干了不说，还落下个贼名，你说损不损？"

王二戏官一听，这个张大脑袋是够缺德的。就和老叔商量说："老叔，您说赶明儿我去中不中？"

"咳！你去也白搭。在人家那一亩三分地上，那胳膊还能拧过大腿去？"

王二戏官听他老叔这么一说，还上来了别扭劲儿："我就不信，不光把大腿给他拧过来，就连他的粮仓我也给他翻个个儿，让他底儿朝天！"

没过几天，王二戏官真的到南台给张大脑袋看粮仓去了。张大脑袋把规矩说了一遍，王二戏官点头答应后说："东家，你不就是想让粮食多起来吗？这好办。不瞒你说，我从小跟随师父学了几年法术，专供黄仙。半夜子时，只要我一掐诀念咒，几百个大小黄鼠狼都听我使唤。你那个小粮仓，不出一个月，管保给你倒腾得囤满尖流。"

张大脑袋本来就迷信，妖魔鬼怪啥都信，听王二戏官这么一摆划，心想遇上了活佛，福分不浅。

王二戏官接着说："咱把丑话说在头里，一个月内不许你进粮仓半步，不然，法术就不灵了。"

张大脑袋问："那我在外边看看也不中？"

王二戏官一本正经地回答："那得我啥时候让你看你再看。还有，事成之后，除我的工钱照付外，从前那六个看粮仓的工钱也得归我，要不我就不干！"

张大脑袋只顾粮食多起来，大脑袋如同鸡啄米似的点头："中，中，中。"说完吩咐家人好酒好菜伺候王二戏官。

王二戏官吃饱了喝足了，往后一侧歪就呼噜呼噜睡大觉。等到夜深人静之时，他把事先预备好的一根一寸多粗的竹竿子从囤顶上插到囤底，然后就顺着竹竿子灌起水来。七八天后，囤底的粮食让水泡得开始升发，把囤顶上没经水的干粮食顶了上来。王二戏官认为到时候了，就拽着张大脑袋每天在粮仓外边看一回。张大脑袋一看囤里的粮食天天往上长，把他乐得一个劲儿地向王二戏官作揖，口称："活佛，小民肉眼凡胎，多有慢待。"从此，王二戏官被另眼相看，每日肉山酒海。一月之后，仓里的粮囤，果然个个囤满尖流，王二戏官按当初立的字据，领了工钱就走了。

王二戏官走后，张大脑袋就进了粮仓，闻到有股发霉的气味，他把手插进粮食囤里一摸，里边热乎乎的，知道是粮食受潮发了霉，说了声"不好"，赶紧命家人拆囤晒粮。家人们把席子拆开一看，囤底的粮食全生了一寸来长的芽子，就囤尖上有一层好粮食。把个张大脑袋坑的，如同那莴苣荬菜熬鲶鱼——苦了大嘴了。一下子扑到粮囤上，大声哭叫着："我的粮食啊……"

王二戏官呢，早找那六个给张大脑袋看粮仓的人送工钱去了。

周虎桩讲述　郑文清　徐秀艳搜集整理

# 班头雇工

该刨花生了，县衙里的班头独眼龙想雇几个做活的给他们家刨，可是因为他办事刁滑，忒能算计人，所以总也雇不到人。今年，独眼龙大嚷大叫着说："谁要是上我们家来刨花生，我每天烙饼，白菜粉管够，还另给五文钱。"

四门贴帖，总有不认识字的人。尽管独眼龙心黑，可还有上当的。第一天前半晌，雇工们干了半天活，吃晌午饭时烙饼却不是白面的，而是掺了玉黍面的。再看看菜，连个粉丝都没有，就只有几片白菜叶子在浮头儿漂着。雇工们又挨了独眼龙的算计，但知道他仗着县官的势力，也不敢言语。

事也凑巧，正赶上王二戏官来到这里，雇工里有人认识王二戏官，就把这事跟他学了。

王二戏官听后气不打一处来，心想这个独眼龙办事也忒缺德。因此就对雇工们说："他算计你们，你们不会也算计他?"

雇工们说："谁算计过他了呀，半天刨不完一块地，连玉黍面饼子也不给吃。"

王二戏官说："我有法儿，你们刨花生的时候，抄拐（蔓）。"

后半晌，雇工们按着王二戏官说的法儿办，将大镐高高举起，轻轻放下，擦着地皮刨，又省劲儿，干得又快，不到半天工夫，就把一块地刨完了。可是每撮秧子只挂着几个落生角儿，大部分丢在地里了。

王二戏官后半晌到雇工家里，告诉他们傍晚去捡花生。

雇工们把花生连秧带角儿用车拉到独眼龙家里，独眼龙一看就问道："这车花生角儿咋这么少哇?"雇工们回答说："准是这块地没长好呗!"独眼龙不信，寻思着准是雇工们耍了花招。第二天，雇工们前脚往地里走，独眼龙后脚就跟了去看着雇工们干活。临走前还告诉家里人，晌午饭给雇工们贴饼子吃。

王二戏官又知道了，心想：好你个独眼龙，平常总干些扒绝户坟、踹寡妇门的勾当，哼，今儿个咱就给你来个一不做二不休。说话他就来到街上，看见有个人在那儿蹲着卖王八呢，旁边还放着几个王八蛋。王二戏官一看卖王八的是个熟人，就把王八买了下来，借了块破包布裹巴裹巴，往胳肢窝里一夹又来到了独眼龙家里。看看四外没人，偷偷地将王八放在了盛面的缸里。

晌午雇工们回来吃饭，一看饭菜还不如昨天，个个嘴噘得能拴头驴。其中有个人实在忍不住了，问道："我说鲁班头，咱们事先讲好了，每天给我们白面烙饼白菜粉吃，为啥总给我们贴玉黍面饼子呀？"

独眼龙皮笑肉不笑地说："说是这么说的，可是家里的面吃没了，现轧又不赶趟儿，总不能让你们饿着肚子干活呀。"

独眼龙话还没说完，只听他老婆"哎呀哎呀"地叫唤着从后屋跑到前屋，手里还提溜着一个浑身沾满白面的圆东西。到跟前一看，原来是让王八咬住了手丫子，直滴巴血，疼得独眼龙老婆直咧嘴。王二戏官见状假装着急地说："快摔！快摔！"独眼龙的老婆使劲将王八往地上一摔，王八受疼，还真松了口。独眼龙忙问："你咋让它给咬了？"他老婆说："我到面缸里扎面烙饼，一看面缸里有个沾满了白面的圆东西在动，就用手一抠，谁知被它给咬住了……"

王二戏官还没等独眼龙的老婆把话说完，接过说："我说鲁班头家里昨没面了，原来是让王八给吃了。"一句话，逗得雇工们哈哈大笑……

独眼龙知道又遭了王二戏官的暗算，只好吩咐他老婆和面，给雇工们重新烙白面大饼。

谢连庆讲述　艺锋搜集整理

## 洞房逗趣

王二戏官娶媳妇的那天，有几个人跟他说："咱们这块有个例儿，洞房里谁先说话将来谁就先死，今晚上你可别先说话呀。"

王二戏官冲大伙笑了笑说："谁先死那可没准，到时候就会知道。要说今夜里我不先说话，那可有把握。"

其中有一个人说："别看你现在说得好，到洞房里一见新媳妇的面就该忍不住了。"

王二戏官说："你们不信，咱们嘎个东儿①咋样？"

"嘎啥的？"大伙一齐问王二戏官。

王二戏官说："从今晚上到明儿天亮，你们在窗外偷偷地听着，要是我先和新媳妇说话，明晌午请你们一顿馆子；要是不是我先说话，你们几个请我吃一顿咋样？"

这几个人听了后便到一旁合计。其中一个人说："跟他嘎东儿中，他平常爱说爱笑的，一会儿不说话就怕把他当哑巴卖了。"另一个说："头一天，女的害臊准不先说话，我看跟他嘎这个东儿准赢。"几个人商量定了，便跟王二戏官拉钩定下打赌之事。

晚上闹洞房的人渐渐散去之后，屋里只剩下王二戏官两口子，还有窗外那几个打赌听声的人。只见王二戏官一言不发，脱衣上炕，头冲里，脚朝外地一躺，拉过被子，将被里朝外、被面朝里反盖着，还故意把腿和脚露在被子外边，来回折腾，招拜媳妇说话。谁知新媳妇出嫁的那天，娘家嫂子也告诉了她，洞房之夜有例儿，千万别先说话，谁先说谁先死。所以新媳妇坐在八仙桌前等着王二戏官跟她先说话，或者叫她上炕睡觉。可王二戏官自己先睡了，还故意把被子反盖着，知道是招拜自己先说话。所以抿着嘴地笑，也没吱声就上炕睡觉了。

那天正是三九的末一天，天冷得要命，窗外几个听声的人，虽然喝了酒，但时间一长，还是冻得浑身发抖，离开这儿又怕王二戏官先说话听不到，只好强忍着。

鸡叫三遍后，王二戏官翻了个身，把新媳妇碰醒了。新媳妇以为新郎要说话，便合着眼听着。

新媳妇等着王二戏官跟她先说话，从鸡叫三遍等到天蒙蒙亮，也没听见他说话。忽然听到王二戏官下了地，又听到穿衣声，偷偷用眼一瞅，王二戏官正伸直两条胳膊，胳膊套在裤腿里，脑袋在裤裆里左一钻右一钻地乱钻呢，便忍不住说了话："你穿的是裤子。"王二戏官听了，急忙穿好衣服说：

---

① 嘎个东儿：打赌。

"一吊!"媳妇被闹悟迷了,忙问:"你说啥一吊哇?"王二戏官接着又喊道:"两吊!"媳妇更加奇怪了:"咋这么一会儿又两吊了?"王二戏官喊得更响了:"三吊!"

这一连气的喊声可急坏了在窗外听声的那几个人,赶紧冲着屋里喊:"别说了,我们上礼就趁这三吊铜钱了!"

李先章 杨金明讲述 刘作民 王雪梅搜集整理

## 接丈母娘

王二戏官的媳妇想家下妈了,有心看看去吧,一来道远不方便,二来炕上地下的活计忙得抽不开身。打发人叫了几次,都因为家下爸爸讨厌王二戏官不让来,所以想得总掉眼泪。

王二戏官见状便对媳妇说:"你打发去的人都是废物,明儿个我套车去接保准来。"他媳妇说:"快算了!就因为你平常喜欢搞恶作剧,他姥爷才不得意你,你去接更不来。"王二戏官上来了拧劲儿说:"我就不信,我不但能把他姥姥接来,而且还得让他姥爷送来!"媳妇听了王二戏官一番话破涕为笑地说:"你要真能那样,我天天烧三炷香,祷告你长命百岁。"王二戏官说:"那玩意管不了事,往后只要你听我的就中了。"说完转身出屋套车去了。

王二戏官来到老丈人家,一进门就连哭带嚷:"不好了,不好了,孩子他妈上吊了!"老丈人和丈母娘趿拉着鞋跑出来忙问:"他姐夫,你说啥?"王二戏官对着俩年纪人说:"你闺女上吊了!"丈母娘一听,身子晃了晃就背过气去了。老丈人赶紧上前扶住,瞪着王二戏官问:"你说,咋回事?"王二戏官装扮着结结巴巴地回答:"我,我和她……说了句笑话……她……"还没等王二戏官说完,老丈人抽出一只手,照着王二戏官的腮帮子"啪"地就是一个大巴掌,打得王二戏官火烧火燎地疼。老丈人嘴里骂道:"我早瞅你小子不是个好枣,给我把他捆上送官!"俩小舅子在旁边早就憋着一肚子气,听年纪人吩咐，噼里啪啦就把王二戏官按倒在地，找了根麻绳捆了起来。这时，丈母娘醒过来了，哭着说："看闺女打紧。"老丈人琢磨着也对，就吩咐儿子把王二戏官扔在了车上，又让儿子搀扶丈母娘上车后，老丈人自个儿赶着王二戏官那辆小毛驴车到王二戏官家中来了。

老丈人赶着车来到王二戏官家门口，还没进院，丈母娘便哭嚎起来："我可怜的闺女哟，你死得好惨啊……喔……喔喔……"丈母娘捂着脸哭着往里走，没注意撞在一个人身上。"妈，你老这是……"闺女莫名其妙地问。丈母娘一看，正是自个儿的闺女，愣了。"你没死……"然后瞅了瞅被捆在车上的王二戏官。

王二戏官的媳妇听妈一说，明白了一切，上前解开了王二戏官的绑绳。

国福恩讲述　郑文清　周淑琴搜集整理

# 劝　架

丰润县城里有个外号儿叫"鱼鹰子"的人，整天在还乡河里捕鱼摸虾，养家糊口。有一天，两口子不知为了个啥吵起了架，鱼鹰子赌气跑到河边来打鱼。可是打架气晕了头，忘了带渔网，本想回去取吧，又怕再惹老婆笑骂。咋办？鱼鹰子正蹲在河沿上，左右为难，赶巧王二戏官溜溜达达地走过来。鱼鹰子想：人们都说王二戏官脑瓜子画圈圈儿，头头是道儿，今儿个何不利用他把渔网替我拿回来。说话间，王二戏官已经来到跟前，他就上赶着近乎地叫了声"王二先生"，然后又接着说："人们都说您老计谋多，来得快，今儿个求您老给我办宗事儿咋样？妥了之后，我请您吃冰糖葫芦，管够！"

王二戏官从小就爱好打赌，一听就上来了兴头，忙问："真的，说话算数？"

"谁要是糊弄你，谁就是那个！"鱼鹰子一边用手比画一边说着。

"好，一言为定！你说是啥事儿吧？"

鱼鹰子说："刚才我和我老婆打了一场架，这时候说不定她还在家里骂我呢。如果您老能够让她消了气，把渔网给我送来，就算您老赢了。"

王二戏官琢磨了一会儿，"啪"地一拍大腿说："好咧，你就在这儿等着瞧好吧。"说完转身就走了。

且说鱼鹰子的老婆正在家里骂骂咧咧地没完没了，王二戏官就推门走了进来。鱼鹰子老婆道："您老有啥事啊？"

"嗒，你不知道？"王二戏官故意装作很神秘的样子，接着又说，"你们当家的正在河边上叨咕着说啥呢。"

鱼鹰子老婆赶紧问："他说啥来着？"

王二戏官接着告诉她说："他嫌你长得丑，还总给他气受。他还说凭着他手里那张渔网，找个又俊又美的大闺女，吃香的喝辣的，啥也怕不着。人家俩还要远走高飞呢。"

鱼鹰子老婆强压着怒火问："那个闺女是谁？"

"哎呀，这我哪知道哇！你不信，自个儿问问去嘛！"

鱼鹰子老婆听到这儿，肚子都快气崩了，啥也不顾了，抄起门后的那张渔网就向河边跑去。王二戏官也紧紧地追了上去。

鱼鹰子老婆气呼呼地来到河边，老远儿看见自己的老爷们①蹲在那儿像等谁。就把渔网朝那儿一扔，嘴里骂着："没脸的玩意儿，给你渔网，快找你那个又俊又会臭美的小老婆去吧！"

"啥，找小老婆？"鱼鹰子又瞅了一眼王二戏官，"咳！你上当了，我们俩在打赌！"

王二戏官走到鱼鹰子老婆跟前说："待会你们当家的买来冰糖葫芦，咱们俩一人一半，就是不给他！"

鱼鹰子老婆一听心里就明白，准是王二戏官知道我们两口子打了架，用这个办法打和儿，不由"扑哧"一声笑了。


张庆祥讲述　郑文清　张立奎搜集整理

──────────

① 老爷们：方言，丈夫。

# 王八吾的故事

## （汉族）

王八吾是一位文人型机智人物。其原型王少怀，字十三，号八吾，系清末秀才，武强县贾圹村人，一生怀才不遇。他机捷滑稽，疾恶如仇，曾用各种方式和手段与社会抗争。其故事包括惩治贪官污吏，戏谑富豪奸商，嘲讽腐儒庸医，调侃亲朋好友等内容，流传于河北省武强、深县、衡水、辛集、安平、武邑、饶阳一带。

## 卖"我"

有一年，武强县衙门里新调来一个知县。这个狗官对百姓敲诈勒索，横征暴敛，无恶不作。他还有个古怪刁钻的恶习：专爱吃世间稀罕之物。他经常派衙役们往百姓家去搜寻让他解馋的东西，可把老百姓害苦了。王八吾决心捉弄捉弄这狗官，给大家出口恶气。

这天，那县官到一个财主家赴宴，酒足饭饱之后坐着轿子优哉游哉地往回走。路过十字街时，一人提着竹篮高声叫卖："卖'我'喽！卖'我'喽！肉鲜味美，滋阴补肾，尝上一口，一辈子不算白活哎！"此人便是王八吾。

那县官正闭目养神，一听这叫卖声，急令落轿。他掀开轿帘，扯着嗓子喊道:"何人卖'我'？拿来看看！"

王八吾不慌不忙地递上竹篮，掀开上面的盖布。县官见是一只大王八，不由脱口而出:"这就是'我'呀？"

左士杰讲述　张振峰　李久旺搜集整理

## 戏请馋官

光绪末后几年，深武饶安一带，头一年淹、二一年旱、第三年蝗虫赶成蛋。老百姓把树皮草根儿，连炕上枕头里的秕子，都吃了。可县官还派人来完钱粮①催税银。

这天，武强衙门派来个姓贾的税官，骑着大耳朵秃尾巴灰毛驴，得哒哦喝，颤悠颤悠来了，老百姓都饿得一挂肠子闲着半挂，有气无力地不愿应酬。

王八吾自告奋勇说:"看我的！"就迎了上去。接过驴缰绳，拴到槽上。

这贾税官是城北贾庄人，和王八吾认识，为了套近乎，连称"老乡"。

王八吾说:"老乡见老乡，两眼泪汪汪，有话你就说，有屁你就放。"

贾税官也不客气:"我大老远地来了，有事也得吃了饭，再办呀？"

王八吾两手一摊，叹口气说:"唉，老百姓都揭不开锅了，让你吃嘛呀？"

贾税官说:"那就有嘛吃嘛吧。"

"好，有嘛吃嘛，你歇着等着吧。"王八吾说完转身走了。

贾税官骑驴颠了一上午，腰酸腿麻，又困又乏。歪在椅子上，打起瞌睡。

一觉醒来，已过半晌。王八吾端着半盆香喷喷、热腾腾的驴肉进来，吆

---

① 钱粮：古代的田赋（土地税），最初只征收粮食。自唐德宗创行两税法后，既可征收粮食，又可折征银钱，合称"钱粮"。清代以来，"钱粮"成为税收的泛称。

喝着："快趁热吃肉，趁热喝汤，细嚼慢咽，老了不伤。"

贾税官饿极了，接过盆子，就大吃大嚼起来。快吃饱了，他才懵懵懂懂地问："这是什么肉哇？还挺香。"

"驴肉哇？"王八吾回答。

"宰的谁家的驴？"

"你的呀！"

"谁让宰我的驴呀？"贾税官气急败坏，哭腔怨调。

"你不是说'有嘛吃嘛'吗？俺夹圹村，树皮草根儿都吃光了，还有什么吃的？"王八吾理直气壮地说。

贾税官无言答对，只好烙饼卷大拇哥——自吃自了。


赵世锦讲述　傅新友搜集整理


# 送　礼


一天，县官过生日，提前就通知了各处乡绅、名流，名义上是请客吃酒，实际上是敲诈礼物、钱财。王八吾从不爱讨好官府，这回却一改常规，破例送来了礼物。他送的是四节食盒：第一节是一块方肉，第二节是两个鸡蛋，第三节是三个红枣，第四节是四个面梨。见到食盒，县官好不欢喜：王八吾一向不把知县瞧在眼里，历任知县都怵他一头，今儿个他竟送来礼物，足见我治县有方，人心皆服。顿时觉得脸上有光。

这时，王八吾慢慢摆开食盒，拿起礼单念道：

> 县太爷生日大吉，
> 武强县少层地皮。
> 无奈何筹礼一份，
> 敬送你肉蛋枣梨。

县官听罢，把鼻子都气歪了。

宋欢乐讲述　李久旺　何重仁搜集整理

## 没人味儿

王八吾很爱讲故事。一次，他到县衙闲坐，县官和一些小吏、差役纷纷要求他讲个故事。他略一思索，说："好吧，我给你们讲个小故事。有两个蚊子整天在乡下咬人喝血。这天它们飞进了城里县衙门，一看里面的人都胖乎乎的，就商量说：'咱不走了，这里的人比乡下人肥，今儿晚上咱就在这里找食吧。'晚上，它们这个屋里看看，那个屋里瞧瞧，都没人。其实它们不知道，衙门里的人都在蚊帐里睡觉呢。它们飞来飞去，终于找着了有人的地方——后院的祭庙。其实那几个人都是泥胎，他们咬咬这个，没血；咬咬那个，没肉。于是俩蚊子说：'咱快走吧，这里待不得，看着衙门里的人都胖乎乎的，其实他们没血没肉没人味儿。'"

县官和小吏、差役们还支棱着耳朵听呢，听到这里，才知道王八吾是在转着弯骂他们。

焦明亮讲述　李久旺搜集整理

## 劝　架

有一回，王八吾的爹和娘吵了架，两口子都挺有气，在炕上一头一个躺着怄气，连饭都不做了。王八吾劝爹爹不理，劝娘娘不听，于是，拿了条湿毛巾在灶膛口抹了抹，就又跑回屋里，先到爹身边说："爹，别生气了，先擦把脸，快起来吧。"边说边用毛巾给他爹擦了几下。又跑到娘身边说："娘，别生气了，擦擦脸起来做饭吧，我饿了。"说着，又给娘擦了几下。然后他跑出来放下毛巾。见娘还不起来，又爬到炕上嚷："娘，你看，爹怎么了?"说着拽起娘的胳膊就拉。他娘不知道他爹出了什么事，忙就势坐来起一看，他爹脸上黑一块白一块，像戏台上的小丑，忍不住笑了。他爹一看他娘：脸抹和得乌漆麻黑，一笑露出两排白牙，那模样儿真够十五个人瞧半月的，也忍不住"哧哧"地笑了。

王玉良讲述　李久旺搜集整理

# 卢曰书的故事

（汉族）

◦························◦

卢曰书是一位文人型机智人物。其原型卢曰书，系清嘉庆年间济源县（今河南省济源市）的一位举人。他才智过人，通大清律，经常替人写诉状，惩治贪官污吏、土豪劣绅，深得民心。他的故事流传于河南省济源、新安、孟津、灵宝一带。

◦························◦

## 黏牙秀才

卢曰书考中秀才不久，发现县官趁修济渎庙①贪赃枉法、坑害百姓，就约了两个举人，写份诉状，到怀庆府去告这个贪官。

三人进了府衙，把堂鼓一敲，知府立时升堂。两个举人并排跪下后，卢曰书退后一步，跪在他们后边。知府接过状纸一看，"啪"地把惊堂木一拍说："三个大胆的举人秀才！不等皇上封官，就先告起你们的父母官来，成何体统？"两个举人吓得低头不语。卢曰书跪着向前挪了两步，正要说话，知府惊堂木又连拍几下说："两个举人不讲，小小生员②还有何说的？若说错一句话，重打四十大板！"卢曰书说："请问府台大人，父母有过，该不该禀

---

① 济渎庙：位于济源市北两公里处。
② 生员：秀才。

与祖父母得知?"一句话把知府问得张口结舌，愣了半天，才说："起来！起来！秀才说得有理，待我查个虚实。"

知府派人一查对，诉状上所列县官的罪行件件属实，就禀奏皇上，罢了济源县官的官。卢曰书从此落了个"黏牙①秀才"的外号。

# 睡 马 槽

临近年三十儿，有个叫卢红根的穷人没钱办年货，找着卢曰书想借点儿钱。

卢曰书手里也很紧，见他可怜，就给他出个主意说："你今儿黑到驿站马棚里，看哪个马槽闲着，就躺哪个槽里睡觉。冷了，弄些干草盖在身上。驿卒咋撵你，你也别出来，等驿丞来了，你就说是卢曰书叫你睡在这个空槽里的。这样，他就会给你银子。"

卢红根按照卢曰书的交代，跑到驿站马棚里一看，有十来个空槽，就躺到了一个空槽里。驿卒来撵他，他只装没听见，翻翻身只管睡。最后驿丞来了，吼他："大胆的穷鬼，竟敢躺在马棚里，拉出来给我打！"卢红根揉揉眼说："卢曰书说，这儿有马槽闲着，叫我来睡的。"驿丞一听到"卢曰书"仨字，慌忙改口说："原来是这样。请起，请起，快到客房安歇去！"

第二天，驿丞请卢红根饱吃一顿，临走又赠二十四两白银。卢红根这年过了个肥年。

驿丞为啥对卢红根恁好哩？原来，驿站的钱粮都是按马槽号数供给的。这十来个空槽，就是驿丞吃空名用的，他怕卢曰书抓住他的短处告他，丢了驿丞这个美差，就给了卢红根些好处。

---

① 黏牙：能言善辩很难缠的意思。

# 粮行放驴

有家粮行，用出九进十一的斗坑害穷人。卢曰书跟朋友闲谈，知道了这事，就说："我来治治他，叫他把斗改过来。"

这天后晌，卢曰书牵了朋友家一头小叫驴，来到粮行门口，缰绳一松，把驴放了。他蹲在墙角望着。驴跑过去，吃笸箩里的米。粮行掌柜的看见了，拽住缰绳喊："谁的驴？谁的驴？"卢曰书也不应声。掌柜的就把驴拉到他家后院了。

第二天早上，卢曰书去粮行掌柜的家里寻驴。掌柜的问："啥时候丢的？"卢曰书说："昨天后晌。"掌柜的说："你的驴吃了我的米，得赔我米钱。"卢曰书说："我的驴能吃你多少米？"掌柜的说："吃二斗米。"卢曰书当即开了二斗米钱，跟着掌柜的到后院去牵驴。一看驴，卢曰书说："我的驴是头大草驴，咋会变成了小叫驴？你一定给我换啦！"掌柜的不承认换了，并叫来小伙计做证。卢曰书说："既然我的驴一顿能吃你二斗米，自然个头儿很大。这头驴半斗米也吃不了，咋会是我的哩？你不还我的大草驴，我非去县衙告你不可！你开粮行，出九进十一坑害人，今天竟敢换我的驴，这还了得！"这话敲到了掌柜的麻骨上。

这时，看热闹的人围得里三层外三层。有人认出了卢曰书，忙对掌柜的嘀咕嘀咕。掌柜的马上软下来，赔着笑说："卢先生，消消气。我是有眼不识金镶玉。屋里坐！屋里坐！"硬把卢曰书拉到屋里，酒菜端上，一再赔礼道歉。末后还了驴，又退了二斗米钱，卢曰书临走时说："你把出九进十一的斗改了。如不改，咱县衙说理。"

第二天，粮行掌柜的麻利地把斗改了，再也不敢坑人了。

以上三则翟旺宪讲述　翟作正　翟向阳采录

# 卢四运的故事

（汉族）

○·····················○

卢四运（1765—1810），清代黄安县（今湖北省红安县）八里塆卢家寨人。他出身书香门第，曾考中秀才，后弃学归田，以农耕为生。他常济困扶危，与各种恶势力作对，深受群众爱戴。他的趣闻、逸事至今在湖北省红安一带广为流布，影响颇大。

○·····················○

## 挖　　树

有个穷人，全家只有唯一的一丘"活命田"，这丘田的周围四转都是地主的田。这个地主是个杀人不用刀的"土地蛇"。他几次用心思打这丘田的主意，都被穷人识破拒绝了。于是他就在自己的田埂上栽了一些树，将穷人的这丘田团团围住。穷人田里的庄稼都被树荫遮住了，照不到阳光，又接不到露气，一年四季总是长不起来。田埂上的树一年比一年大，田里的庄稼一年比一年差，穷人的日子一天比一天难！这胳膊扭不过大腿，穷人心里恼得再狠也没得办法。

有一次，卢四运打这里路过，听这个穷人诉说了情由，就说："这还不好办，你扛个锄头去把那些树挖了哕！"穷人连连摇头说："唉！卢先生呀，他家有钱有势，我怎敢太岁爷头上去动土呢？""不怕，你只管去挖，要打官司我给你写状子。"穷人见卢四运要帮自己写状子打官司，顿时腰杆子就硬了起来，果然扛起锄头去把那田埂上的大树小树一气子挖了个精光。

地主见穷人竟敢挖了他的树，那个气呀！差一点儿把肚皮都涨破了，连忙跑到县衙去告了状。过去，哪一个当官的不护着有钱的？县官接了状子，立即差人将穷人抓进衙门，将惊堂木一拍，喝道："你好大的狗胆，为什么把人家田埂上的树都挖了？"穷人也不吭气，只将卢四运帮忙写的状子递了上去。只见状子上写着：

> 树长他坎，
> 荫遮我田。
> 五谷不收，
> 年复一年！
> 树不交税，
> 田要纳捐。
> 若不挖树，
> 国课①难完！

县官这一段时间正为收不齐粮捐而头痛，看了穷人的状子，觉得蛮有道理，心想："是呀！我只能收粮，不能收树，哪能要树不要粮呢？"想到这里，就提笔判了两句话：

> 树遮良田，
> 该挖该砍！

卢言福讲述

---

① 国课：旧时国家征收的赋税。

# 万事大吉

黄安有一个恶棍，养了四个儿子，个个如狼似虎，一向胡作非为。老百姓见了他们的影子，老远就得弯路。唯有卢四运不但不怕他们，反而经常跟他们作对，替穷人说话。这个恶棍见卢四运会打官司，心窍又多，不好对付，就设法去拉拢他。

这一天，恶棍亲自领着四个儿子，带着礼物来找卢四运，要儿子拜卢四运做干爷。卢四运看透了恶棍的用意，可他还是满口应允了。

有一次，恶棍来找卢四运，说是四个儿子打了两条人命，人家告到了县衙，求干爷想个法子。卢四运对恶棍说："你莫担心，我保你万事大吉。"恶棍以为有卢四运担保，儿子就没事了，所以就没有像往常那样再去给县衙塞银子，他哪里晓得卢四运连县衙门槛都没去踏一踏。县官见恶棍这一次不但没有送银子来，连个求情的话都没有一句，一气之下，就将他两个大儿杀了抵命。

恶棍闻讯跑来找卢四运，吼道："你怎么说话不算话？"

卢四运反问道："我说话怎么没有算话？"

"你说保我万事大吉，为什么还是让我儿子被杀了？"

"哈……我问你，你有几个儿子？"

"四个。"

"杀了你几个呢？"

"两个。"

"是啊，打死人，你四个儿都动过手，今天却只拿两个儿子抵了命，这就算是万事大吉了呀！"恶棍一听，只气得白眼直翻，哑口无言。

过了两年，恶棍的两个细儿①又打了两条人命，人家又告到了县衙。恶棍上一次交了乖，这一回就费了许多银子去塞给县官。可他又怕卢四运去帮助苦主打官司，只好又去磕头求情，说这一次要再不搭救他的儿子就要断子

---

① 细儿：方言，小儿子。

绝孙了。卢四运将恶棍扶起，说："放心，放心，这一次我真正保证你万事大吉！"说罢就匆匆往县衙而去。恶棍满以为这一下放心了。谁知卢四运到县衙不是为凶手辩护，而是极力替死者申冤。县官虽然得了恶棍的银子，无奈卢四运唇枪舌剑驳得他无话可说，只得又将两个凶手杀了！

恶棍又痛又恨，跑到法场跟卢四运扯皮，卢四运说："你的儿子杀人偿命，与我何干？"

恶棍说："你说这一次真正保我万事大吉，为什么反而还告得我儿送命？"

卢四运哈哈一笑说："你这样的四个'拐儿'，做尽了坏事，害苦了百姓，今天被杀光了，岂不是真正万事大吉了吗？"

恶棍一听，气得当场倒在地上死了。到法场看热闹的百姓们见了，个个拍手称快说："这才真正是万事大吉呢！"

徐绪承讲述

## 一文钱祝寿

大塘塆有个富豪过生日，四乡有名望的人都纷纷给他送礼祝寿，唯有卢四运分文没送。到了下请帖的时候，富豪可有点儿为难啦！请他吧，他不来送礼，自己为什么要请他的客呢？不请他吧，又怕他生法子来闹豁子。于是就在请帖上打了个主意，写道："淡酒薄肴，请客今朝，来了是好吃，不来是好高！"

酒宴摆好，还没有看见卢四运，主人以为他不好意思来了，正要举杯祝酒，却见卢四运来了。他一进大门，就将一个红纸包递给主人，然后就坐在席上大吃大喝起来。主人拆开红纸包一看，只见红纸包里包着一文钱，纸上还写了四句话："送钱一文，庆贺寿辰，收了就爱礼，不收就嫌轻。"

卢言新讲述

# 教　书

有一个财主家要请先生，别人看他太刻薄，出的价钱太低了，都不愿到他家里来。卢四运听说，却找上门去。

财主与卢四运讲定，除了管饭以外，每年只给八文钱的工钱，卢四运又满口答应了。

一年到了头，财主拿出八文钱交给卢四运。卢四运说："我给你教了一年书，你怎么只给了一个月的工钱呢？"财主说："跟你讲好了的，一年八文钱，你怎么说是一个月的呢？""分明是讲的一个月八文钱，你怎么说是一年的呢？"两个人你说是一年的，我说是一月的，扯来扯去争不下地，就跑到县衙去打官司。

二人扭到县衙，已是深夜时分。县官刚刚断毕四起案子，桌上那支蜡烛都快点完了，这时又见两个人来打官司，心里有点儿不耐烦，就对二人说道："现在天气太晚，我出一个对子，你们若在蜡烛点完之前能够对得上来，我就给你们断案；若对不上来，那就明天再来。"说罢就出了一个上联："一支烛断四案，难照东西南北。"卢四运随即对道："八文钱教一载，怎度春夏秋冬？"县官见卢四运对子也对了，状也告了，连声说："好！"又转身向财主道："人家这好的学问，给你辛辛苦苦教了一年书，你只给八文钱，叫人家怎么过日子？赶快按八文钱一月付款。如若不然，加倍重罚！"财主听了，哪里还敢说个"不"字呢？

卢言海讲述

# 抬　腰　磨

黄安有一任姓柳的知县，早就听说卢四运不好管，想一上任就给他来个下马威，借个由头好拔掉这颗"眼中钉"。

上任的那天，柳知县写了一张传票，吩咐两个衙役去传卢四运到县衙。他心想：卢四运是黄安有名的人，见我一上任就拿传票去传他，他必定不肯来。到时候，我就定他一个"抗拒衙门，藐视命官"的罪名，将他抓起来问罪。

两个衙役来到卢家寨找到卢四运，见面就吆五喝六地吼道："卢四运，老爷传你有事！"卢四运见两个衙役如此无礼，就问："柳老爷刚刚上任，传我何事呢？"两个衙役哪里晓得柳知县的用意，只得将传票一伸，搪塞道："不要啰唆，我们是照书行事的。"卢四运接过传票，装作蛮认真的样子，一边看，一边连连点头说道："哦……这点儿小事，好办，好办！"两个衙役都是睁眼瞎子，见卢四运这么一说，就问："上面写的什么？"卢四运问道："柳老爷是北方人吧？""是呀！""怪不得他喜欢吃面，传我去给他弄一副大腰磨，交给二位抬到县衙去。正好，我屋里现成的就有一副，二位就把他抬去吧。"两个衙役听说是老爷要腰磨，哪里还敢说半个"不"字，乖乖地抬着往县衙去了。

卢四运等两个衙役走远了，自己却抄小路先到了县衙。县官见他先来了，心里一惊，问道："你怎么来得这么快？""老爷，我是来告状的。""你状告何人？""状告本县知县。""呀！胆大的刁民，本县刚刚上任，你告本县何罪？""你身为朝廷命官，为何刚上任就强抢民财？""哼！你诬告本县强抢民财，有何为证？"卢四运往衙门外面一指，说道："你派衙役抢我一副腰磨，人赃俱在，还能抵赖？"知县抬眼往衙门外面一看，果然见两个衙役抬着一副腰磨，满头大汗地回衙来了。他瞪着眼睛再也无话可说，只得一面向卢四运求情，一面不分青红皂白，将两个衙役拖下去，各人重打了四十大板。

艾申成讲述

## "我不是圣人"

柳知县吃过卢四运一次亏，但他并不甘心。听说好多穷人把卢四运叫

"卢圣人"，鬼主意又来了。

这一天，他将卢四运"请"进衙门，见面就高声喊道："卢圣人！"他心想：我这一喊，他若是答应了，我就可以说他自称圣人，拿他问罪。谁知柳知县连问三声，卢四运却一句也不答应，气得他拍着公案吼道："胆大刁民，本县连喊你三声，你为何不理？""老爷，你没有喊我呀？""本县刚才连喊你三声，怎么说没有喊你？""老爷，我是叫卢四运，不是'卢圣人'呀！""那为什么别人叫你卢圣人呢？"卢四运轻轻一笑，答道："哼哼！晓得他是安的什么鬼心眼呢？"

卢言海讲述

# 三大罪状

柳知县虽然接二连三地吃了败仗，可他仍然不死心。这一天，他又生出枝节去找卢四运，衙役一连跑了三趟，卢四运都借故不来。

柳知县气得暴跳如雷，打算第二天再派人去把卢四运拿来问罪。谁知第二天天麻麻亮，卢四运却自己来了。他一进县衙，先将几枚铜钱偷偷放到公案底下，然后拼命地击动堂鼓。知县从梦中惊醒，以为堂鼓敲得这样急，必定是出了什么大事，他顾不得穿公服，也来不及整冠带，就糊里糊涂地跑上大堂，喝问道："何人击鼓？"

"卢四运。"

"你乱击堂鼓，该当何罪？"

"老爷三次派人找我，料想必有什么紧急公事，所以才击动堂鼓，请老爷吩咐。"

柳知县一听，心里慌了，结巴了半天才反问道："既然如此，本县派人三次找你，你为何不到？"

"乡下百姓，农活甚忙，不比老爷清闲自在，岂能一呼便到？"

"呸！那你今日为何又来得这早？"

"一来是老爷三次传呼，不敢不来；二来嘛，我又要赶来告你！"

"哼！上一次你诬告本县抢你的腰磨，这一回你又告本县何罪？"

"这一次告你三桩大罪！"

"你把我三桩大罪讲出来吧？"

"好！你听清楚：第一，你无事唤百姓；第二，你亵衣小帽上大堂；第三，你脚踏国宝。"

柳知县偷偷往脚下一看，见两脚果然踏着几枚铜钱，顿时吓得面如土色。当天晚上，他就挂印①而逃了。

因为过去的铜钱上都铸有皇帝的年号，踏了铜钱就有欺君之罪。

卢言海　乐焱金讲述

## 打稿荐②坐牢

红安人经常爱说这样一句歇后语："打稿荐坐牢——准备长远之计。"据说，这句话就出在卢四运的身上。

有一年，黄安接连遭旱灾，田里含苞的秧苗都干打了蔫，可当地的官吏豪绅根本不顾百姓的死活，拼命加捐逼税，恨不得从百姓的骨头里榨出四两油来。卢四运和一班穷兄弟早已憋了一肚子火。

一天，卢四运祭祖回来路过黄安县城，知县将他请到厢房喝茶，并拿出二百两银子交给他。卢四运心里好生奇怪，就问："老爷今日为何这般恩赐？"

"嘿嘿！卢先生，不瞒你说，最近圣上发下了一点儿赈银，如果分给百姓，实在是分不开，只好各级官员一人分一点儿，这点儿银子就送给你喝茶。"

---

① 挂印：辞官。

② 稿荐：草垫子。

· 37 ·

卢四运心想："老百姓都快饿死了,你们还做这么缺德的事情!我多时就想到府里去告你们,就愁没得路费,今天,你想用这银子糊我的嘴巴,我正好拿你的银子去告你的状,既有了路费,又有了把柄。"想到这里就将银子收下了。

卢四运回到家里,与穷兄弟们商量,决定要到黄州府去告状。弟兄们为他担心,说:"百姓告官,犹如子杀父,告准了也有三分罪,你去了危险啦!"

"不怕,我打算去坐牢嘛!"第二天,他把那干蔫了的含苞草割了几捆,喷上一些盐水,再把它晒干,然后把它编成一床稿荐,就驮着稿荐到黄州府告状去了。

到了黄州府,递上状子,知府不问青红皂白就将他关进了牢房。原来这黄州知府和黄安知县是一个鼻孔出气的,贪污赃银也有他的份儿。所以他立即将卢四运关进一个黑牢里,命人七天七夜不给卢四运吃喝,想将卢四运饿死在牢里,到时候报一个病死就灭了口。

那班穷兄弟打听到卢四运的消息,心里非常难过,立即派人到省里告了状。当时制台大人到了六十多岁,没有子女,总想多做点儿好事,积点儿德,对卢四运有些同情,就派了两个公差火速到黄州去提案子。

两个公差赶到黄州,卢四运已被关了七天。据说,人不吃不喝,最多只能活六天。可是把牢门打开一看,卢四运却活得好好的,只是铺在地下的那床稿荐只剩下半床了。原来这含苞草喷过盐水的,铺在潮湿的地下可以扯一点儿潮气。卢四运就是天天嚼这稿荐上的草填肚子解渴,度出了性命的。

卢四运被提到省里,将府县如何串通一气贪污赃银、要害他性命等罪行对制台申诉了。制台就派人将黄州知府和黄安知县拿来判了死罪。

起斩的那天,法场上摆着龙头铡、虎头铡、狗头铡。知府、知县分别被推到龙头铡和虎头铡旁边,卢四运也被推到狗头铡旁边陪斩。卢四运此时却故意装作战战兢兢的样子。制台见了,问:"卢四运,你怕死吗?"

"启禀老爷,我又怕又不怕!"

"你到底怕是不怕?"

"我怕,怕的是你们官官相护。"

"不怕呢?"

"不怕,因为我是为国为民!"

"既然你不怕死,为什么浑身打战呢?"

"老爷,我是冻得打战的呀!"

"这么热的天气,你未必还冷?"

"唉!黄州无日月,湖北少青天啦!"

制台听了,也受了感动,说道:"我不是要杀你。不过你死罪虽免,活罪难逃,因为'百姓告官,三分大罪',这是朝廷的法律。"就这样,卢四运被押到东北地方充军去了。

卢言海讲述

以上八则略敏整理

# 史阙疑的故事

## （汉族）

· · · · · · · · · · · · · · ·

史阙疑，韩城城东渔村人。清代乾隆末年的一个贡生。他不愿做官，终生在故乡以农耕为生。他胸怀正义，疾恶如仇，常与官府、豪门作对，替平民百姓抱打不平。他的故事在关中一带以及晋南、豫东流布，在其家乡陕西韩城更是人人乐道，老幼皆知。

· · · · · · · · · · · · · · ·

## 开门揖盗

重阳节快要到了，知县要摆鸡鸭宴，派出差役到乡下去收鸡鸭。

知县的心腹刘三来到渔村。他见鸡就撵，见鸭就捉，闹得鸡飞狗跳墙，全村不得安宁。

他正捉在兴头上，只见里正①跑来对他说："史阙疑请你到他家去，有急事！"

刘三挑着两个竹筐来到史阙疑家门口。

听到敲门声，史阙疑拉开门扇，向刘三深深作了一揖，没有言语，接过竹筐，转身就走。

---

① 里正：又称里长，古时的乡官。

刘三拉住史阙疑说道:"老爷派我前来收买鸡鸭,你不大力协助,只作一揖,夺走竹筐,是何道理?"

史阙疑说:"正因为你是为县太爷来抓鸡鸭的,所以我才一开门就向你作揖。你先回去给老爷回禀一声,我随后就把鸡鸭送到。"

刘三一来以为史阙疑是怕他,二来能免受捉鸡鸭挑筐之苦,欣然同意了,说了声:"早些送来!"就大摇大摆地回县衙去了。他禀报情况后,县太爷得意地说:"谅他史阙疑也不敢违抗我!"

坐在一旁的师爷早已悟出史阙疑这一举动的含义,上前说道:"老爷,史阙疑在骂你哩!"

县太爷一愣:"他怎么骂我?"

师爷说:"他一开门就作揖,这叫'开门揖盗',把你比作强盗了!"

县太爷一听,这还得了:"来人哪,把史阙疑给我抓来!"

正在这时,里正汗流浃背地跑来报告说:"史阙疑正在串通百姓,要联名上告老爷抢夺民财哩!"

知县一听,心中害怕,只好通知衙役回城,停止"收鸡鸭"。

## 睡打官司

几个乡绅、地主吃了史阙疑不少苦头,就联名把他告下了。县太爷也早想整治史阙疑,一接到状子,就派差人把史阙疑拉到了县衙。

史阙疑走进大堂,看看阵势,心中就明白了。他望着坐在案边的县太爷和站在两旁的几个乡绅和地主,冷笑了两声,走到离公案不远的地方,往下一躺,直挺挺地睡在了公堂上。县太爷一见就火了,手拍惊堂木,厉声喝道:"大胆史阙疑,罪犯律条,不思悔改,为何睡在公堂之上,成何体统!"

史阙疑指着县太爷和几个乡绅、地主,大声说道:"要说有罪,你们的罪比我大得多,你们坐着、站着,我就应该睡着!"

以上两则程清彦 任煜搜集整理

# 请　客

新年刚过，史阙疑来见史才。先施一礼，然后说："家中有一要事，定于正月初十大宴宾客，到时务必请您前来陪客。"

这个史才是史阙疑的同族叔父，他家境富足，但贪得无厌，常以富欺贫；他还有个毛病，谁家有红白喜事，不管自己该不该去，定要设法磨蹭着去混着吃一口、喝一口。他听史阙疑这么一说，心花怒放，眼前好像已看到了那一桌丰盛的筵席，不觉口角流涎，连连应允："我到时一定去，到时一定去。"

为了在史阙疑家大吃一顿，他正月初九几乎一天没吃东西，晚上躺在炕上饿得肚子咕咕直叫。第二天一早起来，草草洗漱了一下，就赴宴去了。

到了史阙疑家，见刚刚蒸出一笼白馍，热气腾腾，又白又虚，史才一见，好不馋人，但碍于礼貌，只好端坐在一旁。

一会儿，史阙疑端来一盘白馍，放在史才面前："请叔父先趁热尝尝，宾客来了再开席。"

史才虽然饿得浑身发软，却装模作样地说："我不饿，不饿，等会儿和客人一起吃饭吧。"嘴里说着，眼睛却直勾勾地盯着那盘白馍。

"叔父不要客气，自己方便好了，我还有点儿事出去一下，一会儿就回来。"史阙疑说完就退了出来。他先把他老婆的红裙子搭在厕所门口，就向左邻右舍走去。

史才饿得发慌，史阙疑一走，就拿起白馍狼吞虎咽地吃了起来。吃了个大半饱才停住。

等了一会儿，不见宾客，也不见史阙疑，他心中正犯疑，只觉肚子里咕里咕噜翻腾，立即想大便。他快步奔向厕所，见红裙子挂在门口，就大步向门外走。刚出门槛，史阙疑迎了进来，忙拦住他说："宾客马上就到，你是长辈，万万不能走。"

史才不好说是去大便，只是说："我一会儿就来，我一会儿就来。"说着直往外闯。

史阙疑坚决不放，大声说："如果侄儿有什么过错，请叔父千万不要见怪。"

这时，左邻右舍的几个老婆走来，有的叫"史大哥"，有的叫"史才弟"，都劝说史才不能走。

在众人面前，史才更不能说出去大便，但又走不脱，心中急，用力猛，禁不住屙了一裤子。

史阙疑和大家都好不痛快。

原来，巴豆能致泻，史阙疑事前把它捣碎，蒸在馍里，史才狼吞虎咽地吃下去，受到了应有的教训，以后再也不敢贪嘴了。

解义臣讲述

## 花中有轿

奸商石换金，贩粮时常掺沙土，贩油时常掺面汤，甚至还拐卖妇女。因此，乡里人都十分憎恨他。

初冬的一天，石换金下乡收棉花，大家都不愿意和他打交道。他跑了一天，一斤也没买到。在村头他遇见史阙疑，便笑容可掬地说："史先生，听说你家，今年棉花又大丰收了，卖给我些吧。价格好商量，我石换金绝不亏你。"

史阙疑迟疑了一下，说："好，卖给你就卖给你。"于是把石换金引到家中。

史阙疑打开西房门锁，石换金一看，半屋白格生生的上等好棉，简直高兴得发狂了。但他毕竟是个老奸巨猾的投机商，善于应酬，他强抑住自己的欢喜，淡淡地说："花色一般，花色一般。"

史阙疑说："你哪里知道，这只是二分地里的收成。"

石换金立刻奉承道："你老婆真是名不虚传的务棉能手，二分地收这么多。"

史阙疑又笑着指了指棉花："这里面有轿。"

韩城方言，"轿""窍"同音。石换金理解错了，忙说，"肯定有窍，肯定有窍，不然怎么会有这么多。"

史阙疑看了看天气："天色不早了，你快过秤吧！"

石换金眨了眨眼，满心欢喜地说："史先生呀，咱们虽然不是同村，但相距不足十里，乡亲之间有话好说。你看，天色晚了，过秤太麻烦，咱就估计一下算了，反正我不亏你。"

史阙疑说："那不行，还是过秤好，不然，你认为自己吃了亏要反悔的。"

石换金立即接住话头："宁让我吃亏，不让你吃亏。"

两人又争执了一番，史阙疑便无可奈何地说："好吧，就依你。"

二人估了个数，说定了价。石换金怕史阙疑反悔，又找来保人，要立字据。立字据时，史阙疑坚持要写上"花中有轿"。愚蠢的石换金斗大的字识不了几个，还没明白过来，暗笑："好一个书呆子，种棉花有窍没窍，和这次买卖有什么关系！"想到这里，他十分自得，再没讲什么了。

不一会儿，石换金赶了车来，先交了钱，就去装棉花。谁知装不多时，里面竟露出顶轿子。石换金大怒，质问史阙疑为什么哄他。史阙疑不紧不慢地说："咱俩当面锣对面鼓说定了的，有保人，有字据，怎么能说是哄你，不然，咱去打官司。"

二人争执不下，过了一会儿，保人来了，还聚集了许多看热闹的人。因为石换金名声太坏，人们都为史阙疑的行动感到痛快，都替史阙疑说话。

因为字据上写得明白，石换金自知理亏，又看到众怒难犯，虽然暗暗叫苦，也只好落个肚子痛自己忍着。

杜永生讲述

以上两则张天恩　常元龙搜集整理

# 陈二哥陪客

有一回，史阙疑得了眼病，医生用药布蒙住了他的双眼，叫他在家里好好歇息。这天他想吃包子，就悄悄地摸到街上一家包子铺里去了。

这家包子铺的掌柜，见来了个双目蒙布的老头儿要一盘包子，便拉长嗓音吆喝道："噢，来一盘包子！陈二哥陪客！"

啥叫"陈二哥陪客"？这是包子铺的一句行话，意思是叫端上昨天剩下的陈包子。史阙疑听了，心想：这般奸商，竟这样乘人之危，欺哄老弱残疾，非教训教训他不可！

史阙疑摸了个空位子坐下，一句话也没说，抓起堂倌端来的烂皮陈包子吃了起来。吃完了，他用双手在桌子上乱摸。掌柜的问他摸什么？他说："你叫陈二哥陪客，陈二哥吃了我的包子，倒是小事，怎么把我的钱褡子也拿走了？"

掌柜的这一场假戏，史阙疑来了个真演。他一不做，二不休，大闹包子铺，硬说掌柜的有意让陈二哥以陪客为名，行偷盗之实。这哪里是包子铺，分明是盗贼窝！事情闹大了，掌柜的害怕闹下去倒了行市，慌得赶快扶史阙疑坐下，答应照数赔偿。人群中有人认识是史阙疑，就指着掌柜的说："你真有眼不识泰山。史老先生蒙上双眼，十个你也哄不了。"正说着，不知什么人竟风快地把这事禀告了路过的县令宗大人。宗县令亲自来到这家包子铺，盘查底细。鉴于这家包子铺一向欺老哄幼，当即罚银二十两，并严令从速改正。掌柜的跪在地上，不住地叩头称是。史阙疑说："陪客陈二哥偷去的铜钱，暂存你铺，改日再取。"说罢，径直走出包子铺。

樊保存讲述　史鉴搜集整理

# 祭　鸭

皇帝死了，平民百姓都暗暗高兴。但是从京城传下一道文告，要家家设灵堂，人人穿孝衣，举行"国奠"。迫于皇家权势，人们不得不做个样子，应付应付。开始，史阙疑一直迟迟不动，衙役们虽然多次催促，总是无效，就禀告了知县。知县派了两个人前去察看，并说："倘若属实，立即绑送县衙。"二衙役领命去了。这时，史阙疑家的一只大白鸭子死了。他十分惋惜，就设了灵堂，摆了祭品，并写了篇祭文放在桌上。灵牌上写着"吾鸭之灵位"。

那两个衙役知道史阙疑是个有本事的人，心中早有三分惧怕，哪敢轻易冒犯。到了门口，向内探头望了望，见灵堂摆在房子正中，有炷香，有供品，没闪面就回去禀告了知县。

史阙疑的左邻右舍见衙役在他门前鬼头鬼脑地察看，都替他捏了一把汗。衙役们走后，纷纷前来看望，见灵堂桌上放着这样的祭文：

嘴扁扁，腿短短，行路不能上坎坎，吃食只是半盏盏，而今死去可惜我二百铜板板。呜呼哀哉，尚享！

郑重荣讲述

# 吃"闭门羹"

史阙疑足智多谋，名满全县，山里一个"土皇上"听说以后，竟想用史阙疑做他的"智囊"，两次派他的能干家丁，牵着大马，拿上请帖礼物去请，都被史阙疑严词拒绝了。于是他便仿照"三顾茅庐"的故事，事前派人给史阙疑拿着他措辞十分谦恭的信，并述他十分仰慕之情，约定日子，请史阙疑在家相见。史阙疑一看，这家伙不给他饱喝一杯"闭门羹"，定会纠缠不清，便向来人假意答应："在家候教。"

"土皇上"一听，满心欢喜，这天就带四名家丁，牵上大马驮着满驮厚重礼物，自己也骑上大马，一同乘兴而来。到了渔村史阙疑门外，他想史阙疑必会出门迎接，不料抬头一看，门外冷冷清清，大门紧紧关闭，门脑上放块长砖，外面用红纸包着，细看还写着字。他觉得好生奇怪，便命家丁快取下来，接过一看，上面写着"谁看眼瞎"四字。他大吃一惊，忙翻个过儿，上面写着"不看瞎眼"，再看侧面，上写"扔掉全家横死"，翻看另一侧面，上写"不扔百病缠身"。"土皇上"被气得目瞪口呆，登时大怒。跟来的管家连忙劝解说："老爷，这是人家的门前，又是咱们取下的方砖，老爷千万不能发火，看来史阙疑不肯应聘，给咱吃的'闭门羹'，忍个事儿，把这盅喝了吧。""土皇上"只好拨转马头，败兴而去。

解继刚讲述

以上两则张天恩 常元龙搜集整理

# 丘蒙的故事

（汉族）

丘蒙，闽南人，明代初期秀才。其先辈曾当过京官，大家都称他为"丘蒙大舍"。丘蒙聪颖机智，见义勇为，敢于嘲弄官宦，鞭挞豪强，博得闽南民众的赞誉。他的故事至今仍在闽南诏安一带流布。

## 伏　虎

闽南九侯山下有一个溪东村，村里请来一位姓陈的塾师。他学问渊博，为人正派，几年来，村里的人都把孩子送到塾里读书。村里土豪林阁瑞，绰号"阔嘴佬"。他害怕穷人通书识理，将来不好对付。又担心强行解散私塾，撵走了陈先生，势必惹起人们的愤恨。他苦苦思索，决定煽起迷信风，挤垮私塾。随即派人到县城请来一个巫师，在家中建起神坛，说是"虎王爷"①神灵亲临福地，专替乡里消灾造福。

巫师来到溪东村后，施展装神弄鬼的把戏，画符念咒，行拳舞剑。阔嘴佬暗中指使爪牙到处散布谎言，编造了许多虎王爷灵感救人的故事。一些村民受了蒙骗，迷信之风把溪东村吹得不得安宁。阔嘴佬又煽惑村民道："虎

---

① 民间有张天师骑虎的故事流传，所谓"虎王爷"，即张天师坐骑的"神虎"。

王爷如此灵感，为造福全村，我们应当把神坛移设祠堂中厅，让私塾搬到下厅西房去。"阔嘴佬话音未了，其爪牙即奉承道："把神坛迁到祠堂内是个好主意，我们即时动手吧！"于是神坛便被他们迁入祠堂了。从此，祠堂大厅日日香烟缭绕，舞刀弄棒的吆喝声和善男信女的祷告声掺杂在一起。纵然陈先生真心教课，学童们也难以聚神读书。很多村民见到这样的情景，只是唉声叹气。

村里有一位名叫木柱的中年人，说他认识城里的丘蒙。经过商议，众人决定请木柱到城里去找丘蒙帮忙。

木柱到城里见到丘蒙，说明来意。丘蒙稍加思索，如此这般嘱咐了木柱一番。木柱回村后，把丘蒙所定的计策告诉陈先生和众村民。大家分头行动，四处扬言城里的一位巫师说溪东村的虎王爷灵验，真是乡里的幸运。这话传到了阔嘴佬耳朵里，他欢喜若狂，认为时机难得，便催促木柱前往城里寻找那位巫师，请他到溪东村来当众颂扬虎王爷。

木柱进城去，很快就把丘蒙请到溪东村来了。阔嘴佬与巫师到村外迎接。两位巫师相见，犹如老友重逢，亲上攀亲。他们来到祠堂喝过茶后，阔嘴佬问丘蒙平日是什么神驾附身，丘蒙说是张天师。阔嘴佬一听："莫怪仁兄当众赞扬虎王爷灵验，原来是张天师啊！"一会儿阔嘴佬吩咐摆起宴席，款待上宾。席间，阔嘴佬请求丘蒙当场焚香请天师亲临庇佑，丘蒙满口应承。

这时候，村民们纷纷赶到祠堂里来看热闹，宽敞的祠堂被挤得水泄不通。那个巫师为了显示本领，即刻焚香祭坛，请虎王爷神驾下凡。祷告完毕，不一会儿，他身体不断战抖，忽而警木一拍，站立起来，拳打脚踢，并且煞有介事地说："本将奉天师之命，显灵至此，扶助贵乡，庇佑弟子，诸位有何病痛祸害，可当面禀告，自能平安大吉。"

丘蒙看到时机已到，学着巫师举止，身体摇动，随手拿过警木一连拍了三下，也打起官腔道："我乃张天师是也。今有殿前神虎来到凡间，故到此视察一番。"那位装虎王爷的巫师一听，只得上前叩头请安。丘蒙高声道："宝剑伺候！""是！"那位巫师双手捧上一口长剑献给丘蒙。丘蒙手执宝剑，有板有眼地比画着，口中念念有词，接着离开座位，从祠堂的屋顶看到地上，从大厅看到下厅。忽然，丘蒙剑指屋顶，怒叱一声："大胆妖魔，看你逃往哪里？"接着又用宝剑比画了一阵儿，然后转身责骂虎王爷："无用之辈，区区妖魔，竟然无法镇服！"虎王爷伏地请罪。丘蒙责令："神虎听令，伏地受骑，天师要奋起追妖！"丘蒙把那个巫师一拉，纵身骑坐在他背上。巫师负重难忍，满头大汗，因为怕露出马脚，只好硬着头皮任他驱使。

丘蒙骑着那位巫师直到祠堂后面，经过一番视察，他用剑在距离祠堂后墙一丈左右的地上正中处画了一个圆圈，说道："妖魔潜入地里，速拿锄头挖掘！"几位村民拿来了锄头，在丘蒙所画的圆圈中用力挖掘，挖到约二尺深处，挖出一只死去的白鸡，臭气冲天。丘蒙说道："虎将军听令！为防妖魔复活，把它一口吞服！"那巫师一听，恳求说："天师饶命……饶命，我不敢吞服。"丘蒙斥道："有本天师在此，区区一小妖魔，何用惊怕？从速把它吞服！"那巫师吓得全身冒汗，恳求道："天师赦罪，弟子并无神驾附身，我是假冒虎王爷骗人的！"村民们一听目瞪口呆，原来神气十足的虎王爷却是假的。丘蒙冷笑说："哼，哼！我早就看出你是假货。如今妖魔已除，天师去矣！"丘蒙用手在头上方一抓，表示天师上天去了。

经过这场智斗，阔嘴佬一败涂地，狼狈不堪。不久，私塾又搬回祠堂大厅，陈老师和村民们扬眉吐气，都感到格外高兴。

沈汝淮搜集整理

# 放 大 炮

南诏城郊西面有两座小山，一座叫良峰山，一座叫浮山。良峰山是乱坟岗。浮山西北面是一片好园地，早先原是附近村民从无主荒坟地开垦出来的。土财主三老爷伪造了一张山契，说这片地是属于他祖坟的场地，要霸为己有。原来垦地的村民，只得把土地和所种甘蔗一并交给他。

这年中秋节快到了，甘蔗长得特别好，三老爷得意忘形，逢人夸耀今年甘蔗有一笔好收入，败不了。这话传出后，被丘蒙知道了。丘蒙暗中骂道："不义之财，应该败掉！"

丘蒙叫人四处宣扬，说他中秋夜赏月时要在良峰山上放三门特制的大炮，并宣称炮身高一丈，围八尺。这事儿一传开，城里和乡村民众都想届时到现场看热闹。

中秋节一早，丘蒙果然派人在良峰山上摆了三门特型大炮，外表糊得五颜六色，十分美观，全城都轰动了。傍晚，观热闹的人已陆续来到。三老爷毫不在意，他根本没有想到丘蒙会打他的主意。晚上，大家左盼右等，过了一会儿，来了六个彪形大汉，登上良峰山上扛起三门大炮，往浮山那边跑去。看热闹的人像潮水般跟着奔跑。突然，六个彪形大汉又把三门大炮扛回良峰山上，人们又跟着跑过来。这一来一往，都经过三老爷的甘蔗园，甘蔗已经倒掉不计其数。时刻已到，开始放炮，又长又粗的导火线点上了火，"嗞嗞"地喷射出火焰，人们有的怕被炸着，纷纷向浮山那边奔跑，又一次践踏甘蔗园而过。导火线燃尽，发出"啪啪啪"三下低沉、无力的炮声。人们大失所望，哄笑而散，都说丘蒙放大炮是骗人的把戏。由于他这样一弄，三老爷的如意算盘就被众人踩垮了。

李华　复欣搜集整理

# 戏　族　长

丘姓族长一向横行霸道，族里人都怕他。丘蒙偏偏敢当面揭他的短处，上次揭他谋占族内公田，这次又揭他与王媒婆瓜分媒钱。族长气得胡须直翘，早想收拾他。

一天，王媒婆哭丧着脸到族长那里告状，说她好不容易为族亲说合一桩亲事，却被丘蒙破坏了，长此下去，本族后生仔岂不是要当和尚？原来那个后生仔是本族一个赌钱鬼，媒婆把他说成是个手脚勤快的好后生，丘蒙当众揭穿媒婆谎言，女方毅然退婚。

族长听后，气得打桌拍椅要把丘蒙抓来教训一顿。管家丘成眨眨绿豆眼悄悄对族长说："叔公，你多次好心教训，他不但不听，还敢当面顶撞。如今他是个秀才，交往文士甚多，不可轻举妄动。不如以他拆散姻缘、不尊长辈为由，把他告到县衙，让县老爷革去功名，重重责罚他一顿，岂不更好？"族长低头想了想道："此计虽好，只怕那个败家子不肯同到县堂去。"管家说："丘蒙如不肯去，就按族规叫几名家丁把他硬拖去。"族长"嗯"了一声，随即吩咐管家派人暗中看住丘蒙，不要让他逃走。

　　不料次日，丘蒙一早倒找上门来。族长很惊奇，问他："你这么早来干什么？"丘蒙笑嘻嘻地说："叔公，听说你今天要带我去县衙告状，我想逃也逃不了，不如自己找上门来，早吃罪也早清心。"族长"哼哼"两声，心想：你丘蒙真是不见棺材不落泪。等着瞧吧，有你好看的！

　　吃过早饭，族长和管家就带着丘蒙去县衙。走到半路，丘蒙忽然蹲下来不走了。族长以为他变了卦，急问："丘蒙，你又要什么把戏？"丘蒙可怜巴巴地说："叔公，我早晨急着要随你到县衙请罪，匆忙中忘记穿裤子啦！"他掀开长衫，说："咦，你看，屁股光溜溜的。今天肯定屁股要挨板子，可光着屁股挨打，在公堂上岂不伤风化？你们在这里等等，我赶回家穿上裤子赶回来。"管家一听，冷笑说："丘蒙，你是想借机溜走，没那么便宜！"他转向族长说："叔公，不如马上找一条裤子给他穿，别叫这小子溜了。"族长点头说："是呀，只好这样办了。丘成，你就脱下裤子让他穿吧。"管家很尴尬，"这、这"两声，说："叔公，你看我没穿长衫，只穿一条裤子，要是脱了，底下光溜溜的，怎么好见人？我看……叔公你穿着长衫，可以遮住身子，不如把裤子脱下让这小子穿……"族长一听大怒："混蛋！我是族长，不穿裤子见官，成何体统？"丘蒙忙接口说："叔公，你是长辈，又是原告，板子没你挨的份儿，外面有一领长衫遮羞就行啦，县老爷哪会看见你没穿裤子？要是你不肯借裤子，那就让我回家去穿。"说罢起身就要走。族长怕他溜走，又深信自己告状必赢，就同意了。他在背人处脱下裤子，让丘蒙穿上。

　　他们一起来到县衙，管家击鼓，县令升堂。族长跪在公堂上，历数丘蒙不忠不孝、不敬长辈、拆人姻缘，这坏那坏，足足列了十大罪状。为了感动县官，还扯散头发，一把鼻涕一把泪，出尽洋相。县令被族长的啰唆撒泼弄得早有几分不悦，但还是耐住性子转头问："丘秀才，你可知罪？"丘蒙躬起身，伤心地说："太爷，我叔公操劳过度，最近神经失常，今天硬拉我来戏耍太爷，生员苦劝无效，为尊重长辈，不得不伴同他来，请太爷见谅。"说着，连连抹眼泪。县令被闹糊涂了，瞪眼问丘蒙："你说你叔公神经失常，何以见得？"丘蒙说："太爷，你知道，我叔公是一族之长，可你看，他上公堂却连裤子都不穿，不是神经错乱，怎会如此不成体统！"县令立即命人掀开族长长衫，果然下身光溜溜的一丝不挂。县令勃然大怒，一拍惊堂木斥道："大胆刁民，装疯卖傻，竟敢戏弄本县。拉下去，重打三十大板！"

族长有口难辩，白挨了一顿打，连脚也被打跛了。

邱彬林讲述　胡文辉整理

## 城西柴砸城东油

诏安城东有个财主叫黄金山，开油坊发了横财；城西有个富翁叫李银洞，做木柴生意发了家。他们俩一个是牛角上抹油，又尖又滑；一个是粪坑里的石头，又硬又臭。有一天，两人碰在一起议论小丘蒙，一个说："这小狂蒙还不够肥，要是撞到我手上，非榨他三两油不可。"一个说："这小狂蒙还嫩得很，就算捏到我手上，也烧不成半块炭。"

俗语说：宁做过头事，不说过头话。这两个尖滑家伙的过头话给小丘蒙听见了，小丘蒙就决心让他俩领教领教他的厉害。

三月初三是清明，小丘蒙打听到财主和富翁都上山扫祖墓去了，便穿上华贵的衣服，装扮成财主黄金山的家人，到城西李银洞的木柴店，对伙计说："我家黄老爷要买李老爷的木柴十二担，柴要好柴，价格上等。"

木柴店伙计一听价格优惠，连忙雇来十二个人担着木柴，跟着小丘蒙走，走到黄金山的油坊后院，因为巷窄柴担不好过，把道路堵塞了，进退不得。两头的行人等不及了，就骂起来："这黄老爷太霸道了，把众人大路围去做后院，真缺德！""那李老爷更缺德，低价买我们的柴，却在这里卖高价，赚多了也不怕火烧厝①！"

那挑柴的肩膀都挑酸了，问小丘蒙："你怎么让我们走这样窄的路，我们的肩膀又不是铁打的！"

小丘蒙笑笑说："不忙，不忙，走这条窄路近点儿，不然还得绕个大弯路！要不然这样吧，你们把木柴从墙外扔到我家老爷的后院吧。这样你们不必再挑着柴走拐弯路，行人也可以过路，岂不两全其美？"

"好，好，就听你的！"挑柴的、过路的听小丘蒙这么一说，欢喜得不得了，大家一齐动手，"噼里啪啦"一会儿工夫就把十二担木柴全扔进黄金山的后院里去了，把后院那些油罐、油缸、油桶全砸烂了，油淌满地，都流到了街上。

十二个挑木柴的人扔完木柴，要找黄金山的人算工钱，小丘蒙却早已跑得无影无踪啦。

黄金山扫完墓，听说后院被砸，像奔丧一样从山上奔回油坊，脚底一滑，摔了个狗吃屎，脚也瘸了，手也扭了，头上还起了几个大青包、大红包，家人忙扶他坐到太师椅上。还没喝茶，李银洞就带着几个家丁上门来了，一进门就喊："好一个黄金山，家有金山、银山，却来骗我的木柴不给银子！'朋友缘在，买卖算分'嘛，这个道理你也不懂！"

黄金山一听，"呸"地吐他一口痰，喊道："你懂？你懂个屁！你的木柴把我的油全砸了，还敢上门来要我的银子，我还没叫你赔呢！"

拿杖打着自己的头。两个为富不仁的家伙，鸡也飞了，蛋也打了，还在那里对骂个不停。

谢伯婆讲述　沈顺添整理

---

① 厝（cuò错）：方言，房屋。

# 华八公公的故事

（汉族）

························○························

华八公公是一位文人型机智人物。其原型李宗华，系清代咸丰年间湘潭县十四都石门的一个秀才，排行第八，人称"华八公公"。其故事大多为惩恶扬善、扶贫济困的趣话，流传于湖南湘潭、衡山、湘乡等地。

························○························

## 戏弄京官

一个深秋的上午，华八公公穿戴整齐，同着李姓族尊①们去迎接回乡祭祖的京官李在青。老秀才华八公公受族人重托，也不能失掉礼仪，但是他对这位跋扈的京官，心中却另有个小九九。

李在青是内阁中书，深受皇上宠爱，他在潭州城里生城里长，从没到过老祖辈住的乡村。族人进城拜访，无不受过他的冷遇，说什么乡巴佬愚蠢粗鲁，谁也比不上他这"天生的文曲星"。

这些，华八公公早就听说过了，他就想趁此机会，将"文曲星"奚落一番。

李在青为表示祭祖虔诚，在离李氏宗祠一里路远的大路上就下了官轿，

---

① 旧时族人对族内辈分高的称"族尊"。

华八公公同着族尊陪他步行。李在青不随便讲话，以显示京官的威严。他看到收割以后的田垄，垲垲翻犁过了，浸了白水①，打了圈圈的粪凼②，十分不解，可又不便动问。华八公公推知其意，于是指着这一排排粪凼笑着说："请问中书大人，此田好否？"李在青不假思索，蛮有把握地回答说："打了圈圈的文章是好文章；打了圈圈的水田，一定也是好田也，好田也！"两旁的人想笑又不敢出声，李在青却认为自己在族人中显示了才能。

接着又遇到山坡上一排桐林，桐子熟了，颗颗通红。华八公公又笑指着说："中书大人请看，佳果也！"李在青吃惯了京城的苹果，颜色都没有这样红，便称赞不绝："苹果多出在北方。家乡能有这样的红苹果，实在难得，味道一定鲜美！"这一下真把陪伴的族人惹笑了。

一行人再往前走，前面约五十丈远的地方，有一农民牵着一头角系红布、从外乡买回的大水牯牛③，形状威武。李在青一见大吃一惊，大声说："此系何方怪兽！快逐之！"华八公公示意农民将牛牵向山路，然后回头解释道："中书大人请放心，此乃麒麟也。麒麟遇贵人才出，真是吉祥之兆。"李在青一听遇上麒麟，好不高兴，忙叫随从拿出十两纹银，赏给牵引"麒麟"之人。

这一下，引得众人大笑，华八公公也笑了。

## 酒楼断案

华八公公既不是地方都总，更不是衙门县官，一位文弱的老秀才，为何能在酒楼上断案呢？说来十分有趣。

一个冬夜，老秀才正在替学生批改文章。突然一个后生推门而入，伏地一拜，眼泪双滚，哭道："华八公公救我呀！我蒙了不白之冤，背了黑锅，还要赔一百两纹银，逼得我老母拼命，妻子寻死，我如今也不要这条命了！"

---

① 种完庄稼后，用水泡着的田叫"白水田"。"白水"就是清水。
② 凼（dàng 荡）：方言，水坑。
③ 农村买牛，卖主为了向买主表示祝贺，将红布系在牛角上，再让买主牵走。

老秀才双手扶起这后生，一看，原来是童生赵家国。他二十多的年纪，家住离石门不远的桥头铺，父亲早亡，为人老实忠厚，正在勤攻苦读，常写文章请华八公公指点。因此，华八公公对他很了解，一见他哭哭啼啼而来，便问道："贤契①为何如此悲伤，坐下，慢慢说来！"

原来昨天夜晚，北风呼呼，赵家国老母生病，请郎中开了药方，便去青山镇药店赎药。回到半途中，遇见一年轻女子两手按着肚皮，不住声地叫痛，见赵家国近前，她哀求着说："相公啊！行行好！扶我一把，救我一命！我家就在这山冲里。"赵家国很为难，连说为老母赎药，难于从命。可这妇人拉他的腿，不肯放走："相公呀，救人一命，胜造七级浮屠，神灵保佑你进学中举！"

赵家国心地善良，见这妇人痛得十分可怜，动了恻隐之心，便扶着她来到这家山冲茅屋。他放了手，刚提脚要走，谁知一个黑脸大汉手持利斧冲进门来，不问青红皂白，一手扣住赵家国的衣襟，吼着说："好小子，竟敢深夜入宅，奸污我妻子。今晚，不是鱼死就是网破。"一边说一边举起利斧，喝道，"好！我先杀死这臭婆娘，然后叫你这臭书生赔罪！"赵家国被吓得魂不附体，忙上前死死拉住黑脸大汉，又是解释，又是求情。

这黑脸大汉是十四都有名的赌棍，名叫赵丁山。他哪里容得赵家国的苦口分辩，只见他打了妻子两记耳光，然后，指着赵家国的鼻尖骂道："赵小子，你奸人妻子割人肉，这丑事，是公了还是私了？"赵家国惊问道："什么叫公了？"赵丁山"哼哼"鼻子："公了好说！就是剥光你两个丑鬼的衣服，用绳索一绑，送到都总②那里去！然后罚款认罪，取消你的功名！""私了呢？""私了只要你写一份因奸人妻子自愿罚银一百两的字据，限在明天正午到青山镇酒楼交银退票，互不张扬，各自相安。"

赵家国在利斧的威逼下，顾虑到自己的功名前途，终于落进了圈套，写下了字据……

---

① 贤契：对情意相投的友人之美称。
② 都总：清代基层政权的小吏，相当于区长。

华八公公想：赵丁山这个赌棍设下圈套，挖坑陷人，太可恶了。他对赵家国劝慰着说："贤契请放心！蛇有咬人之牙，我自有捉蛇之法！"接着叫赵家国附耳上来，如此这般说了一遍。

第二天上午，华八公公邀了邻近两个酒友同去青山镇酒楼喝酒，还暗地吩咐了一番。

时近正午，青山镇酒楼特别热闹，堂倌提酒送菜，里外奔忙。一个背光线的旁座，坐着黑脸大汉赵丁山，正在探头探脑等候赵家国的到来。这时赵家国头戴雪帽，身背蓝色包袱悄悄地向赵丁山面前跑去。他用一百两纹银和赵丁山换回那字据，然后揉成纸团丢进嘴里吞了。赵丁山得了银两，心中好不高兴，忙将银包往腰间一塞，用围腰牢牢束住，准备下楼溜走。

谁知背后叫道："抓扒手呵！我丢失银子啦！"

这一声，顿使众座皆惊。赵丁山回头一看，原来是书生赵家国在喊叫，先怔了一下，然后归了原座，倒要看看他想干什么，转而一想，不行，不如早溜为好。他刚走到楼门口，便被华八公公的两个酒友及两个堂倌拦住了。

赵丁山学了点防身武艺，本想发火，只因心中有鬼，还是把火气压了下来："请原谅！我有急事在身，得马上赶回去！"

华八公公忙上前去，满脸堆笑说："汉子说得对，我们都有急事，现在既有人失了银两，不妨先在老夫身上搜查一下，弄个清白出门。"

这时赵家国哭丧着脸，双膝跪下喊道："晚生被扒去纹银整整一百两，乃家母养老金，准备购置棺木装束，哪知……"

俗话说：文茶馆，武酒楼。酒客们一个个摩拳擦掌，要把扒手抓出来。他们先搜查了站在楼门口的四人以后，接着逐一进行搜查，终于在赵丁山腰间搜出了这一百两银子。众酒客都要动武，却被华八公公制止了。

赵丁山是一个狡猾的歹徒，虽从他身上搜出一百两银子，却面不改色，装作平静，说："嘿嘿！银子是私人铸的，还是官家铸的？这后生失了银子，有何证据证明就是我赵某这一百两？谁敢敲竹杠，老子拳头不认人！"

众酒客见扒手狡辩，都来火了："呸！为何你身上的银子不多不少一百两？你说呀！哼，不打不认招！"

这时，华八公公又笑着排解说："不许动武，有话好讲。这银子究竟属谁，请各谈各的证据吧！"

赵丁山转怒为喜，满口同意八老爷的明判。华八公公要了文房四宝，开口动问："黑汉子你姓甚名谁？家住何处？什么职业？银两从何处得来？有何标记证明为你所有？"

赵丁山随口回答道："我姓赵名丁山，家住西阳冲，经商为生，纹银百两乃经商资本，外用两层禾草纸包裹，可以查看。"几个酒客看后，果然不错。华八公公接着同样问赵家国。

赵家国悲悲切切地回答："我姓赵名家国，家住桥头，童生出身，此百两纹银乃老母养老金。今早从舅父家取来，用双层禾草纸包裹，第二层上写有'寿比南山'四字，每锭银子上都用小刀划有'寿'字细纹，烦请诸公察看。"

赵家国说得有根有叶，华八公公便叫两位长者仔细察看银包，果然与赵家国所述完全相符。

华八公公面孔严肃，盯着赵丁山说："黑汉子，这银两可不是你的啦！扒窃偷骗，该当何罪！"

这时，黑汉赵丁山即使有千张利嘴也无法狡辩了。如果道出了昨晚陷人的事，罪比"扒手"更重，不如默认为"扒手"了事，免得送到官府受苦。

众怒难犯。谁都恨透了扒手，有的要当场吊打，有的要挂牌子游街，有的要捆送县衙法办……

赵丁山慌忙跪在华八公公面前哀求着说："八老爷，请从轻发落，小人知罪了！"

华八公公威严地说："知罪就好，既不吊打挂牌，也不捆送县衙，只要写三份悔招书，一份送县衙，一份送都总，一份就贴在酒楼之上，使人人皆知刁徒扒手赵丁山的丑恶行为，这事就不了了之。"

狡诈的赵丁山只得低头认罪，一一照做了。


以上两则李春四讲述　李薰陶搜集整理

# 刘之治的故事

（汉族）

晚清时，安徽寿县出了个穷苦百姓喜爱的文人型机智人物——刘之治。刘之治反对八股科举，喜读闲书，不满朝政，从未应试，喜欢结交穷朋友。老百姓说他"有状元之才，有菩萨之心"。他常常施展自己的聪明才智，嘲弄官府、财主，为穷苦百姓伸张正义，传下许多故事。这些故事至今仍在寿县、淮南一带流布。

## 乱了庙祭

寿县的臧知县，是个吸民血、敲民髓的歹毒之辈。可是他偏偏老虎戴佛珠——假充善人，规定每年三月三、九月九，举行春秋庙祭，还亲自进庙跪拜拈香。大财主孙状元的叔子孙二独笼主持庙祭，亲自喊号子。蟹帮鳖，鳖护蟹。他们狼狈为奸，借着庙祭，大捞一把。

刘之治恨透了这帮家伙，心里盘算着如何把庙祭给捣掉，却一直未瞅到机会。

这年三月初二，孙二独笼忽然患了嗓子病，声音怎么也喊不大，这可急坏了孙二独笼。他想方设法，要找个替身。找财主吧，他怕美差肥缺就此让人家占去了；找穷人吧，谁个穷人愿沾这个腥气呢？

刘之治听说了，就提篮油条，在孙二独笼家门口叫卖："卖油条啊，卖油条！"他的声音清脆圆亮，十分悦耳。孙二独笼正苦恼时，听到这叫声，非常高兴，忙吩咐家人说："把这个卖油条的叫进来。"

刘之治挎着篮子进来了。孙二独笼一见，说："是你，油条甭卖了，明天，你帮我喊一下庙里号子，我付你十篮子油条钱。"

刘之治故意说："好是好，只是我不会喊。"

孙二独笼笑了，说："这次，你倒蛮老实的。这样吧！我待在桌肚里，你站在桌子上，我在底下轻声念一句，你在桌上大声喊一句。"

刘之治说："这个，我能做到。"

第二天一早，孙二独笼领着刘之治进到庙里，在大雄宝殿旁放一张桌子，用布围上。孙二独笼钻到桌肚里，刘之治站到桌子上。一会儿，人们便熙熙攘攘地进庙了。

又一会儿，臧知县来到大雄宝殿下。孙二独笼在桌肚里瞅见，就念道："跪下。"

刘之治接茬喊道："跪下。"

臧知县挽起袍子跪在蒲团上。

桌肚里轻声："一叩首。"

桌台上大声："一叩首。"

……

三叩首喊完了，桌下桌上呼应得很好，进行得顺利。孙二独笼暗暗高兴，不觉赞了一句："乖乖，嗓子真不错呀！"

刘之治觉得机会来了，便大喊道："乖乖，嗓子真不错呀！"

臧知县跪在那里，不知怎么办才好，又不敢爬起来，看热闹的人，也不知怎么回事。孙二独笼在桌肚里，急了，轻声说："你这东西，怎么乱喊一气？"

刘之治在桌上大喊道："你这东西，怎么乱喊一气？"

孙二独笼更急了，威胁道："你再喊，我就掀桌子了！"

刘之治也大喊道："你再喊，我就掀桌子了！"

可怜的臧知县还跪着，腰又酸，腿又麻，一听到要掀桌子，就大喊道："不能掀呀！当心压着我呀！"

"哈哈！菩萨爷也不保佑县太爷啦！"

众人捧腹大笑，说着挤着向外走去。刘之治就此跳下桌子，出了庙门。

从那以后，臧知县再也不举行庙祭啦。

# 盗 县 印

寿县新上任的简知县，一到任，就把刘之治找去，说："刘之治，听说你一肚子一二三，眼眨眨就来点子。那好，三天内，你把我的县印盗去，我就服帖。做不到，我就把你赶出寿春①。"

刘之治说："大人，小人本无多大本领，尤其不会偷，不知大人初上任，就听谁嚼了舌根？"

知县说："我不管，高低就这么办了。"

刘之治万般无奈，叹口气说："大人，一定要这样做，就叫打赌，说是偷盗，我万万不干。"

"好呗，打赌就打赌吧！"

刘之治走后，简知县忙吩咐在厅堂放上一张大方桌，把县印放方桌中央，让十个衙役轮班看着，一班两人，夜晚则高挑明烛，照得厅堂亮如白昼。简知县得意地想：你就是杨香武②再世，恐怕也难盗了。这下，可搞你个下马威。

第一天，无事；第二天，事无；最后一天哩，衙役们也松了一口气，心想：这一天一夜过去，明天就能看到刘之治受惩，以后就少受他的闲气了。

傍晚时，两个汉子抬了一箩面粉，来到堂上，在印桌旁停下，一个人向衙役说："这面粉是老爷太太叫送的。"一个人拿起桌上的印包说："这包的

---

① 寿春：寿县古称寿春。
② 杨香武：武侠小说中的神偷。

啥玩意儿?"

衙役一见,猛喝道:"放下!"

那人吓得手一颤抖,县印掉到面箩里去。

衙役又厉声喊道:"还不快拿出来。"

那人赶忙从面箩里把印拿出来,吹吹粉屑,放到原处。抬起面箩,按衙役指的路走了。

这一夜,又平安无事。第三天一早,简知县便喜滋滋地升堂,正要派衙役传刘之治,刘之治却已来到堂下。

简知县说:"刘之治,我的官印还在,你还有什么话说?"

刘之治说:"堂上摆的那个是假的。"

简知县解开印包一看,只是个黄泥做的印坯,大惊失色。原来,昨晚印包落到面箩时,刘之治已把它"调包"了。简知县连忙走下公案,向刘之治拱手道:"先生果然有见识,本领高,请海涵。"

刘之治哈哈一笑,从荷包里掏出真印还他,说:"往后,还请父母官少出些馊点子。不然的话,你吃不了,兜着走。"

以上两则黎邦农　王恩素搜集整理

## 斗　知　府

寿县西乡有位穷书生,因无钱孝敬考官,虽有满腹文章,仍屡试不第。书生家中非常贫困,一天三餐难周全。夫妻两人商量多次,为了吃饱肚子,决定让妻子进城帮佣。妻子进城,帮到知府家。她干活勤快,为人厚道,就由一般女仆调进内房服侍知府娘了。由于不挨饥受饿,三餐茶饭不愁,脸上黄皮渐渐褪去,日益白嫩红润起来。她又长得五官端正,形态秀丽,比知府的妻妾还美咧。知府见色起歹,顿生邪念,叫寿县知县做媒。那知县也是个"马屁精",派衙役传来书生,对他说:"喂,穷书生,知府大人看中你的婆娘,愿出一百两身价银子给你,你把妻子让给知府大人,你另娶一个吧!"

书生不愿，说："我虽家穷如洗，但骨头比银子还硬，我决不出卖妻子。"

知县大怒，说："山楞果子，不上抬举。告诉你，敬酒不吃吃罚酒，就别后悔。"

他立刻命衙役把书生赶出县衙。书生站在衙门口连呼："寿县县衙无青天！"

刚好，刘之治从这里经过，见书生扯着嗓子在叫，便说："老弟，衙门关着，你喊破嗓子，也是搬石头砸天。你有什么不平之事，快说出来，大家合计合计。"

书生见刘之治说得诚恳，便含泪把不幸遭遇说了一遍。刘之治说："知县衙门告知府，叫钵子装坛子，是到处碰壁的，不成，不成。"

书生一听，又急得哭起来："难道就这样算了，我们夫妻永远不得团圆啦！"

刘之治对书生说："哒，你运气好。孙状元当了四省巡按，顺道返乡祭祖，你写状子给他，我保你打赢官司。"

书生当即写了状子，刘之治在书眉上题诗一首，告诉他说："你到状元府，他们会不让你进去，你就说刘之治叫送的信。"

书生点点头，拿了冤状直奔状元府。果然门官不让他进。书生头昂昂的，胸脯挺挺的，说："刘之治叫我来送封信，要面呈巡按大人。"

门官只得领了书生进去。当时寿州知府和知县也在拜会四省巡按孙家鼐。两人一见书生进来，脸上一寒，知府来了个恶人先告状，说："孙大人，这是寿县西乡有名的无赖，还冒充大人的同窗，快赶他出去。"

孙家鼐说："慢。"随即问书生："是刘之治叫你送信来的吗？"

先生说："是。"

于是，把冤状递上了。孙状元看那状纸，见书眉上有诗一首，写道：

寿州到处乌云飘，

状元家乡没青天。

知府大人霸民妻，

寿县知县收媒钱；

妻妾成群犹不足，

落难书生家不圆！

刘之治题


孙家萧看后，就把状纸递给知府，知府见是告他，又怕又恨，浑身发抖，不由得双膝落地，叩头求饶，说："大人恕罪，卑职不敢了。"

孙状元命中军官拾起状纸，将知府、知县拿下，狠狠地说："状元家乡没青天，要你们这俩狗官何用。"

他当即写奏进京。不久，圣旨批复，知府充军，知县削职为民。秀才夫妻得以团圆。


黎邦农搜集整理


# 治　牙


寿县城里有个衙役，心毒手狠，是个头顶上长疮、脚底板流脓——坏透了腔的家伙，寿县城人人恨他。

这天，他牙齿痛，郎中谁个也不敢替他看。真是合了俗话：牙痛不是病，痛死无人问。

刘之治晓得了，就提个药箱，转到衙役家门口，高喊："治牙痛啊，祖传治牙病，手到病除。"

衙役正痛得翻身打滚，忙喊他进来。刘之治摇摇手，说："我是摆摊牙医，不进家。"

衙役无奈，只好叫人从家里抬张桌子，端了凳子，放在门口。

刘之治把药箱放到桌上打开，拿起铁钳。说："张开嘴，我看看。"

衙役张开嘴。刘之治眼疾手快，伸钳子就夹住一颗牙齿，用劲一拧，把牙齿拔了下来。衙役痛得嗷嗷叫，眼泪汪汪地说："不是这个，不是这个。"

刘之治故意钳着牙齿让众人看，说："这颗就是坏牙，不坏，怎么能拔掉呢？"

衙役说："痛的不是这个。"

刘之治说："这个将来会痛的，不如趁早除掉。现在再拔那颗痛的。"

衙役摆摆手说："你这个拔法太粗野，叫人受不住。"

刘之治说："这能比你打小民的板子、上小民的刑还粗野吗？那好，这回用药来拔。"

刘之治让衙役坐到凳子上，用丝系住那颗牙，说："不痛吧！线头让你自己拿着。"

衙役点点头。刘之治掏出一包黑药倒在桌面上，说："你把头放到桌上，张开嘴，眼闭上，我把药吹进去，包你一点儿也不痛。"

衙役遵命，把下巴抵着桌面，张大嘴儿对着药，闭着眼。刘之治说："唉，就这样。"

说时迟，那时快。刘之治点着纸煤子，用力一吹，"轰"的一声，火焰冲起，把衙役半边脸烧了无数的大紫泡，原来那是爆竹药。趁衙役还没有回过味来，刘之治就溜了。

自那儿，衙役就留下半个紫乌脸，人一走到哪儿，小孩儿就喊："阴阳脸来了！"人人都知道他是个坏蛋，他再也不能任意为非作歹了。

黎邦农　王恩泰搜集整理

## 拜年对对

刘之治早年上学堂时，就被称为"神童"。有一年大年初一，刘之治的父亲背着他去给先生拜年。先生有意考考这位得意门生，便指着门外沙滩道："少水沙即现。"

刘之治从父亲背上下来，想起来时途经淮河的大堤，随即对上："是土堤方成。"

先生从心里喜欢这个小学童,他望着麦田里觅食的大雁,再出对曰:"鸿是江边鸟。"

刘之治即指着师娘用过的蚕席对道:"蚕为天下虫。"

先生沉吟片刻又出上联曰:"三个土头考老者。"

刘之治随后答道:"五家王子弄琵琶。"

先生手指八公山的苍松古柏说:"松下围棋松子每随棋子落。"

刘之治即折下一枝春柳应对:"柳边垂钓柳丝常伴钓丝悬。"

尔后,先生仰望蓝天,颇费思索地再出一联:"天为棋盘星为子何人能下。"

刘之治抬头四顾,环视辽阔的江淮大地对道:"地为琵琶路是弦哪个敢弹。"

几对末了,先生早已目瞪口呆,不禁伸出大拇指赞道:"奇哉,妙哉,不愧'神童'也。"


# 巧计惩奸商


鸡蛋贩子张麻子,在寿州城欺行霸市,人所共知。每天上市的鸡蛋,他堵住城门全部低价买去,然后高价卖出。只因是独家生意,漫天要价,可把市民们坑苦了,一时怨声载道,没有不骂他的。这事情传到刘之治耳里,他很是气愤,决心要惩治一下这个张麻子,杀杀他的威风。

这天,刘之治摇着纸扇,来到张麻子的摊前,把扇子"刷"地一收,指着那担鸡蛋问:"几文钱一个?"张麻子见来了一个阔佬,狡黠地一笑道:"不多,不多,五文钱一个。"

刘之治见他漫天要价,果真奸诈。他手捻胡须,心中暗道:这样的不法奸商,不治治他难平众愤。就故意把价钱还得低低的:"一文一个行不行?"

张麻子撇了撇嘴,不屑地说:"嗯!一文钱?够买个鸡蛋黄子。"

刘之治闻此心中暗想,何不来个将计就计?他勉强地答应说:"好吧,就依你讲的价钱，这一担鸡蛋我全要了。"

张麻子一听高兴得几乎要蹦了起来！今天生意真顺手，才屁大工夫，就赚了对半的利。他正得意地想，忽然听见走在前边的刘之治唉声叹气地说："要不是家里等着用鸡蛋，我才不花这么多钱买你的鸡蛋呢！"张麻子一听，眼珠子转几转，计上心来，原来这位阔佬有事急着要用鸡蛋哇，如今这城里找不到第二个卖鸡蛋的，我何不借此机会，再多诈他几个钱呢？想到这里，他站住不走了。刘之治就料定他会来这一出，就故意问他："为何走走停停？"张麻子装出一副哭丧脸说："鸡蛋价钱要低了，这样连本都会赔进去的。求大爷开恩，每个鸡蛋再加半文。"刘之治冷笑一声："随你便吧！"张麻子得意地一路哼着小曲，走进了刘府大门。

刘之治领着张麻子来到后院的碾盘跟前，对他说："你把鸡蛋放在碾盘上面，数数有多少个，我去叫人拿钱给你。"说罢，径自去了。张麻子照着刘之治的话办了。可这碾盘中间凸，四周凹，鸡蛋一放上去就滚开了，把他忙得满头大汗。这时他急中生智，把一只胳膊伸开，拦在碾盘的边缘，一会儿工夫，胳膊弯子上方，就放了一大溜子鸡蛋。"一五、一十、十五……"张麻子弓着腰站在那儿，一动也不能动，只等阔佬来点数付钱。等了一会儿，他站得背酸腰疼胳膊麻了，心里抱怨这老头儿办事太慢。

再说刘之治转到后房，对家人如此这般交代一番。突然放出牛犊一般大的黑狗，一见到生人，大黑狗狂叫着向张麻子扑去。张麻子猛地一惊，忘掉了胳膊弯里放着的几百个鸡蛋，一躲闪，只听得"咕噜噜""啪啪"一阵响声，张麻子这才醒悟过来，慌忙扑向碾盘："我的鸡蛋，我的蛋呀……"霎时，碾盘上的鸡蛋全都滚到了地下，鸡蛋黄子、蛋清泼了一地。张麻子蹲在地上发愣。这时，刘之治暗自好笑，叫家人拿来几个大盆说："数数鸡蛋黄子吧，按你讲的价钱，一文半钱一个。"张麻子偷鸡不成蚀把米，像泄了气的皮球瘫坐在地上。

# 智罚衙役

一个新上任的知县，为了自己任期内行事方便，就想法把无人敢惹的刘之治维持好。一天，他备了一桌酒席，打发心腹衙役王三，给刘之治送去大红请帖。

这王三平日自恃有县太爷做靠山，到寿州不久，就为虎作伥，欺压百姓，目中无人。他见知县老爷对刘之治如此恭维，心中就有几分不自在。他边走边嘀咕：堂堂的一县之长，干吗对这个穷秀才这么敬重？真是千古笑话。我就不信，他刘之治能有多大能耐！

刘之治平时喜欢栽些奇花异草，他书房前的小花园，四季花香扑鼻。这日，他正在家中兴致勃勃地侍弄他的花草，王三昂首进入刘府，也不让人通报，径直闯到刘之治的面前，高声叫道："刘之治！俺们老爷有事叫你去一下。"说完，把请帖随手丢在身旁的石凳上。刘之治一愣：寿州城里认识我的人谁不称我"刘大爷"，还没听过有人高声喊我的名字呢！看眼前这鼻孔朝天的差役，十分气恼，这个不知天高地厚的家伙，不就是那日里无故鞭打一个乡下农民的恶役吗？今天你倒送上门来了，不治你等何时？想到这，他剑眉倒竖，双目圆睁，厉声问道："你们老爷找我有什么事？"

王三见势不妙，忙把请帖拾起来，在衣襟上擦了擦，双手递给刘之治。刘之治打开请帖一看，哈哈大笑起来。这一笑，笑得王三丈二和尚摸不着头脑，垂手站在那儿动也不动。刘之治进屋拿笔在请帖上写了一行字，写毕，"啪"的一声，把请帖掷在王三面前："我当是什么事呢？原来是借个碓窝子。"他手指王三："去，把后院那个碓窝子给你们老爷扛去！"

王三心里纳闷哪，老爷明明是说请客，怎么说是借碓窝子？他偷看了刘之治一眼，不敢多问，忙拾起请帖，在家人的带领下，来到了后院，扛起那一百多斤的石碓窝子，"吭哧吭哧"往县衙走去。

县太爷请的几个陪客都来了，唯独主宾刘之治迟迟不见踪影，他着急地正在不停地往外张望。忽然，王三大汗淋淋地扛着碓窝子，蹒跚地走来。几个差役忙上前去，帮着他把碓窝子放下来，王三瘫坐在地上直喘粗气。县太爷见没请来刘之治，却扛来了这玩意，厉声喝问："这是怎么回事？"王三颤抖着双手递过请帖。县太爷翻开一看，气得直叫，抬手就是两耳刮子。原来，请帖上有这么几行字：

> 来人不识字，
> 喊我刘之治，
> 实在无法可治，
> 只得叫他扛个碓窝子。

知县一看王三还站在那儿，声嘶力竭地叫道："快拉下去，重重打四十大板！"众衙役不敢怠慢，把王三拉了下去。

自从知县差人给刘之治送请帖被羞辱了一番后，他整日闷闷不乐，大骂王三不会办事，得罪了刘之治。他怕在搜刮民财的时候，刘之治会从中作梗，便处处留神提防。

这日，刘之治来到了县衙。知县闻报大喜，忙迎出门外，又是骂差人，又是赔不是，口口声声"请刘大爷海涵"。刘之治看着他谦卑的模样，心中暗自好笑，表面却装着一副痛心疾首的样子："县官大人一贯爱民如子，廉洁清明，那日只怪本人一时糊涂，冒犯了县官大人，事后一直深感不安。为赎回以往的罪过，今日特地登门赔礼，还望大人海涵。"说完，故意装出害怕的样子，摆出要行大礼的架势。知县听着刘之治这一番颂词，心里痒酥酥、甜蜜蜜的，如堕五里雾中，不想他还要行大礼，慌了神，忙起身相挽："唉，刘大爷，快别……别……你这是折杀本官了。"刘之治一阵儿好笑，我怎么会给你这赃官行如此大礼呢？只不过逢场作戏罢了。趁县官高兴的时候，刘之治故作亲近地说："为补上次的过失，敝人已派人在状元桥上设下酒宴，恭请大人前去赴宴。"

知县万没料到刘之治会请自己去赴宴，那高兴劲儿就甭提了，可嘴上仍假意说道："唉——刘大爷，见外了，今日来到这里，理应是我请客，怎好意思叫你破费呐。"一个假意推脱，一个执意要请，两人推让一番后，双双往状元桥而去。知县此时春风得意，两腿生风，可他哪知刘之治早已将凳子悬空放着，等他来赴宴。

这状元桥是建在察院里的一处名胜，这里古柏参天，鸟语花香，桥下流水潺潺，风景秀丽。此时，知县心情好不舒畅，看到桥中桌上的美味佳肴，更是口水倒挂，径直来到桥上，不等让座，就一屁股坐在椅子上。这一坐坏了事，知县真的驾在了空中，只听"哎呀"大叫，随着"扑通"一声，桥下的水面上立刻漂起了知县的乌纱帽，水里"咕咚""咕咚"地冒出了一长串气泡。

当知县落汤鸡似的被人救起架回县衙的时候，他还不时回头望着桥上的佳肴。

## 公子吃死猫

阳春三月，城里一些和刘之治相好的公子秀才们一同来到郊外。这里桃红柳绿，一派生机盎然。他们兴致勃勃，不觉来到一个村庄边，顺着田间小道，欣赏这美好的田园风光。一个个吟诗答对，心情好不舒畅。

忽然，走在前面的公子秀才们一个个捂着鼻子，嘴里嚷嚷不清，像是躲避瘟疫一样，远远地逃离开去。刘之治感到奇怪：是看到老虎来了还是怎么的，把这群人吓成这样。他紧走几步，来到他们躲避的地方，定眼一看，才恍然大悟。原来，小路旁的小干沟里躺着一只死猫。这猫也不知道被丢弃了多长时间了，肚子已经鼓起老高，周围的绿头大苍蝇"嗡嗡"直响，一股怪臭直蹿鼻孔。看到这，刘之治心想：死牲畜乃是常理，没曾想到把这群"才子"吓成这个熊样。这时那些远远躲着的公子们早就不耐烦了，一个个催促刘之治快些离开这里。刘之治一边应着，一边对跟在后边的家人耳语几句，家人点了点头留在了原处。待刘之治赶上他们后，这群公子已无心春游了，一个个没精打采地慢慢往回转去。

晌午时分，他们进得城来。刘之治慷慨大方，盛情邀请，苦苦挽留大家。这群公子秀才正求之不得，假意推辞一番后，喜笑颜开地蜂拥进了刘府的大门。那边的厨房里，油烟弥漫，香气诱人，早馋得一些人口水直流。刘之治领着这帮朋友们进了自己的小花园。这里凉亭楼阁，石桌石凳俱全，鲜花开放，争奇斗妍，使得秀才们诗兴大发，早把郊外遇见的扫兴之事忘到了九霄云外。

开饭了，桌上摆满了丰盛的佳肴，中间放着一个土红色的瓦盆，里面盛放着不知名的菜肴，发出诱人的香味。酒过三巡，菜过五味，刘之治趁大家都在兴头上，指着那个瓦盆问道："诸位，这种菜在寿州城还没人见过，更没人吃过，是我前些日子从一本洋书上看到的，其色香味别具一格。先别忙动筷子，诸位先猜猜看，哪位先猜中了，哪位先尝。"

这番话说得这帮食客们心里痒痒的，死劲地咽着口水，一个个摇头晃脑，胡乱猜测。一旁早有人忍不住了，不管三七二十一，夹起就往嘴里送，顾不得品味，囫囵咽到肚中。一些手慢的，大声责骂着，一阵哄抢之后，瓦盆里只剩下些残渣剩汤。一旁站立的家人暗自好笑，把盆子撤了下去。人们匆忙把东西吃下肚子去，却不知它的名字，心里憋得发慌。一些性急的催刘之治快快道出它的菜名。

刘之治不慌不忙，呷了一口酒，吃了口菜，脸上挤出一丝嘲笑。这一笑，人们心里就起了疙瘩，一时估不透他葫芦里装的是什么药，一个个痴呆地望着他，等待着他的回答。刘之治见气氛有些紧张，就笑着说："诸位，这道菜乃有名有姓的头等好菜，名曰'龙虎斗'。它并非大码头①那些名菜馆的做法。它的原料可跟它们不一样，这'龙虎斗'的原料乃'地龙''飞虎'也。"他这番有声有色的描述，把酒桌上的不快又一扫而光，大伙兴致又起。一个阔少非要刘之治讲讲什么是地龙，什么叫飞虎。一些人也跟着起哄，非要他解释清楚。刘之治淡淡一笑："吃饱喝足之后，自然说给你们听个明白。"

酒足饭饱之后，他们晃晃悠悠来到大街上，凉风一吹，有人想起地龙、

---

① 大码头：大市镇。

飞虎一事，便软磨硬缠非要刘之治解释清楚不可。刘之治见时机已到，就问道："诸位，上午那只死猫你们还记得吗？""别提了，怎么不记得？腌臜死了。"有的已经有预感，喉结在不停地蠕动。"这地龙，乃是我花园里的大曲蟮①，飞虎就是你们上午见到的那只死猫。我见你们如此干净，命家人把猫拾回家，剥皮洗净后，放入上好的佐料，在油锅里煎炸而成。曲蟮可起改味作用，故放在一起，称'龙虎斗'。席间，我问尔等味道如何，你们不是齐声称好么！"不等刘之治说完，这些在城里出尽风头的公子秀才们，早已丑态百出，一个个"呕呕"吐个不停。

以上四则范培友　孟堃　赵阳　安红雪采录

采录地点：安徽省寿县

## 夺镯揭被

瓦埠河畔有一恶棍，无恶不作。有天，他闯进一平民家里，见一病妇卧床不起，他不把病妇放在眼里，无所顾忌，翻箱倒柜，抢劫一空。尔后，他连病妇也不放过，揭开被头，将病人手腕上戴的玉镯也捋了下来。病妇吓得大声呼喊："救命，救命！"

适逢村人收早工，将恶棍逮住，扭送到寿县衙门。县官把恶棍当堂收押，并要病妇的丈夫补写一张状纸。

病妇的丈夫和大家一商量，觉得这状纸一定要写好，要句句着实，击中要害，否则不能致恶棍于死地，还会打狼不死反受其害。于是主人便请了几个村子的塾师，点着油灯，熬了通宵，写了一张状纸，其罪是"揭被夺镯"。状纸虽已写成，可主人心里不踏实，跟长辈说："要是告不倒他，我可就捅了马蜂窝，那家伙一出衙门，我家就没有好果子吃，不搞个家破人亡才怪咧！"

---

① 大曲蟮：蚯蚓。

长辈们听了，思忖一下，说："是啊，是啊，你说的有道理，为稳当起见，找刘之治看看吧！"

这话提醒了病妇丈夫，他立即找到刘之治。刘之治详细询问了事情的经过，又看了状纸，仔细一推敲，说："写得可以，我看改动一下即可！"

病妇的丈夫听了，连说："那好，那好，请你动笔吧。"

刘之治点点头，提笔将"揭被夺镯"改为"夺镯揭被"。

众人看了，不知其中奥妙，张飞穿针——大眼瞪小眼。瞪了一会儿，也不明其所以然，只得把状纸上呈衙门。知县立即提审恶棍："喂，我问你夺镯可是事实？"。

"是事实。"

"你揭了病妇之被没有？"

"揭了。"

"为什么？"

"夺镯。"

"你还狡辩！"

知县大怒，丢下罪状，立即要其画押。

知县根据上述罪状，认为"夺镯揭被"是双重罪行：夺镯，是抢劫财物；揭被，是想奸污病妇。情节恶劣，故而判以重刑。

事后人们才知道刘之治这"改动一下"的厉害，就更加敬佩他的才能。

马玉祥讲述

## 吾友渔翁

刘之治和寿县城西河边一个打鱼老汉，是在闲谈中结识成朋友的。刘之治经常挂在嘴边的一句话："吾友渔翁也！"

原来刘之治喜欢在河畔走走，看一个渔老汉捕鱼。一天，刘之治对渔老汉说："老人家，我们聊聊吧，猜猜谜。"

渔老汉说："行。动嘴又不影响捕鱼，试试吧！"

刘之治说："出四个字谜，你猜吧！'有头有尾，有头无尾，无头有尾，无头无尾。'"

渔老汉说："这不难，有头有尾是'申'字，有头无尾是'由'字，无头有尾是'甲'字，无头无尾是'田'字。"

刘之治点点头说："不错，不错。"

老渔翁又说："我借你的谜面，'有头有尾，有头无尾，无头有尾，无头无尾。'猜四种动物。"

刘之治对渔老汉的谜面很感兴趣，但一时猜不准。如有头有尾，他猜鸡啦狗啦。可是后三种却猜不中，就向老汉诚恳地提出："渔老汉，请你说出谜底。"

渔老汉说："有头有尾是黄鳝，有头无尾是青蛙，无头有尾是个缩头鳖，无头无尾是河蚌。"

刘之治觉得新鲜，连说："好，好。老人家，你能不能出个对子让我对对？"

渔老汉说："成哇。干啥讲啥，卖啥吆喝啥，你看——"他指着身边一只盛满泥鳅、黄鳝、鲶鱼的篓子说，"一篓软鱼鳅短鳝长鲶大嘴，对吧！"

刘之治看着这篓子无鳞的鳅、鳝、鲶，确定都是常见的软鱼，而且有长有短有大嘴。这副上联通俗、贴切、有趣，可是自己一时却对不出来，急得脸儿通红。渔老汉见状赔着笑脸说："刘先生，勿着急嘛，我老汉出言粗俗，有伤大雅，请别见怪。"

刘之治说："不，不，你老人家阅历深，见识广，思路快，文采好。晚生佩服，请宽限时日，我一定对出下联来。"

渔老汉连连点头，说："可以，可以！"

刘之治双手一拱——告辞了。

一连数日，刘之治不停地念叨着"一篓软鱼鳅短鳝长鲶大嘴"，绞尽脑汁，搜肠刮肚也想不出下联。转眼期限已到，他就去向渔老汉道歉并请他指教。这时，渔老汉刚刚挑着两只筐回到家里。刘之治低头一看。嗬，全是老鳖、乌龟、螃蟹，不禁触动了灵感，下联涌上心头。他高兴地对渔老汉说："老人家，你帮我把下联对出来了。"

老渔翁大惑不解地说："我没帮你呀？"

刘之治指着两只筐子说："这就是你帮我对的下联：两筐硬壳鳖扁龟圆蟹平头。"

渔老汉听了，点点头说："好，好。'一篓软鱼鳅短鳝长鲶大嘴，两筐硬壳鳖扁龟圆蟹平头。'还是你刘之治才识过人。来，老汉今天用软鱼硬壳老酒招待你，嘿嘿！"

从此，两人成为莫逆之交。

# 巧对为媒

刘之治晚年设帐，教了个学生叫李礼。李礼是庄稼人的孩子，聪明好学，由于拿不起钱财贿赂考官，结果考了三次，还是白丁一个。李家再也供不起了，就回家捋泥巴了。刘之治还经常和他走动。

有次，李礼的父亲对刘之治说："这孩子也老大不小了，就是这婚星不动，叫人着急啊！先生，您老给想想法子。"

刘之治听了，思忖了一下，点点头说："是哇，是哇！这事是得想法子。"

李父一再拜托。

刘之治从李家出来，便在心里琢磨着。一路走，一路想着哪村哪个姑娘合适。经过严庄，忽然看到一个叫严燕的大姑娘正拾起石块轰赶一群偷吃稻子的鸡。那姑娘长得红里透白，非常可爱，正好和李礼是一对。如何使这两人结合？他想起那年在塾堂里李礼画猫驱鼠的事，他一拍大腿，说："就在这上面做文章！"便兴致勃勃地来到严家，向严父说："严老兄，我来向你贺喜！"

严父说："何喜可贺？"

"你闺女的亲事！"

"不知先生讲的谁家?"

"李庄李礼!"

"这……这话从何说起?"

刘之治说:"你听我慢慢和你说。"

"三年前夏日的一天,我正在上课,酷热难当。课堂上琅琅书声夹杂着'卜卜'的扇扇子声。忽然,一只老鼠热得从洞里钻出来,张着嘴直喘粗气,趴在屋梁上乘凉。正巧被我和李礼看见,又怕扰乱学生读书,都没有撵老鼠。聪明的李礼,灵机一动,悄悄地在粉墙上画了只张牙舞爪的大猫。那只老鼠见了,以为真的是猫来了,吓得慌忙逃回洞里去。我一见很高兴,触景生情,就出了副上联:'暑鼠凉梁李礼描猫暑鼠',这副既同音又达意的上联,让他们对了三年。昨天李礼对上了。他看到令爱拾石赶鸡,触动了心机,一下就对出了下联。"

严父感兴趣,问:"他如何对的?"

刘之治说:"李礼对的是'饥鸡盗稻严燕拾石击饥鸡'。"

严父听了,不禁夸赞说:"对得好哇!"

刘之治就汤下面,忙说:"一对三年才对出来,我想这天意也好像是促两人成对啊!"

严父对刘之治也佩服,当时就答应了。

刘之治见严父点了头,又跑到李礼家一说。李礼老实巴交地说:"谢谢先生厚爱,只是李礼未做这样的对联啊!"

刘之治说:"唉,对联现在不都说了吗?秀才做媒还离了诗文吗?你再不要傻了吧唧啦!"

就这样,刘之治让这对年轻人结婚了。

吴财江讲述

以上三则黎邦农搜集整理

# 汤展文的故事

## （汉族）

汤展文是一位文人型机智人物。其原型汤展文，江苏丹阳西门汤甲人。清代秀才，一生未做官。他非常聪明，专与官宦作对，帮助百姓惩治邪恶势力。关于他的故事至今在江苏丹阳、丹徒一带流传，妇孺皆知。

## 嘲弄老学究

丹阳西门有位私塾老先生，总以为自己满肚子的文章，了不起，平日里干什么事都要摆摆架子，咬文嚼字，生怕人家不晓得他肚子里的诗文多。

这天，书童端来热气腾腾的早饭，他不着慌吃，却抖着袖子，绕着桌子，一踱一摇，晃头晃脑，吟出一首诗来：

瓯米煮成一碗粥，
西风吹来浪波稠。
远望好似西湖水，
缺少渔翁下钓钩。

吟罢，正在得意。忽然听见"扑哧"一声，有人在门口笑。回头一看，竟是一个小叫花子。

小叫花子不等老先生开口，就喊了起来："亏你还是个先生哩，你念的诗是竹竿下水——一节不通！"

老先生一听，气得胡子翘老高："噢，你这个小叫花子胆儿有多大，敢说我的诗不通？来来来，你批批看，批得对，这碗粥归你。批不出，嗯嗯，重打一顿赶出村去。"

这个小叫花子不慌不忙，放下讨饭篮子，笑嘻嘻地问："当真？"

"当真。"

"我驳你一句不对，句句不通！你说说，一瓯米煮成一碗粥，粥还稀吗？

"你这书房门朝东，西风从哪儿进来？

"西湖在什么地方？西湖离丹阳千里之遥，你在书房看见了？

"你说缺少渔翁下钓钩，这碗边怎么站人？啊，老先生你说说看呢？"

老先生哑口无言，愣在那块儿。小叫花子也不客气，端起粥来就要吃。老先生不甘心，一把拦住："没慌没慌，就算我的诗不通，你说说看，如何？"

小叫花子依旧不慌不忙，随口吟道：

数米煮成一碗粥，
鼻风吹来二条沟。
近看好似团圆镜，
照见先生在里头。

老先生只好输了一碗粥。事后他才知道，这小叫花子叫汤展文。

## 教训歪秀才

有个歪秀才，正才没得，偏才有余。他的学识少得可怜，却总想奚落别人。

他平日在学馆里教书，轮流到学生家吃饭。这天到了一个叫祥庆的学生家吃饭，看见祥庆的姐姐怀孕在身，回学馆后就想了个馊主意，出了个对子叫祥庆对下联，讲明了对不出可以回家问姐姐。

祥庆对不出，回家给姐姐对。姐姐一拆，原来是：

小人也是人，大人也是人。小人钻进大人，两人并一人。

姐姐一见，气得直哆嗦，这分明是在戏弄她，但自己识字不多，又无可奈何。

她正在垂泪时，看见汤展文走过来，连忙叫住，一五一十地讲了这件事。

汤展文早就要教训一下这个歪秀才，今天正是机会，他提笔就写，关照祥庆明天一早交给歪秀才。

第二天歪秀才接到下联，拆开一看，脸都气白了，嘴也气歪了。原来下联是：

秀才也是材，棺材也是材。秀才钻进棺材，两材并一材。

## 恶少挨打

丹阳西门外有一条香草河，西门外的人上县城都在香草河乘船。

这天薛老四乘船送嫁妆到女儿婆家。要说穷人的嫁妆也实在可怜，一床大花被头，一对绣花枕头。不料偏巧遇上了当地恶少爷毕皮三。毕皮三仗着他老子在京城做官，在地方上无恶不作，当地的县太爷也让他三分。

毕皮三看见薛老四捧着花被头，跑过去就一把夺过，硬说一眼就看出被头是偷的他家的，又打了薛老四两个耳光，还扬言要把薛老四送官。

薛老四又气又急，好话说了三大箩，苦苦哀求毕皮三把被头还给他。毕皮三怎肯？又打又骂，两个人缠在一块。

这刻，汤展文正巧在船上。他不吭声，不吭气，走到被头面前转了一下，才过来劝架。

他不帮薛老四，反而帮毕皮三。他说："人家毕少爷家私抵万金，会要你的一床被？算了，算了，把被头还给毕少爷，免受皮肉痛苦。"

薛老四无可奈何，气得放声大哭。毕少爷喜笑颜开，捧着被头一边儿去了。

汤展文叫过薛老四，附耳告诉他，上岸后在西门等他，取被头。

没多时，船靠岸了，毕皮三喜滋滋地捧着被头就走。刚上岸汤展文一把便将被面夺过了被头。毕皮三哪里肯罢休？拉拉扯扯，围的人又多，一个劝，两个推，一同来到县衙门。

县太爷升堂，一看左边是毕皮三，舌头伸出来一半；右边是汤展文，舌头全伸了出来。这两个人他都感到十分棘手，一个是县内有名的泼皮无赖，一个是嬉笑怒骂为民不平的秀才，钉头碰铁头，一个都得罪不得。这官司怎么办？问清了原委，县太爷惊堂木一拍，叫人把被头捧进后堂，叫各人说出被头的记号。

汤展文紧追县太爷："这被头一床，肯定只是一个人的。必定有一人是抢劫。这抢劫罪该怎么办？"

县太爷又是一下惊堂木："办！重打四十大板！"

毕皮三自恃有理，也跟着喊："对，重打四十大板！"

但毕皮三根本说不出什么记号，只能说被头是大花的。

汤展文不慌不忙，他告诉县太爷他在花被头左上角写了"汤展文"三个字，不信当场验证。

一验证，果然如此。县太爷说话也要算数，只好捏住鼻子叫人把毕皮三重打了四十大板。

汤展文捧着被头，毕皮三捂着屁股，一同出了衙门。

事情一传开，毕皮三再也不敢随便欺负人了。


吴林森　方范搜集整理

# 安世敏的故事

（汉族）

○·····························○

　　安世敏，又作安士敏、安世民、安史明，是一位文人型机智人物。其原型系清代末年四川省合川县的一个文人，生平事迹不详。其故事在清代丁治棠撰《仕隐斋涉笔》卷七《恶趣》中已有记载。现当代口传的故事分为两类，一类以除恶惩奸、扶危济困为内容，一类以戏耍亲友、诓骗百姓为内容，良莠不齐。他的故事现在重庆市各地汉族以及土家族民众中间流布，广为人知。

○·····························○

## 巧治菜霸

　　川东某县城依山傍水，水陆交通都比较方便，加上这个地方气候适中，一年四季都有新鲜蔬菜，每逢赶场天，附近大城市里的小商小贩都到这里来，车载船装，生意十分兴隆。四乡的农民，十有七八也以种菜为生。

　　哪知道，这门生财之道，被一个外地来的蔡发看中了。他仗着在县衙门当师爷的舅子的势力，开了一个菜行。每到赶场之时，他就控制场口，压级压价，强行收置四乡农民的蔬菜，转手以对本利卖给小商小贩。哪个农民不把菜卖给他，轻则是借故弄你到县衙门去打板子，重则倾家荡产。农民说不完的好话，送不完的人情礼物，到头来还是不得不把菜卖给他。四乡的小商小贩也只好忍气吞声巴结他，讨好他。

短短的几个月，蔡发就大发横财，而四乡的农民却被搞得叫苦连天。他们想要整治他，就推举几个老人，去找安世敏想办法。安世敏对蔡发的所作所为也早有耳闻，因此他二话没说，就一口应承下来。

转眼，又是一个赶场天。蔡发的伙计、爪牙照常坐镇四门，强收农民的蔬菜。不一会儿，就把一个菜行装满了。

蔡发这两天也真有点儿高兴，心想："再过两天，就是县大老爷夫人的生日，只要想办法去送个重礼，得到夫人的另眼相看，今后在县大老爷那里不就好办事了么？这礼物嘛，还不是羊毛出在羊身上！"

想到这里，他一时高兴，就叫管家传话下去："凡是四乡八镇来的小商小贩，今天买菜一律加价一成，明说是给县大老爷夫人做生之用。"他师出有名，众人敢怒而不敢言，只好该买一百斤的只买九十，该装一车的只装九成。

蔡发算盘一拨，心中暗暗高兴：满打满算送礼之后，自己还能落个百八十块的进项。

正在这时，外面来了一个客人，自称是县老爷的内堂管家，要他们把今天这里到的时鲜蔬菜，要各样留几斤给县大老爷送去。蔡发一看这人气度不凡，谈话时傲气逼人，自己先就矮了三分。想到往后仰仗这人的时候多，特意包了五两银子的红封送给这位管家，要他以后多多照应。

果然，这位管家收了银钱之后，态度大变，还透露给他一个惊人的机密：县大老爷最近新讨了一个姨太太，在县城东街找了一个四合小院别居。来人还给他出主意，要他每天借送菜的机会去请安，日后定有好处。

蔡发一听这，欢喜非同小可。连连央告这位管家，求他引荐，给自己一个认识这位姨太太的机会。

这位管家倒也爽快，马上答应给他引路，找到那座四合小院，用手一指向他说："今天初次见面，看来老兄很讲义气，兄弟我也帮忙帮到底。这送菜传话的手续我就免了，让你老兄单独去进见。你递过耳朵来——"

蔡发接耳一听，连连点头。等那位管家一走，他急不可耐，提篮时鲜蔬菜，从侧门悄悄拱了进去。

这座小院很安静，他穿过一层内院之后。发现堂上空无一人，只有两个丫鬟模样的人在墙角远远地站着，指手画脚地在叽叽咕咕地说什么。一看见他，正待发问，他已经撩开竹帘，走进厢房去了。哪晓得进屋抬头一看，便进退不得——原来，县大老爷巴巴实实地跪在一个女人面前。这个女人满面怒容，大腿压二腿坐着，一只手扯着县大老爷一个耳朵说："你给我说，把那个婊子弄到哪里去了？不说出来，我们今天煞不倒角<sup>①</sup>！"

县大老爷连连说道："这……这从哪里说起，是哪个长舌头乱说乱道……夫人，哎哟……"叫声没落，县官一抬头就看到了刚刚进屋的蔡发，一时间，倒找不出话语来了。只见他满面通红，也顾不得耳朵痛，一挺身站了起来，换了一个面孔："咳！有什么事呀？"

倒是蔡发见过这些场面，心中虽然暗暗好笑，脸上仍然不露声色，赶快跪下，请安说道："小民蔡发叩见老爷！"

这县大老爷本想发作，但又觉得蔡发来得正好，免了今日长跪之苦，也就趁此机会各人找个梯子下台，一本正经地说道："有什么事到外面说吧，走，前面带路！"

哪晓得这蔡发跪在地上说道："老爷在上，小民蔡发听说老爷新得贵人，特备了时鲜蔬菜几种，送给老爷和姨太太尝新，还请老爷和姨太太赏脸收下！"

这话说了之后，只见那个女人扑向县大老爷，又扯又抓，又哭又闹："好啊，你哄我像哄小娃儿一样。现在，连卖菜的都讨好狐狸精了，叫我哪个做人啊！今天是有她无我，有我无她，你给我交出人来，万事俱休，如若不然……"说这话时，她又想去扯县大老爷的耳朵，一转眼看到了还跪在地上发抖的蔡发，不由得咬牙说道："事情坏就坏在你们这些拍马屁、拉皮条的人身上——来人啦！"

话音刚落，就进来两个贴身使女，垂手说道："夫人，有何吩咐？"

----

① 煞不倒角：没有完的时候。

"传老爷的话，马上把这个家伙重责一百大板，赶出县城！"

蔡发一听，三魂吓脱两魂，才晓得烧香走错了庙门：上面坐的哪里是什么姨太太，而是真资格的七品夫人。

他情知不妙，赶快跪向老爷求饶，叩头如捣蒜："大老爷，小民蔡发实在是有眼无珠，不晓得夫人不是姨太太，姨太太不是夫人啊！"人一急，他说话更加语无伦次，也无疑是火上添油。县官正一肚皮气无处放，一下全泄到了这个送上门的出气包身上。

"蠢材，还要犟嘴！快把他拉出去，照夫人说的重办！"

蔡发做梦也没想到，他让安世敏这样一整，竟落了个这样的下场。

从此，四乡进城卖菜的农民也少了一重剥削。

罗良德搜集整理

## 哭笑官司

从前，忠州城东门外张家坝有个张员外，家财万贯，良田千亩，是个脑壳上长疮，脚板心流脓——坏透了顶的家伙。他有三儿两女，最喜欢幺儿张三。这个张三也是一肚子的烂条，比他老子还狠三分。

张三常想，我们兄弟姐妹五人，将来老家伙两脚长伸后，就不算那两个"泼出门的水"吧，家财三一三余一，有多大搞头？不说逢一进一嘛，至少要来个二一添作五才像话嘛！想倒好想，要做到却没那么容易。末了好多烂条儿，都怕行不通，真难办得很啦！一天，他猛然想起城里教馆的安世敏先生。

他选了个吉日来到县城，恰好碰到安秀才放学往家走。他迎上去，双手抱拳说："安先生，发福啦！"安世敏见是大名鼎鼎的张家三少爷，勉强还礼道："托福。三少爷到哪里发财去？"张三一看团转没人，便贴着安世敏的耳朵说明了来意。安世敏心里一惊：嘿！看不出这小子，喝穷人的血不过瘾，还想啃他老子的骨头呢！口里却说："三少爷，鄙人才疏学浅，此事无能为力。”张三忙说：“安先生，莫客气啦！这周围团转，哪个能比得上你？这点儿小事，还能在话下！”边说边从怀里摸出几大坨银子塞过去。安世敏忙说：“使不得，我安某为人出力，向来不受礼物。”小剥皮本来就爱财如命，便借势一歪，收回银子，说道：“那就暂时存放我处，二天一并酬谢。不过我的事……”安世敏说：“三少爷，这事非同小可，让我仔细想想。明天午时你来我家听回音吧。记住，不能让任何人晓得，就是你的婆娘也不能透露半点儿风声。”张三连忙赌咒发誓：“我要是走漏半个字，就是龟儿杂种。”于是，安世敏告诉自己家的住址，便分手了。

第二天中午，张三偷偷摸摸地溜进了城，穿街过巷，找着了安世敏所说的那座青砖大瓦房。大门是关着的，试着推了一下，果然是虚掩着的，便像老鼠一样溜了进去。里面黑咕隆咚的，伸手不见五指。他揉了揉眼睛，定了定神，才勉强认出这是一间把窗户、墙缝都糊得严严实实的屋子。心想，未必安家有人坐月？正在这时，听到安秀才的声音：“是三少爷吗?”张三忙说：“是的，安先生，你在哪里?”“我在屋里。”他朝着声音的方向摸了十几步，果然摸到一扇小门，用力一掀，一股热气随着亮光朝他冲来。他吃一惊，下细一看，只见安秀才头上戴一顶狐皮搭耳的大毛帽，身穿新滚衫，外套一件老羊皮翻毛背心，下身是老青布大棉裤，一双肥大的鞥鞋穿在脚上，面前一盆杠炭火烧得红昂昂的。嘴里还自言自语地说：“今天咋个这么冷?”张三正想发问，安世敏却先开口：“你来的时候可有人看见?”“没得。”安世敏便在他耳边叽叽咕咕地说了一阵儿。张三听得眉开眼笑，说：“我一定照办。”

第二天早饭后，张三来到县衙门大堂，拿起鼓槌便擂鼓。县官急忙升堂。衙役将他带上，他“咚”的就是一个响头，“哇”的一声大哭起来。县官问他姓甚名谁，他不开腔只是哭。问他多大岁数，家住哪里？他还是不开腔只是哭。又问他状告何人何事，他仍然不开腔，而且越哭越伤心，不断用袖子擦眼泪。县大老爷见了倒有点儿犯难，只得喝问道：“你这年轻人不要哭了，有天大的冤枉，只管讲来，本青天与你做主就是。”

张三这才伸直了腰。县官见他两眼红肿。师爷小声告诉县官：“这是张家坝张员外的三儿子。"县官点了点头，又问道："你有状子吗？"张三把两手高高举起，手掌对着堂上。县官一看，嘻！手板心各有一张纸条，便下座仔细观看，不禁勃然大怒："这还了得，来人哪！马上把张员外给我抓来。"

张员外被凶神恶煞的衙役抓到堂上，见堂上已跪着一人，正在啼哭，又见县大老爷满脸怒气，旁边师爷阴阳怪气地冷笑，便筛糠一样跪了下去。县官喝道："张员外，你做的好事，你认识他吗？"

张员外转眼一看，天哪，跪着的竟是自己最喜欢的三儿子，他实在想不起哪点儿没有将就得了他，惹他告到县衙来，只得答道："我三娃子告我什么？"

"各人做事各人明白，不要坛神老爷戴官帽——假充正神。"县官叫张三把手高高举起，叫张员外自己去认。他凑近一看，原来左手纸条上写着"妻有貂蝉之貌"，右手纸条上写着"父有董卓之心"。这不是告我霸占儿媳么？哪有此事呀！真是活天的冤枉！气得他指着张三："你……你……"又气、又急、又怕，"你"了半天，也没有"你"出个名堂来。张三呢，又大哭起来。

一见此情，县官把惊堂木一拍，对着张员外喝道："死不要脸的东西，老牛还想吃嫩草，玷辱祖宗，败坏伦常，你招不招？"

"没……没……"张员外恨不得浑身有口替他叫屈了。"啪"！县官又是一声惊堂木响："来呀，先把这老骚货拉下去重责五十大板。"

张员外从娘肚子钻出来，从没吃过这样的苦头，才几板子响去，就皮开肉绽，他怕老命保不住，便胡乱地招了。张三没说一句话，官司就打赢了。最后，张员外答应将一半家产归幺儿张三，官司才算了结。

张员外回到家里左想右想，硬是想不出三儿子为啥要打这样的毒条来整老子。他又气又恨要动用家法，张三没法，只好说出这场官司的经过，张员外气得咬牙切齿，恨不得把安世敏一口吞了。大叫："好个姓安的，烂条打得好毒啊！好嘛，你怕我张某又是个好惹的！不整你个家破人亡，妻离子散，誓不为人！"

县官接到张员外告安世敏的状子，马上差人把安世敏传到公堂。安世敏一见张家父子四人跪在堂上，心中就明白了一大半。他装着没事的样子向新县官拱拱手，便站在旁边听候下文。县官问："安世敏，张家父子联名告你包揽词讼，诬陷良善，整得他父子不和，可有此事？"安世敏连连摇头，双手乱摆，笑而不答。

"你不承认？原告在此，当面对质，张三从实诉来。"张三便把经过详细说了一遍。当他讲到安世敏在三伏天戴棉帽，穿棉滚衫、毛背心、新棉裤，烤杠炭火时，满堂人众都大笑起来。县官止不住也笑了起来，等他讲完，又问道："那两张纸条是他写的吗？"

张三说："是我写的，是他教我写的。"

"那么，你哭是假的，怎么装得那样像？"

"回大老爷的话，事前在袖子上糊得有海椒面，一抹，眼睛就泪水直流。"

"是安世敏给你糊的？"

"不是，是我自己糊的，是他教的。"

这时，又是一阵哄堂大笑，县官问张三："事前，可有人晓得你要打官司？可有人晓得你找过他？"

"没有人晓得，他叫不要给任何人晓得，就是自己的老婆也不能说，还要我对天发咒。"

县官又问："为这事，你给他塞了多少包袱？"

"事先给五十两，他不要。事后我亲自送去一百两，他分文没取。"

县官有些不解："那他是帮你的干忙？"

话刚说完，满堂人又哄笑起来。停了一会儿，又问张三："属实吗？"

"句句是真，若有半句是假，情愿反坐。"

安世敏照旧不开腔说话，只是昂头朝大堂正上方望了两眼。县官顺着安世敏的目光看去，明白他是盯着自己头顶上的"明镜高悬"的金字大匾，看他那神情，好像说：看你这县大老爷的明镜如何高悬？这时，师爷凑近县官耳朵嘀咕了几句，他恍然大悟，连连点头。把惊堂木一拍，大声说道："六月三伏天，哪有身穿棉衣棉裤、戴棉帽、穿棉鞋，关起门在家烤杠炭火？真是一派胡言！时间不对。安秀才家道贫寒，哪来的青砖大瓦房？地点也不合。你们说是安秀才主使，谁人作证？鬼都没一个。依你张三所说，字条是你自己写的，海椒面也是你自己糊的。人家一没得你钱，二没收你礼，非亲非故，凭什么给你打那种鬼条？分明是你张氏父子狼狈为奸，合谋诬陷，骗我错断此案，以侮朝廷命官。真是胆大包天，目无法纪！来呀，把这四个刁民拉下去，每人先打五十大板，再行发落！"

这一番话，吓得张员外父子目瞪口呆。一顿板子，打得他们皮开肉绽。最后，张家父子除了给安世敏叩头作揖，赔礼道歉外，还向县官交纳了三百两银子才收了场。

向德成讲述　江苏托采录

# 杨佟的故事

## （汉族）

⌒················⌒

苏北有个小戴庄，它原属兴化县管辖，今属东台市管辖。清代咸丰年间，小戴庄出了个秀才叫杨佟，绰号"铁嘴杨佟"。他生性刚直，仗义执言，不畏官府豪强，常帮百姓打官司，凭着他的一张铁嘴弄个赢仗，为乡亲们做了九九八十一桩好事，受到人们的尊敬。他的故事，在江苏东台、兴化、盐城、海安方圆二三百里之内广泛流布，有口皆碑。

⌒················⌒

## 揭穿"天机"

有一天，杨佟正在街上闲逛。街上来往行人也不算少，摊商贩卖，市面也算繁荣。杨佟边走边看街上景致。在来往人当中还夹杂有挑担子做手艺的、背篮子叫卖的，真个是"生意兴隆通四海，财源茂盛达三江"了。

杨佟来到一处，人们在进行各种娱乐活动，舞龙的，耍狮子的，跑旱船的，踩高跷的，应有尽有。杨佟看了一阵儿感到厌烦，就扭转头向右边拐去。那一厢坐着个卖卦的测字先生。这时候，从前方走来了三个考相公。他们向那卖卦先生深深鞠了一躬，唱个大喏道："先生好！"那先生连忙站起来迎接，请他们三位坐下。向三位问道："请问三位相公，要问何事？"

"向先生求卦！"三人齐声说，"看看今年可考得中？"

先生问明来意后，在卦签筒上做作一番，看看三个考相公，若有所思地向他们慢慢竖起一个指头说："全在这里！"

三位相公不明白什么意思，要求先生做出解答。先生说："这是天机，不可泄露。"

杨佟见了，嬉笑着说："这个先生真灵。"

"何以见得？"一个考相公问。

"灵就灵在这一个指头上。"杨佟说。

"为什么？"三个考相公成了丈二和尚摸不着头脑。

杨佟说："这一个指头呀，可神通哩。天机嘛，不可预泄。"他拔起脚装着要走的样子，那个先生先是愣神，后见杨佟要走，倒觉轻松一阵儿。

可三个考相公一把扯住杨佟，请他指教明白。杨佟卖了关子以后，又看先生，感到非说不可了。

杨佟说："这个很简单。先生这一指头的'天机'，到时候叫你们佩服得五体投地的，没得哪个说不灵验的。"

三个考相公请杨佟解释清楚。杨佟就毫不忌讳地说开了："灵与不灵，竖一个指头很要紧，竖两个指头就不灵了。这一个指头呀，就在于你们怎么说了。假如你们当中有两个考不中，他就说一个考得中；假如你们有两个考中了，他就说你们一个考不中；如果你们全考中了，他就说一齐都中；假如你们都考不中，他就会说一个都不中！"说完哈哈大笑不止，三个考相公如梦初醒，不由得也笑了起来。

王俊光　杨岱等讲述

## 用计讨钱

一天早上，本是个晴朗的天气，不过一袋烟工夫，渐渐下起雾来了。走路的人头发眉毛全沾上水珠。杨佟来到一个码头，叫船往兴化去。船家说："不高兴。"杨说："怕我不把钱么？"船家说："不是这么说，是因年头张癞皮借了我五十吊钱去做本，饲养鸭子。因为过去总是在一起做过苦力的，就借给他吧！哪个晓得张癫皮鸭子养大了，生蛋卖了钱就昧起了良心，有钱也不还了。找过他几次，话说掉八坛子，唾沫去掉几缸，张癫皮就是不还。"杨佟一听说："这个好办，我帮你去讨！"一脚跨上船，船开离了岸。

不过才行得里把路，张癫皮正好在前面河上放鸭。鸭子在张癫皮船前不远的水上游着叫着。他们遇到面，招呼也不打一声。当船家把船行到鸭群附近时，杨佟说："船家，你现在用草把儿在水上蘸一下往船里放一下，蘸一次放一次。"

船家照样做了。张癫皮在后头雾蒙蒙的看不真切，以为船家讨不到钱正在捉他的鸭子哩！于是他大叫着放船赶来。杨佟一看，叫船家假意用力把船往前划。张癫皮一看，心里更是着急，把船划得更凶了。因为放鸭的船小，张癫皮终于赶上了，拖住船家的船，不管三七二十一，对着船家大叫道："你为什么抓我的鸭子？"

船家说："鸭子？谁抓你鸭子？"

"谁抓？你抓的啥！你还想赖？"

"你别鸭子不放放鹅（讹）！"两人争执得不可开交。

"我明明看见你抓的！"

"抓的？鸭子藏在哪儿？"

"船板底下！"张癫皮说完就要来揭船上的船板。

杨佟拉住说："你别误了我的路程。"

一个说："鸭子不还我不让你们走！"一个说："我偏要走！"几乎要打起来了。

杨佟站起来排解了："这样吧，抓了鸭子咋说？不曾抓咋说？"

张癫皮说："不曾抓鸭子，我罚钱！"

船家要的就是这句话，立即就说："抓了，我罚钱！"

双方顶起来了，谁也不肯塌台。杨佟乘着火候说："船家把鸭子放给他得了，还又要罚钱干什么呢？"

张癫皮更得意了，他哪里肯让步啊！连说："不行！不行！放了鸭子还要罚钱。"

杨佟假意问道："罚钱？真要罚钱？罚多少？"

"随便多少！"张癞皮蛮有把握的样子。

船家故意装成胆小的样子想打退堂鼓了，但张癞皮这时偏偏又不依，他主动提出来："罚一百吊！"

经过杨佟排解，罚五十吊钱，双方把钱押在杨佟手上。张癞皮劲抖抖地等着又得鸭子又得钱。当下就把船家船板揭开一看，连根鸭毛也没有，干瞪着眼发呆。看着杨佟把五十吊钱交给船家，才猛省悟似的说道："你们就是用的这一着讨钱呵！"

"是呵，不用这一着你肯还钱吗？"

*杨洽中　杨荣昌等讲述*

## 巧骂赃官

有一天，杨佟撞见一个人，一身平民打扮。一看这人是新上任的臭名昭著的赃官。他贪赃枉法，为非作歹，欺压百姓，是个有名的揭皮虎。这家伙才到任就身着平民服装到百姓中专门私访，看看可有人在背后说他的坏话。杨佟装作不认识他，尾随着他走进一家戏院，靠近他旁边坐下。在戏没开场之前，杨佟故意跟旁边的一个人扯谈扯谈。

杨佟对旁边的人说："你知道《青囊书》并没有全部烧掉的事吗？我说给你听：华佗临死之前，把这部《青囊书》送给牢狱的吴押卒。后来被押卒的妻子放到火上烧，吴押卒抢得几页。后来他们的儿子根据这部分内容，学会一手为病人开刀的好本领，远近闻名，人称吴先生。这一天来了两个公差，要吴先生去给他们老爷看病，这个吴先生好说歹说不想去，两个公差不由分说，将吴先生推推拉拉拖走了。到了老爷那里，老爷正在床上像个死猪一样哼哼。看到吴先生来，赛如来了救星，求吴先生救他的狗命。还说病看好了重重谢他。吴先生晓得这个瘟官是头顶生疮、脚底流脓的家伙。吴先生

93 ·

帮他搭脉，问老爷哪里痛。老爷指指胸口。吴先生脸上装着一副很为难的样子说：'不好，病沉重了，吃药不起作用了。'老爷一听，大惊失色，只得连声央求吴先生救救他这条命。吴先生又说，你现在肺子烂了，心肝黑了，要换一副才行。老爷考虑杀个什么人来摘心肺，吴先生说不行，你这心肺生了病，别人的心肺到你胸膛里放不下，干脆找个野牲口来倒好。这时，正巧一个猎人捆了一只狼打这儿经过，被差役抢来。吴先生把狼的心摘下来给老爷换上，但是肺子摘坏了，又赶紧抓了条狗子，把狗肺给老爷换上……"

正说到这里，坐在旁边的那个老爷扭过头来说，"你说了这半天，还不曾讲那老爷是个什么样子！叫什么名字？"

"这个老爷呀！就像你一样，大家都说他是狼心狗肺哩！"

"你是谁？"这赃官一听，忍不住发怒了。

"我呀！就是那坐不更名，行不改姓的'铁嘴杨佟'！"

王俊光　杨洽中等讲述

以上三则朱建搜集整理

搜集地点：东台市廉贻镇

## 保　坝

有年发大水，运河水天天往上涨。扬州府不顾里下河一带数百万百姓的死活，打算开坝把水放到里下河来。这还了得吗！吓煞人啦。里下河的百姓纷纷向坝堤拥去，要保坝，要拼命。杨佟当然更急，闯在头里。

扬州府在坝上搭了公馆，旗锣伞盖，蛮威风的。还给龙王菩萨换了全新的袍服，烧香唱戏，求神保佑。这天，扬州府一定要开坝了，杨佟硬是拦住不肯。

扬州府拿扇子朝上一指："你看，白浪滔天！"

杨佟转过身来朝下一指："你看，黄金铺地！"

扬州府知道来者不善，赶忙问他："老头儿，你家有多少田地？"

杨佟说："不多，三亩三分三厘三。"

扬州府又问："一亩收多少稻子？"

杨佟回道："有限，六斗六升六合六。"

"那你何苦这般纠缠？"

"要吃要穿要活命！"

"来来来，有你一家吃的穿的，你那三亩三分三厘三的六斗六升六合六全由我包下了。"扬州府想把杨佟打发走，忙改了口声。

"口说无凭，请大人写一笔下来。"杨佟毫不让步，紧逼不放。

扬州府按杨佟的话当下写了个凭据：

里下河州县按亩赔贴稻子六斗六升六合六。

杨佟得意一笑，马上拿到大庭广众，高声念道："众位听着，府台大人手谕：里下河州县按亩赔贴稻子六斗六升六合六。好，听凭大人开坝放水，快向大人领粮去啊！"

"好啊！向府台大人要米去！"人山人海，呼声不断。府台晓得情况不妙，忙回道："不，不，不……不是的……不，不开坝了！不开坝了！"

府台大人赔不起这么多的稻子，不敢开坝了，只好另想办法治水。坝保住了，里下河遍地黄金也保住了。据说后来就再也没有人敢决定开坝，里下河的粮食连年丰收。

杨万岭讲述　树山　爱华搜集整理

搜集地点：兴化县荡朱乡

## 蜡丸治病

杨佟正在大笑时，街那头走了一个佝偻着身体的人。这人看上去有五十多岁的光景，一只手里拎着药包儿，一只手还捂住胸口，一路走一路摇头叹气。

杨佟迎上去问："老爹，你什么病?"

这人忧心忡忡地说："医家也说不上到底是什么病，药倒吃掉几箩筐，可就是不见一点儿回转。"

"那你是怎么得这种病的? 多长时间了?"

病人告诉杨佟："怎么得这种病也记不清了。大概是在吃茶时，看到杯里好像有些虫儿在游动，当时心里一触动，就感到身体不舒服，饭吃不下，觉睡不好，腿跑不动，浑身懒洋洋的。两三个月了，一直是这样。"病人说完，大叹了口气。

杨佟一想，此人是疑心病。这种病就是药吃得再多，也是没用的;要想告诉他实情，也不会起作用的。他决定想办法给他治病，就说："你明天到这儿来，我给你配点儿药试试看，看能不能把虫子打掉。"第二天，那人果真来了。杨佟拿出几粒蜡丸给他，告诉他吃过后，不一刻儿就要泻，可用只粪桶，在里面注半桶水。在解大便时同时用木棒搅动，看到有很细很细的"红虫"儿，病就会好起来。那个病人回家照样做了。在桶里一搅搂，全是泛泛的"红虫子"。他顿觉心情舒畅。逢人就说："这下好了，我肚里的虫子全出来了!"没过几天，饭也吃得饱了，觉也睡得好了。他对杨佟千恩万谢，说杨佟比神医华佗还灵。

杨佟告诉他，水里的红"虫虫"，原来是红绒线头儿，加上大黄色在蜡丸里的这个呀，名叫"泻心丸"。

那个病人恍然大悟地说："不是医生的人能治病，真太感谢你啦!"

杨洽中　杨荣昌等讲述　朱建搜集整理

搜集地点：东台市廉贻镇

# 李仕林的故事

（汉族）

◦⸺⸺⸺⸺◦

　　李仕林是一位文人型机智人物。其原型李仕林（1703—
1777），系清代苍南县南宋乡溪光村人。考中秀才后曾入太学，
后来经商。他为人正直，好打抱不平，常与贪官污吏、土豪劣
绅作对。其故事流传于浙江苍南县以及闽北一带。

◦⸺⸺⸺⸺◦

## 贴对戏知县

　　清朝时，平阳矾山南宋地方有个才子叫李仕林，为人聪明机智，不怕当
官的位高势大。当官的越不讲道理，他就越找他们的麻烦。

　　那时，平阳知县专门搜刮民脂民膏，害得百姓叫苦连天。这知县到了六
十岁还未生一男半女。李仕林晓得了，就写了一副对联，贴在县堂的大门
口。对联上联是"六十无子天有眼"，下联是"三年到任地无皮"，落款写上
"李仕林"三个字。知县看后气得半死，随即传李仕林到县，要扣押他。

　　李仕林假装生气地说："这对联勿晓得是谁写的，竟盗用我的名字！大
人若是查不出来，我就要告到省里去。"知县想，这副对联若拿到省里去，
那还了得！讲我六十岁无子被人家取笑还算小事，讲我到任三年把地皮都刮
光，那问题就大了。他赶紧说："不是你写的，就算了吧。"李仕林硬是不
肯，一定要把这对联拿到省里去。知县只好说："先放在这里，让我再严查

清楚。”

李仕林知道这知县只会贪污勒索，不会办案，他多次到县堂催办。知县呒法，只好拿了几十两银子给李仕林，叫他今后勿再提这件事。

## 答对骂县官

有个县官，喜欢作歪诗出对子给书生对，以炫耀自己的才华。喜欢拍马的书生，总是陪着县官东游游西转转。

一日，县官坐着大轿到街上去。看到一个种田人担着一担菜去县城卖。县官游了一圈回去时，又看到他已卖完菜，把两只空箩叠在一起背在肩头上。县官看着这两只空箩，就出了上联：“大箩小箩，箩仔入大箩。”

身边的书生，一个个低着头，想来想去，想了半日，还是想不出下联。县官哈哈大笑，非常得意。一个书生连忙捧他：“老爷真是盖世无双的奇才！”

李仕林正在这里做生意，听了这话在一边搭腔道：“大人，他们都对不出，我是不是可以对一下？”县官一看，是个生意人。心想，这种人怎么能对得出来，故意说：“本县一贯重才不重人，你就对吧！”李仕林说：“小人人粗话也粗，大人不见怪吗？”县官说：“你大胆对吧，就是骂我也呒关系。”

李仕林就大声念道：“大箩小箩，箩仔入大箩。县官贪官，棺材盛县官。”

以上两则李敏佑讲述　林子周采录

# 李灌的故事

## （汉族）

◦ ⋯⋯⋯⋯⋯⋯ ◦

李灌是一位文人型机智人物。其原型李灌（1601—1676），字向若，一字连璧，陕西省合阳县南顺村人。明崇祯六年（1633）举人。他博学聪颖，富于正义感。明朝亡后不归顺清朝，曾一度出走，后隐居在家，过着清苦的农耕生活。在陕西合阳、韩城、大荔一带，流传着他的不少趣闻逸事。

◦ ⋯⋯⋯⋯⋯⋯ ◦

## 一副对联惊知府

清代的同州府管辖韩城、合阳、潼关、华县、华阴、大荔、白水、蒲城、澄城、朝邑十县，新任知府上任后，修建了一所高大的知府衙门，并想在衙门口雕刻一副合乎他心意的对联。为此他召集了许多知名文人，但拟的对联都不中意。知府便出了一张征联榜文，上边写着：只要对联取中，赏银十两。这时李灌正好赶脚①来到这里，看了以后便扯下榜文。差人拉他去见知府大人，知府一见大怒，说："何处刁民愚昧无知，竟敢扯了本府榜文，给我先打二十大板！"李灌忙说，"大人出榜征联，为何出尔反尔？"知府说："有其才必有其貌，你活像个讨饭的乞丐，岂能有什么奇妙的对联？"没等说

―――――――――――――

① 赶脚：关中方言，指以赶牲口驮运为生的人。

完，李灌便笑了起来，说："人不可貌相，海水岂可斗量？三国张松貌虽不扬而才华横溢，大人以貌取人，恐非卓识。敝人献联，若不中意，再责不迟。若中尊意，当之如何？"知府大人见他谈吐文雅，气概轩昂，不由得面红耳赤，连忙说："只要中意，如数赏赐。若能缮写，加倍付银。"说毕让差人取来笔墨纸砚。李灌不假思索一挥而就，上联是"二华关大水"，下联是"三城朝合阳"，横额是"同治十属"。这对联中的"二华"指华县、华阴，"关"指潼关，"大"指大荔，"水"指白水，"三城"指蒲城、韩城、澄城，"朝"是朝邑，加上合阳，共是十县。

知府看后，拍手称赞，说："好一个'二华关大水，三城朝合阳'！不仅联文奇妙，就是墨迹也是铁划银钩。只有十字，便把本府所辖十县，尽括其中。就连这个'同治十属'的横额，还嵌上了同州府的同字。好！好！妙哉！妙哉！请问先生高名上姓？"李灌笑了笑说："草野之人，贱名十八子，何劳大人前倨后恭？家境贫寒，偶尔为之，请取赏银，不敢多望。"知府大人只好如数赏银二十两。

李灌走后，知府把召集的文人叫来训斥了一顿，并让大家看了李灌的对联。当其中有人说出是李灌的笔迹时，知府心想，怪道他说叫十八子，何不聘他为师爷？想到这里，马上让差人追他回来。差人追上李灌问："你是李灌先生吗？大人有请！"李灌笑着说："我怎么是李灌，你没听人说过李灌吗？"差人说："没听说过，他是怎样个人？"李灌说："李灌李灌，从不闪面，走州过县，随机应变。素不识面，真乃笨蛋！"差人回去，照原话一说，知府说："唉，你们才真正是笨蛋！"

王宝乾讲述　王宏生搜集整理

## 耍弄县官

过去，当官的每逢升堂理事，都要头戴官帽，身穿官服，足蹬朝靴。这一套行头穿起来既厚又硬，不管坐或站都要挺胸凸肚，虽然看起来威风八面，但要碰上个大胖子老爷在三伏天审案，那滋味可不好受哩！

这年，合阳来了个大胖子县太爷。他倒豁达大度，不拘小节，升堂问案时可以随时解解纽子，摇摇扇子，脱掉袜子，卸下帽子。总之咋舒服咋来。自古福人不计时，他舒服了，被审的人可受罪了。那时候没有钟表，他要审问多少时间，要看他是否困倦。往往被审问的人跪得膝盖酸痛，头昏眼花。

恰好，这年大热天，李灌因为一件纠纷事，被叫来审问。这县老爷虽然对自己很豁达，但对别人却很严厉，本来李灌是个举人，在那时算是有地位的人，见了老爷不跪也可以，但这位县太爷却说，王子犯法，与庶民同罪，非要李灌跪下听审不可。县官问着问着，觉得热得难受，就解开袍带，又脱掉袜子，还不解热，顺手卸下帽子。李灌一看老爷卸下帽子，赶忙往起一站，四处观望，好像寻找什么，老爷一见李灌竟敢私自站起来，不由大怒，一拍惊堂木，大声喝道："好一个刁民，竟敢擅自站起，还不与我跪了！"李灌指着县官道："你是何人，竟敢对我这般无理！""我是县官！""凭的什么？""七品顶戴。""没有顶戴何官可称？""这……"原来那个时候官阶大小，都在戴的帽子上的标志，所以当时有句谚语叫"官凭帽子虎凭山"。县官被李灌问住了，只得戴上帽子，热得汗水直往下滚。一会儿无意中又将帽子卸去，李灌看见又站起来，县官只得又戴上。就这样没有几袋烟的工夫，李灌往起站了几次，把个老爷整得又要注意仪表，又热得撑不住火①。哪有心思再问，只得宣布退堂。

雷赋潮讲述　雷治征搜集整理

## 巧骂县太爷

有一年，合阳来了个姓梁的县太爷。他给老百姓定了不少禁令，其中有一条是：不准街谈巷议。

---

① 撑不住火：关中方言，指受不了。

有个狗腿子想在老爷面前讨好，便说："李灌这家伙最爱在巷道里说东道西，诋毁老爷。"县官便让差人把李灌叫来，惊堂木一拍："你为何蛊惑人心，侮慢本县，从实讲来！"李灌说："没有呀！""还敢强辩！""我说的都是实事，不信你听：坡底下有个妇女要做早饭，一看没菜了，便吩咐儿子到地里拔几个热萝卜。谁知儿子空着手回来了，他妈问他拔的菜呢，他说：我把菜地找遍了，没有一个热萝卜①，一摸一个老凉（梁）！一摸一个老凉（梁）！"县官听了气得两眼直瞪，李灌却还要再问一句："师爷，我明明是说萝卜哩，怎么能说是诋毁大人你呢？"

雷六一讲述　雷治征搜集整理

# 送 县 官

有一年，合阳的县官调任山西。这家伙在合阳搜刮民财，欺压百姓，临走时却要老虎戴佛珠——假充善人，设下丰盛的席面请合阳的名人赴宴，李灌自然也在被请之列。不过李灌这一次没有推辞，痛痛快快地说："请回复老爷，一定如期前往！"

县官几次请李灌都碰了钉子，这次听说李灌答应下来，高兴得不得了，早早地站在门外等候。可是直到晌午端②，还不见李灌的影儿，没法子，只得吩咐开席。菜上了一半，李灌满头大汗地来了，一进门便说："来得迟了，还请大人多担待！"县官说："不妨不妨，但不知李先生有何要事缠身？"李灌说："咳，你不知道，眼见得谷子熟透了，麻雀却害得不行，这一伙刚走，那一伙又来了。俗话说，麻雀上万，一天一石（担），都是糟践百姓哩！"县官说："李先生辛苦了！本官即将离任，还想求先生的宝墨哩！"李灌痛痛快快地说："只要大人不嫌弃，理应献丑。"县官听言高兴极了，忙吩咐取来

---

① 热萝卜：萝卜的一种。红皮白心，呈圆形。群众也称作圆蛋蛋萝卜。
② 晌午端：关中方言，即正当午时。

纸笔。

李灌胸有成竹，展纸提笔，饱蘸浓墨，龙飞凤舞，顷刻写就。众人看时，只见白生生的宣纸上写着一首诗：

一伙一伙又一伙，
嘟儿嘟儿飞过河。
一落一石害死人，
凤凰怎少你怎多？

众人这才悟出李灌是借着麻雀巧骂县官把合阳人害苦了，又要过黄河到山西去害人。县官也品出了一点儿滋味，却是哑巴吃黄连，还要连声称赞："好诗，好诗！"

李烽炎讲述　史耀增搜集整理

# 卖　狗

李灌的东邻家有个小伙子会撵兔，从北山里买来一条猎狗，可是他不认得好坏，上了人的当。这狗看起来又大又凶，但到了撵兔时还没有人跑得快；一顿除了吃两盆食以外，还得四五个蒸馍①哩。这小伙家里穷，靠农闲撵几只兔来补贴生活，如今买了这么个"宝货"，愁得眉头拧成一个疙瘩。

李灌晓得了这件事，找到小伙子说："甭愁甭愁，叔给你把这忙帮了，保险叫你不蚀本！"

合阳县每年春上有个"卖狗会"，人山人海，热闹非常。这一年的卖狗会上，人一满②叫李灌那条狗吸引住咧！你看那狗，跟个小牛犊子一样，两

---

① 蒸馍：馒头。
② 一满：关中方言，都的意思。

耳耸起，毛色光润，用铁索绑在树上，嘴上还套了个牛笼嘴。一见这狗的样子，大伙都挤着想看。李灌却用手挡住他们："哎哎，甭靠得太近了！这畜生要是被惹恼了性子，把铁索绷断可不得了！请大家离远点儿！"有的人上前问价钱，李灌说："你买不起。"看那人有些不服气的样子，他又笑着说："就是买得起你也喂不起，这东西一天没有二十个蒸馍打发不了，隔几天还要动一次荤哩！"旁边有人问："那你买这狗干啥？"李灌说："唉，把我那点儿家当踢腾了也买不起这狗，这是北山里一位朋友牵来的，他水土不服，有了病，我来给人家跑个腿！"

这一段话一字不漏地被罗财东的家人听去了。罗财东是这一带有名的富户，正需要一条好狗看家护院，听家人这么一说，赶紧拄着文明棍来了。罗财东一来，李灌又重复了一遍"买得起喂不起"的话，这下把罗财东逗火了："你没打听一下，这方圆几十里我姓罗的要是喂不起这狗，他谁还能喂得起！你说，多钱？"李灌晓得这家伙上了钩，但还要再激他一下："我可完全是为你想呀，其实，也只有你才认得这条好狗！"罗财东一听这话，心里乐了，说："你开个价钱，咱可不是那号小气人！"李灌显出下了决心的样子说："人常说，货卖给识家。朋友原说少十五两银子不卖，既然东家喜欢，我担咧①，十两银子你拉上走！"罗财东一听十两银子，实在有些心疼，但为了装个大方，也再没说二话，让家人去牵狗。李灌反复地叮咛说："铁索贵贱②不敢解，牛笼嘴到家再卸！"看着罗财东高高兴兴地走了，李灌也高高兴兴地揣着十两银子回去了。

过了四五天，罗财东坐着轿车到南顺村寻李灌来了，说是那狗拉回去甭说看家护院，连咬都不咬一声。李灌说："不要紧，那狗忌生哩！"罗财东说："这都五天了，还没熟呀？我怕是你——"李灌一听这家伙要给他搁事③，连忙截住话头说："人常说马有转缰之灾，狗难道就没有换户之祸？谁晓得你们的手下人让它吃了些啥？东家，在卖狗会上你可是亲自看好的呀！"

---

① 我担咧：我承担了。

② 贵贱：关中方言，无论如何的意思。

③ 搁事：关中方言，寻事、寻麻烦的意思。

罗财东看说不过李灌，只好自认倒霉。

史积善讲述　史耀增搜集整理

## 做　灯　联

有一年过元宵节，李灌糊了两个大红灯笼挂在门前，还贴了一副对联：

挂出去与乾坤壮胆，
看将来为日月增光。

灯笼糊得好，对联写得妙。村里的人都争着来看。村里有个财东，可是眼看着人都拥到李灌家门前去了，心里怪着气，便也挤过来想看个究竟。到跟前一看，原来是一副好对联，向李灌拱拱手说："李先生，元宵佳节，也请为我写一佳联，不知尊意如何？"这财东平日里巴结官府，欺压穷人，李灌早对他恨透了。见他求联，灵机一动，说："行！"取出纸笔，略一思索，便挥笔写下一副对联：

腊灌心肠，惯向黄昏行黑道。
纸糊皮面，几时白昼见青天！

众人一看，"哄"的一声笑起来，都夸李灌写得好。财东明知挨了骂，可这对联是自家要人家写的，有苦不能言，只得厚着脸皮跟着大家说好。

党孝芳讲述　史耀增搜集整理

# 吴计成的故事

（汉族）

····· ○·········○ ·····

吴计成是一位文人型机智人物。其原型吴季成，生平事迹不详。他的故事以诙谐风趣著称，故事性较强，在安徽桐城一带广为流布。

····· ○·········○ ·····

## 小菩萨显灵

吴季成自幼聪颖出众，机灵过人，不仅能在小伙伴们面前捣鼓出惹人笑的滑稽事，而且还善在大人面前耍弄一些古里怪之的点子。因此，人们干脆叫他"吴计成"。

吴计成念了几年私塾，因家境贫寒，十五岁那年便辍学了。他家住在桐城东街，闲着无事就常到乡下亲戚和学友家里走走。这年腊月底，他上老梅树街姑母家过年，圆圆的脑袋上罩一顶西瓜皮样的瓜壳帽，矮矬矬的身材着一件盖过膝的黑老布长衫，走起路来学绅士样一摇一晃，人们见他那个小丑模样，不由得"哧哧"笑出声来。街上人都很喜欢他，希望他常来玩，他一来就讲故事说笑话，大家围在一起嘻嘻哈哈，好不快活。

街上大多数居民都经商或者从工，一日三餐有饭吃，一年四季有衣换。为了让好日子能长久地过下去，每逢年节，街民们总是备以三牲香烛向神佛和祖宗致祭行礼，表示崇敬并求保佑。

话说这年大年三十晚上，吴计成姑母家祭祖后正欢欢喜喜地吃年饭，突然间气喘吁吁地闯进一位年轻后生。问他吃年饭了没有，又为何跑得这么急？后生顾不上回答，却气愤地说起一桩事来。

原来，这后生好凑热闹，下街头王郎中家祭祖时，他想看看王郎中怎样向菩萨磕头。只见王郎中双膝跪地，面对一堆熊熊燃烧的香纸，双手合掌作揖，求老菩萨多助医道，明年加降人祸，好让他多治病人把日子过肥点儿。

听到这里，后生心想：怪不得王郎中平素看病收钱手辣。王郎中都这么缺德，那么中街棺材行老板的心术也不一定会好。于是，便掉转脚步，上了中街。张老板家专营各种型号的成品寿材和大小棺木，这几年由于风调雨顺，人丁兴旺，生意清淡极了，一年到头做不了几笔。现在，张老板正跪对香火，仰起长脖向上苍祈祷："老天爷啊老天爷，您看到了吗？这凡间人遍地皆是，请您明年无论如何也要把他们多赶一些下地府阴曹。若我明年生意旺了，一定加倍烧香谢恩。"

后生听到这里，忍住胸口愤慨拔腿就走，他要到上街头吴道士家看看。果不其然，吴道士家红烛满案，肴酒满台，吴道士毕恭毕敬地立对神龛佛像，拿腔拿调地诵读着经文。后生听了好长时间，才听懂了两句，大意是祈求天神明年多降一些瘟神，让凡间多染一些瘟疫，死人不断，只有这样，才会有人请他去做道场，驱瘟除灾。他吴道士才能派上大用场，过上好日子。后生听到这里，气不打一处来，本想伸手就给吴道士一拳，又想，不能这么便宜他，该请吴计成出出主意狠狠地惩罚一下他们。

吴计成一面吃他的年饭，一面不慌不忙地思索，问："你听这些话时，有没有谁发现你？"

后生回答："他们都虔诚地请菩萨，让我来了个神不知鬼不觉。"

吴计成连说两声："好，好！"又略一思忖说："这样吧，明天早上，请你上中街张老板家看新鲜。"

正月初一一早，吴计成来到中街棺材行张老板家，说下街头王郎中的小媳妇昨夜里得了急症，刚才没多会死了，王郎中特叫他来先跟行里打个招呼买一副十二圆的寿材，等会儿王郎中就来。张老板喜上眉梢，心想老天爷真灵，昨晚才祷告，今天就兑现了，往后逢年过节该多烧些香火。他拿一些糖果糕点把吴计成打发走后，就吩咐小伙计从棺材库里翻出一副十二圆的寿材。

吴计成从张老板家出来，没有停留就径直走到下街头王郎中家。一副火急火燎的样子，进门就说，中街张老板的大孙子得了急症，张老板特委他来请王先生速去诊治。王郎中分外高兴，心里暗暗地谢菩萨显灵。他按照乡俗，让吴计成喝了一碗糖水，说："小兄弟，你先走，我稍稍准备一下就去。"

吴计成转背后，赶紧从后街绕到上街头吴道士家。说中街张老板的大孙子昨晚得了急病，让王郎中用错了药，夜里寅时死了，特派他来请吴先生去做道场。吴道士嘴角微微一笑，接着便装模作样拖长声调地念起来："黄土一抔兮映夕阳，扶棺凭吊兮痛心肠。"念了几句之后，便叫吴计成上堂屋里坐。吴计成说张老板委他跑的事情还没跑完，便当即告辞了。

且说张老板把翻出的棺材摆到棺材库一旁，就翘手架脚地坐在大门口等待着王郎中到来。果然，不一会儿工夫，王郎中就急匆匆地赶来了。王郎中殁了儿媳心里一定很悲痛，张老板装起哀痛的样子，见面没有多少话说就把他引到棺材库，指着摆放在一旁的十二圆寿材说："你看，就是这副，我特意叫翻副好的。"

王郎中自进棺材库就打个愣征，莫非张老板的大孙子……来不及问，却听张老板如此说来，便厉色疾言道："别开玩笑了，你不是请我来给你大孙子看病的吗？快引我去。"

张老板眼睛眨巴眨巴，没好声地说："谁病了？新年新气的你坏我家的兆应！你要买寿材，寅时要，卯时就给你挑选好了，还有哪点儿对不起你的地方？"

张老板这一说不要紧，王郎中蹦地三尺高，如狮子咆哮般地吼起来："你家才死了人呢！你家才死了人呢！"张老板脸色气得铁青，也暴跳如雷地大叫："你正月初一无事找事，我今日可要你尝尝老子的厉害！"说着，就一个箭步扑到王郎中面前，一手封起领口，一手抡拳朝头部砸去。

张老板身魁力大，王郎中虽不是他的对手，可也不是省油的灯，他身材中等，但却生得壮壮实实，有的是力气，人又很灵活。在张老板封他衣领的一刹那，他一个猛劲矬下身，一手抓住张老板的裤腰带，一手就捣葱般地捣他的腰眼。后来，两个人抱成一团，你揪我的辫梢，我撕你的耳根，你抓我的脸皮，我掐你的臂肉。站着打了一会儿，又都一齐倒地滚打，一会儿他压上去，一会儿他又翻上来，翻翻滚滚，揪揪掐掐，从棺材库直打到临街店堂。不多会儿工夫，两个人就都鼻青脸肿，血迹斑斑。

棺材行左邻右舍的人见张老板和王郎中正月初一干架，觉得新鲜，一传十，十传百，一刻工夫，看热闹的街民就把棺材行店堂围了个里三层外三层。见两人不顾生死地打，看的人没有谁敢去拉架。张老板平时强横惯了，人们也不愿意去拉架。昨夜央求吴计成出点子的那位年轻后生，早已挤在圈子里头，见两人打得猛猛烈烈，狼狈不堪，心里快活极了。有人要出面拉架，后生就说且慢，让他们多打一会儿才痛快。

正在这时，人群外面响起一串嘀当嘀当的铃子声，和一串很难听懂的诵经声。

"让开，让开，吴道士来了。"几位上了年纪的人，主动给吴道士让开一条路。

吴道士边摇铃边诵经地挤进人圈，猛见张老板和王郎中在地上扭作一团，连忙止住铃声劝张老板道："算了，算了，令孙既然已经离去，也就没法请回人间了。再说，王先生用错了药，怕也是一时大意，不能原谅的就处罚，无须这么动武啊。快起来吧，把你孙子的生辰属相报来，我好抓紧时间编撰祭文。"

这一说，张老板火上添油，牛眼一瞪，丢下王郎中就饿虎扑羊似的朝吴道士扑去，一面狂吼："你家的人要全部死光！"吴道士起先一愣，以为张老板精神失常了，细一看，觉得势头不对，是真格儿冲他来的，也就厉起脸色，撂下铜铃，报以"礼尚往来"。吴道士虽然力气一般，但多少有点儿功夫，此刻正用得着了。只见他横眉怒目，发功运气，大喝一声，在张老板扑向他的瞬间，来个"狸猫钻裆"。张老板没料到吴道士会有这手武艺，竭尽全力摆脱后，便仗着自己个头高，"嗖"地一下给吴道士来个"泰山压顶"。这时，歇在一旁的王郎中见吴道士被压在地上，连忙闪身蹿到张老板背后，双手紧紧抓牢他的颈脖，咬牙切齿地朝后扳。就这样，三个人你缠我搅地扭成一堆，谁都想把对方往死里打，谁都想出一口冤气。

这时，吴计成头戴瓜壳帽，身着黑长衫，大摇大摆地走来。他扒开人群，来到正扭成团的三个人面前，故作惊诧地问："你们这是干什么呢？有话好好说，都是本乡本镇的人嘛。都请起来，都请起来。"

三个人同时抬起头来，见是吴计成，又都不约而同地说："你，是你说的……"

吴计成笑着做个鬼脸，点头道："对，对，是我说的，是我说的，昨夜里，老菩萨托梦，叫我今天早上——哦，对了，你们昨天晚上都向老菩萨说了些什么呀？能不能也说给我们大伙儿听听？"

难道老菩萨把我的祷告托梦于他？这真显灵啊！三个人心里都这么想。因各自心里都有见不得人的东西，面面相觑，不发一声言语，不揩一丝血迹，不打一下灰尘，就耷拉下脑袋灰溜溜地离开了人群。

张老板、吴道士、王郎中三人刚刚走出人圈子，吴计成故意放开嗓子说："嘻嘻，这就是老菩萨显灵，善有善报，恶有恶报。昨天恶，今天报。"

街民们立刻爆发出一阵哄笑声。那位年轻后生高兴地抱起吴计成，说："这是你这位小菩萨显灵啊！"

## 捉弄老丈人

吴计成的老丈人有三个女婿。大女婿是个杀猪的，常常拎来两刀肉或者猪下水；二女婿酿酒，逢年过节大坛小桶地送酒上门；唯独小女婿吴计成家里穷，来时两袖清风，还要一张嘴吃回去不少。白吃白喝次把两次问题不大，次数多了，日子长了，本来就势利的老丈人不耐烦了。他一来，总是想着法儿避开他，后来，年节备饭，来客请吃，就干脆瞒着他。

这一年的春节，老丈人为了好好招待那两个女婿，就事先约定他们正月初七来，比往年上门看节迟三天，好避开吴计成。说也怪，到了初四这天，也就是每年正月几个女婿上门的这天，却不见吴计成来。这小子太刁了！老丈人在心中愤愤地骂道。骂尽管骂，吴计成不来，心里总觉得不踏实。初七这天，大女婿、二女婿如约上门。老丈人正吩咐做菜，不料吴计成却一脚迈进。老丈人又惊又喜，惊的是早不来迟不来偏偏初七来；喜的是幸好菜没下锅，一切掩蔽还来得及。但他又不敢得罪小女婿，连忙问："吃早饭了没有？"时近中午，老丈人却想用早餐打发他。吴计成说："我肚子正空着呢，随便弄些吃的，我马上还要回去有事。"

于是，一碟咸菜，轻轻巧巧地就把吴计成打发走了。

大女婿、二女婿是受宠之人，本来中午就可以丰丰盛盛地款待他们，但老丈人考虑再三，还是改在晚上，怕吴计成面转背，一会儿又杀回马枪。

这天晚上，老丈人把门窗遮得严严实实，丝光不漏，才生起火盆，拿来吊篮，又把碗柜里好酒好菜全端了出来。炖鸡、卤鸭、烧肉全放进吊篮里，让炭火保温，火盆周围又摆上一圈糖心米粑，一壶米酒放在火盆中心煨着。事毕，老丈人这才眯起眼笑着说："嘻嘻，这回真把吴计成踢开了！"

几个人正有说有笑地啃着鸡腿，仰脖喝酒，突然大门"咚咚咚"被人踢敲。问是何人？答曰："吴计成！"老丈人慌了，连忙叫两个女婿升起吊篮，揭去糖心米粑；万一米粑烫手揭不了，就是用炭灰也要把它盖住。自己这才慢腾腾地走去开门。

吴计成径直来到火盆边，左一眼右一瞥地看过两个姐夫，才不慌不忙地坐下。老丈人给他倒来一杯茶，他喝了一口就放到一边，对丈人说："老岳丈，我是特地来出出气的。今天下午，我家填门场，我那周围邻居好不讲理，"说着，就拿起拨火用的铁叉，"我从东边填，老张不同意，举起铁叉就在东边戳。"吴计成用火叉在火盆东面堆起的灰埂上拍打了两下，斜起叉尖猛猛地往灰堆里戳。"我在西边填，老李不同意……"就这样，老张、老李、老陈、老王，他用火叉比画着他们几家，用铁叉戳他家的门场，把火盆四周的灰埂统统地都戳了一遍。这灰埂里掩埋的全是糖心米粑，两个女婿声张不得，只好眼巴巴地望着老丈人，任吴计成戳下去。

老丈人实在忍不住了，想夺过铁叉。可是，吴计成眼疾手快，紧紧握住铁叉往起一站，说："你们知道我，我也不是省油的灯。气不过，我就在场中央下功夫！"吴计成举起火叉，朝上一捅，把吊篮捅了个底朝天，大盘小碟飞出篮子，鸡鸭鱼肉撒泼一地。接着，他又往下一蹾，火叉不前不后地插进酒壶。壶底通了，火苗一蹿，刹那间，烟雾腾空，酒气冲天。老丈人呛得直打喷嚏，急忙招手说："小，小女婿……算我认识你了，算我认识你了……"

## 巧惩行霸

从前，桐城县城南大街，是条热热闹闹的商业街，中街是南大街最繁华的一段，商品琳琅满目，货物应有尽有。人们上县城总得到这里走走，买上一些东西带回。但自从中街出了两个行霸，这里的生意逐渐清淡下来。后来，好多店面变得冷冷清清，很少有人光顾。经商的老板和做小生意的街民急得如热锅上的蚂蚁，巴不得立刻找上机会狠狠地惩治一下这两个行霸。

这两个行霸，一个姓张，体壮胳膊粗，满脸堆红肉，人喊"张红肉"，在中街上开鱼行；一个姓李，大头大身板，满脸紫疤突，人称"李疤突"，在中街上办酒馆。两家店面子斜对着相距不远，喊一声可闻，瞅一眼可见。张红肉为人狡诈刁滑，卖鱼卖得出奇，不仅在秤杆、秤砣上玩花样，克扣斤两，而且还经常站在大街上吆五喝六，强迫行人进店买鱼。上他鱼行的人，无不哑巴吃黄连——有苦不能说。李疤突呢，世故刻薄，奸险凶狠，见人卜卦，进店由他捏。除此，他也和张红肉那样，站在大街上揽人进店，不进少则挨唾沫，重则遭暗拳。在他手里，平头百姓只有吃亏上当干瞪眼的份儿。

一日，吴计成头戴瓜壳帽，挑一担篾篓，上南大街为乡下亲戚办丧事。一位认识他的街民急忙凑上去说："吴先生，请你不如遇你，我们几次找你找不着。"接着，便把二霸横行霸道的事，以及街民想惩治他们的想法，直截了当地说了出来。末了说："吴先生，你给我们出出这口怨气吧。你若是能叫张、李二霸干上一场架，我们就都给你作个揖。"

张、李二行霸欺民作恶的事，吴计成早有所闻。也想找个机会让他俩尝尝厉害。见街民惩恶心切，就毫不犹豫地回答："好吧，你们等着看热闹吧。"说毕，就一头扎进木器店。

他买来一块灵牌，放在随身带的篓箩里，一路哼着小调，到李疤突的酒馆里坐下。吴计成要了三道菜、一壶酒，便自斟自饮起来。饮了几口，放下酒盅，起身走到张红肉的鱼行，叫管账的给他称了两条大鲤鱼。临走时，对管账的一努嘴说："我在斜对面的酒馆里喝酒，等会儿你同张老板去拿钱。"

吴计成把鲤鱼拎回酒馆，挂到箩边的墙壁上。喝完了酒，他借口有事，要酒馆伙计看管一下鱼和箩，就出门走了。

鱼行管账的因买鱼人没付钱，便坐在店门口斜盯着对面街上的酒馆。一壶茶的工夫过去了，没见人来付鱼钱。两壶茶的工夫过去了，还没见人来。管账的不耐烦了，就跟老板说："那个戴瓜壳帽的人太不像话了，买鱼不付钱，连人影子也不见了，干脆把鱼拿回来吧。"张红肉一听，头发皮冒火，口中连说："岂有此理！"便与管账的一道奔向酒馆。

李疤突见喝酒的人外出迟迟不归，只好一步不挪地坐在那里守住两条鱼。见张红肉气势汹汹地来取鱼，忙阻拦说："且慢，客人喝酒还没付钱呢，这鱼做抵押。你若拿鱼，请把酒钱付清。"

张红肉说："笑话，他买鱼没付钱，人跑了我自然要鱼。这和你酒钱有何相干？"说着，伸手去壁桩上取鱼。

李疤突"霍"地站起身，一把拽住他的手说："你讲不讲道理？你想拿鱼，白日做梦！"

张红肉青筋暴起，一把挣脱李疤突的手说："看我能不能拿回鱼！"

两个人都仗着自己身大有力，你推我搡地抢起鱼来，还互相骂起祖宗。

李疤突见篓箩里有一块灵牌，脑瓜灵机一动，说："要鱼没有，要灵牌子你拿一个！"

这一骂不啻挖了张红肉的祖坟，他怒目圆睁，牙齿一咬，抄起一把酒壶就往地上砸去，又扑向李疤突，一手封住他的衣领，一手左右开弓地在他脸上扇起耳光。

李疤突平时耍强惯了，此刻岂能忍下这股晦气，他火冒三丈，发起泼来，用头死死地向张红肉的胸口撞去。他的头比一般人要大，撞胸口的功夫绝不亚于大槲头捶地。张红肉脸上有肉，胸脯上肉更多，李疤突撞他他顶住了，反过来用力一按，就把李疤突死死抱住往下压。两个人扭来拗去，从酒馆大门直打到街心上翻滚。

两行霸在街心上死死厮打，围观的人不一会儿工夫就把上下街道挤得水泄不通。人们见两霸脸上都抓得血糊糊，头发扯掉几大束，衣服撕成一片片，都从心眼里叫好。不少人还鼓掌添趣呢。

这场行霸之仗，直到县衙派人出面，才渐渐平息。

就在两个老板揩擦身上血迹，各自往回返时，吴计成不慌不忙地哼唱着小调走来。他问了一下情况，就把两手一摊，呵呵笑道："嘿呀呀，你们要钱不是这么个要法嘛，我人还没有走嘛。料定你们平时逞强惯了，往后呀，再这么逞强，可要注意啰！"

待两霸走后，围观的居民都跷起大拇指啧啧称赞："吴先生，你真是无计不成啊！"

以上三则叶瀚　毛伯舟　高光明采录

# 吴晓绰的故事

（汉族）

○·····················○

    吴晓绰是一位文人型机智人物。其原型吴晓绰，系清代中期全椒县人氏，出身书香门第，广才博学，诙谐多智，在椒陵一带颇有名气。他的故事至今仍在安徽全椒、滁州等地流布。

○·····················○

## 买碗渣子

    吴晓绰青少年时已爱憎分明。平时常和贫苦农民交往，玩笑嬉闹，逗人乐趣。而对贪官污吏、地痞流氓、奸商和狡诈之徒极为憎恨，经常采取一些出人意料的方法惩罚他们，在椒陵一带流传了不少引人捧腹的故事。

    话说一天上午，吴晓绰闲着无事，上街游玩。走到东门陶瓷店门口时，发现一堆人围在门口吵闹。他上前一打听，原来是乡下的一个贫苦农民张小二在店里买碗，选碗时，店老板故意将张小二绊了一跤，打坏了几个碗，老板诬赖张小二故意打坏了碗，硬要张小二加倍赔偿。而张小二身无半文钱，因此发生争吵。吴晓绰早就听说这个店老板为人奸诈，暗地勾结官府欺压百姓，经常采取这类办法敲诈买主，当地人对他恨之入骨，但没办法。吴晓绰决心要治治这个坏蛋。这时，店老板抓住张小二的双肩，要去县衙。眼看张小二就要吃亏，吴晓绰立即上前替张小二赔了钱并买了几个碗。张小二千恩万谢地告别了吴晓绰。吴晓绰看到店老板脸上露出了得意的奸笑，心里极为

· 115 ·

气愤。看到店里堆着满地的瓷片，心中顿时想好了惩罚这个店老板的计策。

当日下午，吴晓绰来到陶瓷店，向着店老板抱拳施礼："恭喜老板发财。"店老板一看是上午替张小二赔钱的青年，心中不乐，还了一礼，问道："客官有何贵干？"吴晓绰说："我要从贵店买二百个破碗渣子，二百个破杯渣子，二百个破坛渣子，二百个破罐渣子，越碎越好，明日上午取货，价格加倍付给，现丢下定金二两，取货付清。"说完，从怀中掏出二两银子交给店老板。店老板一听说价格加倍，脸上堆出笑容："照办，一定照办！"吴晓绰见他满口答应，心中暗暗高兴。

店老板送走吴晓绰，立即吩咐店中伙计，各搬出二百个好的碗、杯、坛、罐，乒乒乓乓，全部砸成碎片。

第二天上午，吴晓绰来到陶瓷店，店老板让进吴晓绰，又递烟又奉茶，心想这次可做了一笔大买卖。吴晓绰看到满地都是破碎的渣片，每样只捡了二百个碎片．对店老板说："渣片砸得很好！按照这渣片的大小，每个碗能砸四百片，二百片只有半个碗的价钱，就按照一个碗的价钱算；每个杯子能砸二百片，我付两个杯子的钱；一个坛子能砸八百片，我付半个坛子的钱；每个罐子能砸四百片，我付你一个罐子的钱。全部加倍付款。"说完，吴晓绰扳起手指算了起来："一一得一，一三得三，三三得九，共付九钱银子。昨天我已付了二两，余下的一两一钱银子，我也不要了，赏给伙计们。好啦，告辞！"说完，吴晓绰背起渣子就走。店老板望着远去的吴晓绰可傻了眼，真是哑巴吃黄连——有苦说不出。

王桂应采录

# 认　字

吴晓绰在学堂上学时年纪最小，又最会调皮捣蛋，大一些的同学点子玩不过他，但劲都比吴晓绰大，每回打架总是吴晓绰吃亏。吴晓绰心想，我非想个点子让你们都挨打。

上午学堂放学，吴晓绰退到最后走。走到半路，他又溜回学堂，在老先生桌子边上拉了一堆屎，又用笔在纸上写了字："要问屎是谁屙的，就是我屙的。"吴晓绰把纸条子压在老先生的桌子上。

下午，老先生头一个进学堂，闻到臭味，又见到字条，气得一屁股坐在椅子上，拿个尺子，堵在学堂门边上。

进来了学生，先生问："这屎是谁屙的？"

"不知道。"

"不知道？这个字条子你念念。"

学生念道："要问屎是谁屙的，就是我屙的。"

先生一听，气不从一处来，拿起尺子就打这个学生一顿。

学堂里的学生进来一个，先生问一个，让学生一念，先生说："是你屙的，我打死你！"一个学堂差不多打交了[①]，最后吴晓绰才慢达慢达地来了。

老先生气得把一堂学生都打了是为的出出气，想到十有八九是吴晓绰干的了。老先生问："吴晓绰，这屎是哪个屙的？"

"不是我屙的。"

"你说说是谁屙的呢？"

"我不知道。"

"这个纸条上的字你念念。"

吴晓绰念道："要问屎是谁屙的，就是……就是……"

"快念！"

"先生，我认不得。"

老先生气哼哼地说："要死，这个字也认不得，'就是我屙的'！"

"先生，是你屙的，你还问我干什么呢？"

老先生被问得嘴张着，也不好打吴晓绰了。

---

① 打交了：方言，打遍了。

# 惩治狗腿子

张财主家有一个人，别人都暗地叫他"狗腿子"。这个人斗大的字识不得一升，可是坏点子倒出了不少，没有不恨他的。

张财主听人说吴晓绰人小才高，出口成章，还会写状子，想请吴晓绰帮他写状纸打官司。

这天，张财主写了一封请帖交给狗腿子，要狗腿子送给吴晓绰。狗腿子也不知道财主写的什么东西，只顾去找吴晓绰。这个人认不得吴晓绰，吴晓绰在街头一块青石板上正和几个小孩子玩呢。狗腿子过来了问吴晓绰："小孩子，你可知吴晓绰家在哪块？"

吴晓绰认得狗腿子，但假装不认识，对狗腿子说："你问吴晓绰啊？他家在巷子西头最后一间。"

等狗腿子往巷子西去了，吴晓绰拍拍屁股往东边转回家里去了。

狗腿子到了巷子西一问人，人告诉他："刚才正和几个小孩儿玩弹子的就是吴晓绰，他家住在巷子东头。"狗腿子再找到吴晓绰家，吴晓绰穿了一件长裨子坐在那儿等他呢。

"嘻嘻嘻，吴先生，刚才怪我失礼了。这是我家老爷写给你的，请吴先生收下。"

"你可知你家老爷找我有什么事么？"

"我是一点儿也不知道，吴先生看看书信就明白了。"

吴晓绰一看是写的请帖，他心里有数了。吴晓绰对狗腿子说："原来你家老爷要借我家石磨子，要你挑回去。"

"吴先生，不对吧，我家有磨子怎么还借磨子？还有，我什么也没带怎么挑回去呢？"

吴晓绰说："我家磨子磨得细，下得多，多少人家常来借的，你家老爷在信上还写，扁担、绳子一并从吴先生家借。"

狗腿子只好挑着一副石磨子累得汗直淌地回去了，挑到财主家才知上了吴晓绰的当。

以上两则刘庭顺讲述　刘新平采录

# 沈拱山的故事

（汉族）

沈拱山是一位文人型机智人物。其原型沈拱山，字渭滨，江苏盐城人，生活在清代嘉庆、道光年间。他虽是一位饱学之士，但终生未做官。他机敏多智，常常替平民百姓打抱不平，与权贵豪绅作对，后因触怒官府而入狱，被害死于狱中。其故事在苏北各地广为流布，家喻户晓。

## 棒打漕运老屁股

有一次，沈拱山和乡亲们一块儿到淮安府完粮。哪知这个漕运官贪赃枉法，特制了个盛三斗的大斛子，算二斗五升，量进农民的税粮。因此，凡是已完过粮的，都喊粮食折掉了。依照漕运官的规定，差欠的部分，要在当天补足，若隔一天来补交，前一天缴的粮就不算数了，还得按原数重交。

来完粮的百姓，近则几十里，远的几百里，当天哪里赶得上回去拿来补足，因而一个个急得没章程。有个急性子的青年不服气，走上去同过斛的讲理，被恶差人毒打了一顿。百姓们有苦没处说，一个个都憋了一肚子怨气。

见到这情况，沈拱山想这个漕运狗官肯定是非法用了大斛斗，得想个办法揭他的老底。于是他特地从当地借来了一个标准斛子，量自己带来的粮食，来完粮的人，都纷纷围拢来看，还有的主动过来帮沈拱山量，结果他带来的四斛子粮，一点儿不多，一点儿不少。量完了，沈拱山对乡亲们说："我的粮是大家看着量的，如果完粮时量折掉了，我把他的斛斗摔给你们，拿到京城去告状，办这个漕运官，各位看怎么样？"

这时，大家正有气没处出，听沈拱山一说，没有一个不赞成的。

名册上点到沈拱山完粮了。几个差人把他的粮一量，四斛子整整少二斗。沈拱山走上前去，一把抓住斛斗，举过头顶，朝远处一摔，把个斛子摔了八丈远。

这一来，纰漏闯大了，一帮衙役如狼似虎，把沈拱山捆绑起来，押到了漕运官那儿。漕运官见有人竟敢摔他的官斛，火冒三丈，立即叫人把沈拱山推出去杀了。

这时来完粮的百姓成千上万，一齐涌了上来。其中有姑嫂二人，一人拿了一截撑船篙子，向狗衙役劈头劈脑地打来。人们一起哄上前去，救下了沈拱山，漕运官也被人群团团围住。沈拱山走上前去，指着漕运官，大声喊道：

三斗算了二斗五，

害得百姓真好苦，

一起告到京城去，

棒打漕运老屁股。

沈拱山一呼百应，周围人山人海，喊声震天，"对呀！告到京城去啊！棒打漕运老屁股啊！"

漕运官先前蛮神气的，现在听到沈拱山揭了他的底，真是官逼民反。听着四面八方的喊打声，吓得身子像筛糠，连忙求饶说，"各位父老莫见怪，这全是衙役们搞的，待本官慢慢地查明。"说完就想溜走。

沈拱山一听，晓得漕运官说的是句过门的鬼话，高声喊道："让他慢慢查，你们答应不答应啊？"

"不答应噢！打他的老屁股噢！"这时人群像潮水一样，直向前拥来，人们呼声如雷。漕运官吓得脸都变青了，结结巴巴地说："现在就办，现在就办，已完……已完过粮的，差……差欠的，一律不要补交了。未……未完过粮的，一斛子一律算三斗。"说完后连滚带爬地溜进了衙门。

舒翔　沈廷栋搜集整理

流传地区：江苏大丰、盐城一带

## 缩　幅　镜

一天，知县老爷想试试沈拱山的学问，好想法儿治住他，于是就请沈拱山喝酒。酒过三巡，知县指着他自己心口上的缩幅镜问沈拱山是什么。沈拱山笑笑说："这谁不知道？是个大枕头顶儿呗。"知县一听暗自好笑。送走沈拱山以后，便回到内衙告诉小老婆："人家说沈拱山有学问，其实他连缩幅镜都认不得，还说是枕头顶儿！"小老婆想了想，反问道："老爷，你知道枕头里装的什么？"

"稻草呗！"

"就是嘛，"县官的小老婆说，"他把你比成个绣花枕头，一肚子草，是个大草包！"

"啊！"县官这才恍然大悟。

孙东尧搜集整理

## 一　线　案

沈拱山得罪了盐城的县太爷，县太爷把他看成了眼中钉，但又奈何不得他。沈拱山呢，他满不在乎，只要遇到不平事，还是一管到底。

这天，他住在一个小客栈里，半夜被一阵哭声惊醒了。细一听，是从隔壁房间传来的。沈拱山很好奇，就上前用烟袋敲敲门。门一敲，里面不哭了。刚一停，哭声又起了。

沈拱山觉得蹊跷，一个劲地把门敲得咚咚响。

门开了，原来是个三十多岁的年轻妇女在哭哭啼啼。梁上还悬了根绳子，看来是准备哭它一阵儿，就要往黄泉路上奔啦。

沈拱山一边把绳子解下，一边劝说，叫她把冤情吐出来，好替她申冤。

谁知这妇女把沈拱山一打量，看他矮矮的个子，短短的颈项，满面的麻子，黑黑的脸膛，三分像穷秀才，七分像种地郎。不禁说了声："罢罢罢，官都不管，说也无用。"接着又呜咽起来。

沈拱山知道这妇女看不起自己，心里并不计较，嘴上还不住地劝她："来来来，俗话讲，人不可貌相，海水不可斗量。你把冤情尽管说出来，或许在下能帮个忙。"

这妇女看沈拱山为人持重，态度诚恳，便一把眼泪一把鼻涕地把苦水全倒了出来。

原来，这妇女丈夫姓胡名良，是个做卖布小本生意的。每到农闲，就去南京贩蓝布来，再到淮安乡下去卖，一年两次，生意还很不错。这时隔壁邻居家有个后生姓古名光，见胡良贩布赚钱不少，也由此动了心，硬缠住胡良要一起做生意。胡良想到家边邻居，又是自幼在一起滚大的，感情蛮好，再加上古光左磨右磨，终于答应两个人一起去做生意。

没想到，出去两个月后，胡良一人回来了。古光婆娘来问怎么回事，胡良告诉说，他二人去淮安到了流钧镇，起先生意清淡，胡良提出两人分头去卖，一人往东，一人往西，三天后仍在流钧镇碰面。哪知三天后，胡良到了流钧，却不见古光来。想想可能生意耽搁了，便又等了三天，古光还是未来，心里一急，便一人独自回家了。

转眼一个月，古光还没回来。古光的婆娘急了，心想：我家男人不要被他谋财害死了？从此她就存了心，处处注意胡良的一举一动。"六月六，晒龙袍。"这天家家都把棉衣拿出来晒。古光婆娘借故凑到胡家门口去看晒的衣服，猛一看，看见一件马褂正是自己男人的。因为这马褂上的纽扣掉了一粒，临走时慌忙，手上没有黑线，就用蓝线钉的。

古光婆娘忙不迭地跑回家，一口气喊来自己在衙门里混事的兄弟。她兄弟一听这话，当天就叫古光婆娘到县衙门击鼓鸣冤。

没一刻，胡良被抓了起来。抓了去就叫招，胡良喊冤不肯招，就"大刑伺候"，上夹棍，折磨得死去活来。胡良是生意人，哪里受得住？三回一来，招了。谋财害命，被关进了死牢。

县衙门断定了，只写半边，一个"车"字，那半边送到了府上，府上也不多问，添了个"斤"字，成了个"斩"字。没两天，就要开斩了。

这妇人说到此处，又哭得死去活来。沈拱山左劝右劝，又问那件马褂究竟怎么回事。女人止住哭，说："我家丈夫曾申辩说，那古光与他有一件同样的马褂，同住在一个客栈，穿错的事常有。但官老爷不听，屈打成招了。"

沈拱山一听，拍案而起，大骂县官草菅人命。他好言安抚了这妇女几句，看看夜已深，便迅速取来纸笔，"唰唰"写了一张状纸，交给这妇女，叫她如此这般去做。

第二天绝早，这妇女就到了府上击鼓，一传到公堂，她就递上了沈拱山交给她的那张状纸。

官老爷接过一看，上面写着："人命关天，岂能以区区一线断案？我夫还，彼夫未还，杀我夫之首偿彼夫之命。若彼夫还，我夫之首有谁还？祈求缓期三二年，彼夫不还再开斩。"

官老爷一看，字字有力，句句在理，心想这绝不是胡良老婆所为，忙问这状纸谁人所写，女人一五一十说了出来。

官老爷一听，晓得又是大名鼎鼎的沈拱山。怎么办？碰不得，碰不得，缓三年就缓三年。

没想到只过了一年半，古光回来了。原来他卖布卖到一个村子上的小客栈，是个孀妇开的，两人眉来眼去，就搭上了。时间一长，村上的议论太大，有人要告官，待不下去，古光才回家。

古光一回家，案子了解了，胡良放了出来。沈拱山又出面，叫县老爷打了古光三百大板，赔了胡良家一切损失。

待到胡良夫妇回家后，备礼重谢沈拱山时，沈拱山又不知去向了。

曾寿松讲述　吴林森　方范搜集整理

搜集地点：江苏淮安县

# 放稻草鸭子

有一天，沈拱山走到登瀛桥上，看见个穷老头儿坐在船上哭。他跑到小船边，问老人为何伤心，老头儿说："我老夫妻两个，无依无靠，养了十几只鸭子谋生，不幸被小霸王抢去了，我今后靠什么过活呀？"

沈拱山一听说："你不要哭，我听说县官大老爷马上要经过这儿，我教你个法子，保管能把鸭子要回来。"

老头儿问他用什么法子，沈拱山说："你赶快用稻草扎十几只假鸭子，我帮你放。"老头儿一听，很快动手扎了起来。这时，沈拱山也登上了小船。

一刻工夫，十几只稻草鸭子扎好了。沈拱山叫老人把船撑到小霸王的鸭趟上风，把稻草鸭子全丢在河里，很快随风飘到了小霸王的大鸭趟里了。

这时，沈拱山立即把船撑到鸭趟里，把草鸭子一个个捞起来，藏进船舱，把仓门锁好。

再说，帮小霸王放鸭的狗腿子，看见有人捉鸭子，连忙报告小霸王。小霸王站在远处一望，沈拱山还左一个、右一个地把鸭子往起捉。他火冒三丈，破口大骂道："哪里来的强盗，白天竟敢偷我的鸭子？"

沈拱山听了也不理他，叫老人赶快把船撑走，越快越好。

老人的小船已撑到登瀛桥下了，小霸王也赶上来了。

沈拱山一脚跨上岸，叫老人把船停在河中央，小霸王不得上船，就一把抓住沈拱山，要他把鸭子交出来。

沈拱山说："你见鬼了，哪个捉你鸭子的？"

小霸王说，"我亲眼看见的，现在船舱内，休想抵赖得了。"

两个人正在争执不休的时候，盐城知县坐轿经过这里了。小霸王一见，连忙奔向县老爷轿前跪下，告沈拱山伙同老头儿偷他的鸭子。

这时围观的人越来越多。县老爷连忙派人查实，是有人看到沈拱山捉鸭子的。就对沈拱山说："你明明偷了鸭子，怎好抵赖，若查出来，该当何罪？"

沈拱山说："我若没偷，他该当何罪？"

小霸王一听，撒野地叫道："你若未偷，我把一趟鸭子送给你，再罚四十板子。"

沈拱山说："我若偷你鸭子，把小船给你，罚八十板子。"

知县一听，心里想今天事实俱在，倒是办沈拱山的机会，于是命二人当即立下文书。

小霸王带着衙役上船搜查了。哪知把船舱门打开来一看，惊呆了，全是稻草把子，连根鸭毛总没得。小霸王心慌了，老爷也为难了。

原来，小霸王趁人不注意已送了五十两银子给县官老爷，现还放在轿内。俗话说：拿人家东西手软。知县一心要护着小霸王，怎奈当众立下了文书，若不照实断案，沈拱山不是好惹的，他到州府去告我贪赃枉法，诬栽良民，我赖还赖不掉呢？想到这里，只好当众宣判说："一趟鸭子归沈拱山所有，小霸王的板子带回衙再打。"说完便灰溜溜地爬上轿子走了。

这时，沈拱山帮助老头儿赶着一大趟鸭子，一直送到北门外，才告辞了老头儿回家。

陆建生讲述　沈廷栋搜集整理

流传地区：江苏盐城、大丰一带

## 赔　　船

穷船家施小三子，一天船行到登瀛桥西，遇狂风大作，扳不住舵，落不下帆，一头撞断了陈万金家傍水赏月楼的柱子。陈万金是盐城一霸，有钱有势，撞断他家的楼柱子还了得？抓住施小三子一顿打不说，还要送县衙去吃官司。

没得法子，施小三子的老婆只得去求沈拱山。沈拱山想了想说："好吧。明天，大堂上你让施小三子喊我舅舅就行了。"

第二天，县老爷升堂把惊堂木一拍说："施小三子，你行船撞坏了陈员

126

外的楼柱子，除打四十大板外，船只充公，将老婆断给陈员外家终身为奴，赔偿损失。"

沈拱山在外面一听，立刻闯上大堂。施小三子一见沈拱山来了，就急忙喊："舅舅，快救命！"

沈拱山问："你犯了什么罪啊？"

施小三子就把船撞傍水楼的事告诉了他。沈拱山捋起袖子，怒冲冲地打了施小三子一个耳光说："小畜生，从小就不学好，叫你骑马你下河，叫你行船你上岸。"

"我没把船撑上岸啊！"

"没上岸怎么撞断人家楼柱啊？"

"他家楼造在水里的啊。"

沈拱山一听就忙转过身对县老爷说："老爷啊，这就是陈财主的不是了。河嘛，是行船的，怎么能砌楼呢？"

县老爷被问得无话可答，只得无可奈何地说："那就放了施小三子夫妇，并归还船只。"

陈万金跳起来问县官："老爷啊，你怎么不秉公而断？"

沈拱山厉声说："你官河之上私造民房，阻塞河道，该当何罪？"

施小三子也说："老爷，我船前面的挡浪板也撞坏了。"

沈拱山说："他如不赔，跟他上道台衙门打官司！"

最后，陈万金只好自认晦气，赔了施小三子的船。县老爷呢，也只好暗地里把陈万金塞给他的银子退了回去。

孙东尧搜集整理

流传地区：苏北

## 智捉"毒蜈蚣"

在盐城西北乡里，有个地主姓吴名嵩，对佃户十分毒辣，因此人们都喊他"毒蜈蚣"。

有一次，毒蜈蚣家的大黄狗咬伤了佃户孙老头儿的儿子。由于无钱医治，伤口溃烂，眼看性命难保，孙老头儿一气之下，打死了毒蜈蚣家的大黄狗。

这毒蜈蚣是个无风还要起浪的恶霸，听说孙老头儿打死了他家的黄狗，便骂道："穷鬼打狗欺主，这还了得!"立即派打手把孙老头儿抓来，毒打了一顿，问孙老头儿要死还是要活?

孙老头儿被打得浑身是伤，闷着一肚子气问道："要死怎样? 要活又怎样?"

毒蜈蚣恶狠狠地说："要死就给狗抵命，要活就给狗写个牌位，做狗孝子，披麻戴孝给狗送葬。"

孙老头儿是个硬汉，无论如何咽不下这口气，回到家里便对老伴说："我宁愿与毒蜈蚣拼个死，狗孝子不做，你赶快背起孩子逃难去吧!"

老伴儿一听，号啕大哭。这时正巧沈拱山有事经过这里，他听到哭声，便走进小茅屋里望望，孙老头儿把事情的经过告诉了他。

沈拱山想了想便问孙老头儿："打死的狗是什么颜色?"

"是条黄狗。"孙老头儿答道。

"是公的还是母的?"

"是条公狗。"

沈拱山一听，巴掌一拍说："好! 你有救了。"

说完便要孙老头儿将计就计，一同来到了毒蜈蚣家。

孙老头儿对毒蜈蚣说："我不识字，请了个痘科先生来写狗牌子。"

毒蜈蚣见孙老头儿到底拗不过他，来做狗孝子了，心里乐滋滋的，连忙找来了纸墨笔砚，叫沈拱山写。

沈拱山说："我生来有个怪病。提起笔来就怕冷，要我写，得拿皮袄让我穿起来，怀里还要抱个火炉子，再拿个西瓜，拿把扇子来，我才写得好呢。"

毒蜈蚣是个蠢猪，心里想：暑伏天热煞人，他要穿皮袄，烘火炉子，倒不曾望见过呢。他想看个究竟，便立即照办了。

沈拱山穿戴好了以后，几笔一挥就写好了。毒蜈蚣捧在手里望望，"黄公狗位"四个字写得蛮呱叫的，欢喜不已。这时沈拱山脱下皮袄，换上自己的衣服，走出门就直奔了县衙。

到了下午，毒蜈蚣正要叫孙老头儿做狗孝子给狗送葬，这时县衙里来了四个差人，一见"黄公狗位"的牌子，也不由分说，抢过牌子，连同毒蜈蚣和孙老头儿，一齐抓到了县衙。

原来这县老爷姓黄名霸，雅号"黄公"。他一见"黄公狗位"四字，气得身子直抖，怒喝道："先把毒蜈蚣拉下去打四十板子！"此刻毒蜈蚣还不知犯了什么法，强辩着说："老爷你莫打错人，小人家黄公狗死了，写个牌子犯什么法？"

毒蜈蚣不说还好，这一说县老爷火上浇油，惊堂木拍得震天响，众衙役早把毒蜈蚣拖下去，打了几十板子。

黄知县喝道："你利用写狗牌子侮辱本官，铁证如山，还说我错了，真是混蛋！"

毒蜈蚣一听，这才明白，打他是为狗牌子写得不好，当他望见沈拱山坐在堂下时，像找到了救命稻草，忙说："老爷，狗牌子是他写的，不能怪我。"

沈拱山往起一站说："你利用写狗牌子侮辱老爷，还要陷害我，好吧，你说说我是怎样写的？"

毒蜈蚣哭丧着脸说："今儿中午热煞人，你身穿皮袄脚蹬靴，怀抱火炉吃西瓜，笔和扇子一把抓，就是这样写的呀！"

沈拱山一听便问黄知县道："老爷，他说的你相信吗？诬赖我是小，这分明是在戏弄老爷啊！"

黄知县听了也确实感到毒蜈蚣说的是一派胡言，经沈拱山一点拨，便勃然大怒，喝道："毒蜈蚣你不认罪，还要胡说八道，再拉下去打。"

一帮衙役早等得不耐烦了，老爷一声令下，一个个像饿狼一样，把个毒蜈蚣打得鬼哭狼嚎，腿也打断了，还要爬上前去向老爷磕头谢恩。

黄知县此刻心里想，单凭写狗牌子玷污他的雅号，报上去难以办罪，况且毒蜈蚣家确实死了一条公黄狗，此案如何了结呢？正在为难，忽听沈拱山站起来说道："老爷，毒蜈蚣还有罪呢，他纵狗伤人，咬了孙老头儿的儿子，伤势很重，无钱医治，现在生死未卜，望老爷做主。"

黄知县一听，心里想有了，马上顺水推舟地断道："毒蜈蚣纵狗伤人，罚银五十两，给孙老头儿的儿子医治，由毒蜈蚣披麻戴孝给狗送葬。"

毒蜈蚣罚了银子又挨打，还要自己做狗孝子，自认倒霉，垂头丧气地爬出了县衙。

崔秉之讲述　沈廷栋搜集整理

流传地区：江苏盐城、大丰一带

## 白食不好吃

四个恶少，闲得无聊，倚仗着他们在京城做官的老子们有权势，专门在盐城街上胡作非为。这天他们看见一个小伢拎着一条大鱼在卖，二话没说，抢了就跑，急得那个小伢又蹦又跳，哭得十分伤心。

这时，正巧沈拱山走来，问明方向，便大踏步朝四个恶少跑的方向追去。追出去二三里，追到了"杏花村"酒家。一看，四个恶少已将鱼扔给老板娘烧了。沈拱山一跺脚，晚了。

他心里一盘算，好歹也得将小伢的鱼钱要回来。主意一定，他一步一踱地进了酒家门，也叫来一壶酒，坐在四个恶少旁边吃了起来。

没一刻，老板娘把鱼端上来了，香味扑鼻。可吃着吃着，四个恶少争吵了起来。

细一听，原来他们是争吵鱼的哪一处最好吃。

甲说："头好吃。"

乙说："尾好吃。"

丙说："中段好吃。"

丁说："处处好吃。"

四个恶少越吵嗓门儿越大，差点儿把桌子掀了。

沈拱山看时机到了，便微微一笑，站起来走到他们面前，说："诸位不要吵，要说鱼身上哪处好吃，只有我说出来你们四人才服帖。"

四个恶少哪里肯服气，个个挥拳叫他说。

沈拱山开口了："你们咋呼什么？现在我要跟你们四位打赌，我说出来你们都服帖，一人输我一两银子。如果我说出后有一个不服帖，我就掏四两银子给你们。"

四个恶少一听都咧开嘴笑了，心想真是好买卖，赌就赌。

沈拱山又说，要请中人。这时行人早围了一大堆，很快推了两个中人。沈拱山这才开口：

"春天的鱼头好吃，头奔上，嘴扑水，活动哩！夏天的鱼尾好吃，头奔下，尾在上，摆动哩！秋天的鱼身子摆平了，中段好吃。鱼到冬天，钻到水肚里了，就处处好吃。你们不曾听渔船上的人说吗：春头夏尾秋中段，鱼到冬天处处肥！"

话一落，众人叫好。四个恶少面面相觑，输啦！

沈拱山拿了四两银子，送给了卖鱼小伢后，又碰到了这四个恶少。四个恶少刚才打听到，今天遇到的是沈拱山，口气早软了，其中一个走过来，恭敬地问沈拱山："沈先生，你说鱼的哪处不好吃？"

沈拱山头也不掉，说了声"白食不好吃"，走啦。


刘敖金　沈庆生讲述　吴林森　方范搜集整理

搜集地点：江苏淮安县


## 两只黑黄咸鸭蛋


沈拱山有回去苏州，落脚在七里山塘的一家小客栈里，对门有家腌腊店，咸鱼是臭的，咸鸭蛋是最小最小的，从早市到晚市，老板娘跟顾客起码要吵十八次。俗话讲："旁观者清。"沈拱山冷眼看了五六天，发现那位老板娘短缺人家的斤两是拿手好戏，而且转身不认账，所以吵得那条喉咙讲起话来活像雄鸭叫。沈拱山决定为众人出气，要叫老板娘吃点儿亏，学点儿乖，往后待人和气点儿。于是他便走到腌腊店去买鸭蛋了。

腌腊店的货物，全用搁板架着，一筐子鸡蛋、一筐子鸭蛋、一筐子皮蛋，听便顾客挑选。沈拱山蹩脚①，鸡蛋摸摸，鸭蛋翻翻，左拣右拣，拣来拣去，一只蛋也未中意。老板娘眼睛看得多，见得广，知道这种人生意不会大，说不定哪个袖管罩在手面上，是来偷蛋的。她一眼不眨，准备捉住这个小偷。

沈拱山的耐心好得不得了，少说翻动了三百只各式各样的蛋，结果，叹了一口气，走了。老板娘眼快，看见那老头儿袖子一动的当口，有两只像小秤砣的东西往下直坠，分明是偷走了她店里的蛋，马上大叫起来："捉贼，捉贼！"她一边喊，一边冲到街上，一把揪住沈拱山的衣襟不放："把蛋拿出来！"

沈拱山看见走路的人已经围上来看热闹了，便不慌不忙地从自己的袖管里摸出四只鸭蛋。老板娘看见去找地保，要扭送贼子去衙门处置。隔不多大工夫，地保到了，手拿链条，要捉沈拱山。

"慢！"沈拱山指着老板娘问："难道天下的鸡蛋、鸭蛋、咸蛋只有你店里才有？"老板娘火冒三丈，沙着喉咙说："偷蛋还嘴硬！"双方争吵了半天，一边说亲眼看见老头儿偷蛋，一边说是诬赖好人，互不相让。后来，老板娘拍拍胸脯，用金钱压人，说："如果我冤枉你偷蛋，这搁板上的货色，统统送给你。"沈拱山这时才抖开包袍底地说："诸位不看不知道，我这四只鸭蛋，非但是咸鸭蛋，而且还有两只是黑蛋黄，不信，可以当场敲开来瞧瞧！"那地保不信，一只一只敲开来看过，果然是真。怎么办呢？老板娘像死了亲人一样，号啕大哭。沈拱山说："我不要你这些鸡蛋、鸭蛋、皮蛋，但请你不要做黑心生意了。"老板娘被感动了。她赌咒说："我再不凭良心做生意，

---

① 蹩脚：吴地方言，很差的意思。

就没有好下场！"众人听了，哈哈大笑。

## 大闹苏州松鹤楼

沈拱山是个热心热肺热肚肠的人。有一年，他替邻居出冤气，到苏州府跟一个财主打官司。府台衙门不开堂审案子，弄得沈拱山蛮尴尬，只好节省开支，过着一天吃三碗阳春面的生活。当时苏州风俗坏得不得了，一等吃食，坐一等的座位。阳春面就是光面，只有拉车子的、卖小菜的人去吃，所以不许进雅座。

苏州观前街上有家大馆子，名气响得很，仗着乾隆皇帝替他写过"松鹤楼"三字，更是了不得。那个二楼的楼面上，除了吃卤鸭面、浇面以外，一律不许上楼。沈拱山哪里懂这个规矩，他买了一碗光面，便朝楼上走去，正巧被老板看见。老板不声不响赶上去几步，一伸手，就拉住了沈拱山悬在脑门后面的一条辫子，还辱骂了沈拱山一顿。等沈拱山弄明白时，他教训松鹤楼老板的点子也想好了。

隔天的早上，松鹤楼正上早市，进进出出的人川流不息。沈拱山来了。他特地从栈房里借来一架三十二档的竹梯，望店门前挂招牌的地方一靠，只身到堂口买了碗"双浇面"。说来古怪，这个吃客，一碗面上要放两种浇头。他一只手端面碗，一只手用筷子将面条高高地挑起，以防汤水泼洒到碗外去，然后走出大门，平步直朝三十二档的梯上而去。

沈拱山端着面碗，落落大方地坐在屋面上吃面，还把大腿搁在二腿上。这一来，松鹤楼热闹了，看稀奇的人山人海，水泄不通，别说做生意，连店门也被人挤得倒了下来。

松鹤楼老板急煞了，板了面孔，对着屋面责问："喂喂喂，我往日与你无仇，今日与你无恨，你怎么这样找麻烦，寻开心？"

沈拱山就当没事一样，笑笑眯眯地回答说："贵店有店规在先，吃卤鸭面、炒浇面请在楼上坐。我今吃双浇面，岂有不坐在屋面上吃的道理？"

松鹤楼老板急出一身冷汗，自知理亏，连连朝沈拱山打恭："老先生，小店过错不小，从今后，吃面不分花钱多少，一律随意落座！"

　　沈拱山听后，哈哈大笑，立即下了屋面，扬长而去。据说松鹤楼的这个规矩从此就改掉了。


以上两则沐宝富讲述　马汉民搜集整理

搜集地点：江苏海安县

# 陈之驱的故事

（汉族）

<hr>

陈之驱是一位文人型机智人物。其原型陈之驱，字桃文，自号舌携，明末清初攸县的一个文士。他博学多才，不愿为官，一生刚直不阿，颇受民众敬重。他的故事大多为嘲讽官府，奚落富豪，鞭笞邪恶势力的趣闻、轶事，流传于湖南攸县、湘潭一带。

<hr>

## 奇诗打"狗"

攸县草市有个名叫曾士演的财主，待人接物非常势利。他对那些衣冠楚楚的有钱人，总是笑脸相迎，酒肉款待；对在他家帮工做事的工匠和教书先生，就换了一副面孔，接待自然大不相同：吃的是无油少盐的酸菜饭，喝的是清汤寡淡的洗锅水。因此，乡邻给他送了个外号，叫他"四眼狗"，意思说他生着两双眼睛看人。

那天，陈之驱到草市的一个朋友家做客，听到曾四眼刻薄下人的许多事情，心里很反感。决心要去教训他一番，就与朋友商定了一个计谋。

曾士演有个儿子，已到发蒙的年龄。由于他的悭吝刻薄，连续请了三个发蒙先生，都被气走了，至今没有一个教书先生愿意上他家的门。陈之驱请朋友当引荐人，一同到了曾家。曾士演见陈之驱穿一身粗布衣衫，一副寒酸的样子，心里就有些看不起他，只给他倒了杯隔夜的糊米茶①。陈之驱也不在意。当朋友谈到他愿意到曾家当发蒙先生时，曾士演开始有些不乐意，但想到儿子已有大半年没有先生教了，假如这个自愿上门的先生有点儿真本领，不妨让他教一教，还可少付些字钱，便提出要当面试试先生文才的条件。陈之驱满口答应。曾士演立即口出一联："天为棋盘星为子，何人敢下?"陈之驱随口对答："地作琵琶路作弦，哪个能弹?"曾士演再出一联："船载石头，石重船轻轻载重。"陈之驱又对上了："杖量地面，地长杖短短量长。"

这一下，曾士演可傻了眼，自己所出的这些对联，都被这个寒酸的秀才对上了，他心里有些慌张，半天说不出上联。隔了一阵儿，他两眼扫见书架上的线装书，猛然想出一则上联来："四书五经，有仁有义。"这时，陈之驱没有马上接对下联，只是心中暗暗发笑。曾士演以为这一下难倒了他，自己终于占了上风，不由得眉飞色舞，有些飘飘然了，一个劲地催促道："先生快对! 快对!"

过了一会儿，陈之驱才不急不慢地说："主家见谅，鄙人献丑了。"随即对了下联："一日三餐，无油无盐。"

曾士演一听揭了他的老底子，火冒三丈，也顾不得什么斯文不斯文，君子不君子了，他出口骂道："哼! 吃老子，喝老子，还不知足也!"

陈之驱也不示弱，以牙还牙："嘀! 祭祖宗，供祖宗，岂可嫌多哉!"

曾士演见先生又占了他的便宜，更加口喘气粗，心如火燎。但毕竟自己"以对引对"，有火发不出，只有干瞪眼。

这时，躲在竹帘后面听壁脚的妻子，见丈夫吃了败仗，想替他扳本。就从帘后走了出来，对陈之驱说："先生出口成章，对答如流，实属少见。但不知先生诗才如何?"陈之驱也不谦让地回答："啊! 作诗哟，这是教书先生的家常便饭!"

妇人说："那好，奴家想请先生敬题一首，不知能否赐教?"

陈之驱坦率地说："是主家娘子命题，还是鄙人自己出题?"

---

① 糊米茶：用锅巴熬成的一种茶汤，有消食的作用。

妇人说:"请先生就以奴家的绣花针为题吧!"陈之驱问曾士演:"主家尊意如何?"曾士演点头赞成。

陈之驱大笔一挥,一首讽喻诗就写成了。他把诗交给曾士演后,一甩袖子走出了曾家大门。

曾士演接诗一读,气得连骂妻子几声"愚蠢"。妻子接诗轻声念道:

千锤百炼炼成针,尖嘴原来磨砺成。

眼睛坐在屁股上,只认衣冠不认人。

主家娘子忙问引荐人:"作诗的先生是谁?"引荐人说:"他就是大名鼎鼎的陈之驱先生。"

王名初讲述

## 贺　　帖

除夕,县城里迎新送旧的鞭炮"噼里啪啦"响个不停,刚从赣州回来的陈之驱,心里很是烦躁。他迎着刺骨的寒风,漫无目的地向前走着,突然听到背后有人长吁短叹:"唉!真可怜呀!"

"一个妇道人家,碰上了这个年月,又有什么办法哟!"

"我看她迟早是死!"

说话间,几个人已经走近了。陈之驱向他们打听发生了什么事情,其中一个向那微弱的灯光处一指说:"先生欲明详情,请到那边一问便知。"

陈之驱三步并成两步向灯光处走去,果见一群人正围着一个三十来岁的妇女说话。那中年妇女顿足捶胸,又哭又叫地嚷嚷:"你们为什么要救我!难道我受的罪还不够吗?你们救得我初一,救不了十五,让我死了算了。"那声调的悲切哀伤,真叫陈之驱不忍再听下去。

陈之驱推开众人,走近妇女面前说:"大嫂,你不要太伤心了,有什么为难的事，给我说说也许还能想点儿办法。"那妇人向陈之驱扫了一眼，果然止住了哭泣，就把自家的遭遇，一五一十说了出来。

这妇女名叫蔡金娥，年方三十。三月前才死丈夫，留下一个七十岁的婆婆和一个不满周岁的儿子。因丈夫治病，借了很多的债，只好把家里值钱的东西都典卖了，但仍然还不清欠款。债主登门索债，连一个熬粥的鼎锅都拿走了。眼下大年三十，有钱人杀猪宰羊，普通人家也要熬糖煮酒做果子，可她家连碗稀饭都喝不成。不得已，她才起了跳河自杀的念头。幸好冬天是枯水季节，没淹死，但摔伤了一只脚，被乡邻打救上岸了。

陈之驱听她讲完，就劝慰道："大嫂，你要想开些。你上有老，下有小，你一死，他俩又依靠何人呢？岂不害了三条性命？大嫂，我给你些银子，你去捡几服药，诊诊你的脚，再买点儿米面，过一个'斗把①年'。"

陈之驱一边说，一边摸衣袋。谁知他搜了半天，没找出分文来。

围观的乡邻都是下力人，谁有余钱剩米？都眼巴巴望着这位先生能出些银子周济妇人。谁知先生抠了半天荷包却没抠出一个铜板，大家都觉得失望。

这时，陈之驱真是又羞又急，一则当着众人许了愿，却拿不出一文钱；二则这位妇人确是到了"夹着粑粑等火烤"的境地，只有钱才能解救她的危难，没有钱，一切都是空话。

俗话说，急中生智。陈之驱在急得不可开交的时候，脑子里却转出了一个好主意。他向众人说："哪位大哥去给我借一套笔砚来，还要一张纸。我好给大嫂开药方。"

"你身无半文，开个药方又有何用？"

"请大嫂明天一早，拿我的药方，到忠恕堂药铺捡药就是了。"

听了陈之驱这话，乡邻中有个老者便插言说："忠恕堂并不忠恕，这是高山打鼓——名声在外的。它平日对穷人一服药都不肯赊，新年大吉更莫想白白的给你捡药！"

陈之驱却说："大嫂不但能捡回药，还可以买五升米，称几斤肉，过个

---

① 斗把：随随便便之意。

小荤小素的年呢。"

不一会儿，笔、墨、纸、砚拿来了，陈之驱就在一张四四方方的红纸上，开了一个药方，落下自己的名讳，然后封好，交给蔡金娥。

第二天，大年初一清早，蔡金娥拿药方走到忠恕堂去捡药。老板打开药方一看，只见上面写着：

贺　　帖

开张宏发，发下万金。

恬戚睦乡，财富早盈。

伯仲远志，博爱行仁。

护子益母，合欢乡邻。

攸邑陈之驱贺

老板看完之后，眉开眼笑，吩咐伙计照方捡药，并封一两纹银作为红包。伙计问老板："为什么要这样?"老板回答说："陈之驱先生的亲笔贺帖，千金难买啊!"

蔡金娥不但得了份药，还赚了赏银，乐得她望着陈家大门，三拜九叩首。

原来陈之驱的贺帖，乃是一方治伤的药方：中药广皮，别名"开张"；宏发谐音伤药"红花"；"发下万金"，谐音"法夏""蔓京子"；"恬戚睦乡"，谐音"田七""木香"；"财富早盈"，谐音"柴胡""枣仁"；"伯仲远志"，暗喻"白术""杜仲"和"远志"；"博爱行仁，"暗喻"薄荷""艾叶"和"杏仁"；"护子益丹"，即"附子""益母草"；"合欢乡邻"，暗指"合欢皮""茴香"和"三棱"。配合起来，正是一服治疗妇女受伤的汤头。所以，它不但打破了新年不捡药的俗例，而且用全是吉利语的贺帖，使得忠恕堂老板不得不给蔡金娥以下帖赏银。

谢建新讲述

# 代官断案

一日，攸县胡县令邀请陈之驺到县衙做客。这位新上任的县太爷本来是个肚里尽稻草的绣花枕头，但他偏要假充斯文。上任不久，就广泛交结文人学士、社会名流。今日请张三，明日宴李四，像陈之驺这样的知名人物，自然列在他的请帖之中。陈之驺初识这位父母官，对他的底细不甚了解，也想识一识"庐山真面目"，所以接到请柬，他就不客气地来了。

宾主正在交杯把盏的时候，忽听得堂鼓"咚咚"。陈之驺见县令要升堂问案，便拱手告辞。胡知县还想留他品诗论文，就要他暂坐一旁看审案。陈之驺一来不好扫县令的面子，二来也想在"旁观"中摸到县太爷的一点儿"真脉"，就答应了。

升堂后，衙役带上两个乡民。乡民向大老爷禀报了姓名：一个叫王五，一个名赵六。胡知县问："你二人谁是原告？"王五答："小人我是原告。"胡知县就喝令衙役将赵六拖下去重责四十。赵六不服，口喊"冤枉！"知县厉声呵斥："老爷何事冤枉了你？"赵六说："老爷，案还没问，就责打小人，实在冤枉！"知县说："本官断案一贯是原告有理，故要先打你这无理的被告。"

赵六申辩说："老爷，这回可是个例外，我这被告比他那原告更有理些，请大人先问清案情，再打不迟！"

胡知县朝陈之驺瞟了一眼，陈之驺点了点头。于是，胡知县便说："既然如此，暂且寄下这四十大板，倘若是你无理，老爷定要加倍惩罚。"

胡知县叫原告先讲情由。王五说："昨天，我和赵六同在山上放牛。突然，两条牛角斗起来，结果，赵六的黑牯斗死了我家的黄牯。老爷，你说该不该他赔我的牛？"

胡知县立即表态说："斗死人家的牛，怎能不赔呢？该！该……"

话音未完，赵六就申辩说："老爷，他家的牛是斗死的，不是我打死的，我怎么负赔偿责任呢？"

胡知县一听，又附和说："对！是你打死的就应该赔，是牛斗死的就不该赔。有理，有理！"

王五、赵六同声问道："老爷，我俩到底谁有理呀？"

"你二人都有理！"

"既然我们都有理，这场官司大人又如何断呢？"

一句话提醒了糊涂官：是呀，既然他们都有理，这案子又如何断呢？他在大堂上来回踱着步子，时而摸摸脑袋，时而挤挤眉毛，半天拿不定主意，又不好当堂向陈之驲请教，急得他像热锅上的蚂蚁一样。正在为难的时候，陈之驲递过一张纸条。知县接起一看，不禁喜上眉梢。忙对王五，赵六说："原告、被告听着，老爷对本案判决如下：两牛相争，一死一生；生有同耕，死者平分。你们说，老爷断得如何？"

二人齐声高呼："老爷高才，高才！"喊得这位糊涂知县脸上像被鸡爪子抓过一样，红一道儿白一道儿的。人都走光了，他还呆呆坐在大堂上。

孙湘敖讲述
以上三则李衍湘　谢富良搜集整理

# 陈鉴的故事

陈鉴（1594—1676），字子明，化州乐岭人，明代举人。他胸旷志大，品性刚直，滑稽诙谐。有关他戏科场、斗赃官的趣闻、轶事，至今在广东化州地区广为流布。

## 智打"官狮"

知县衙门口两旁，有两只石狮子，雕琢得粗犷壮伟，惟妙惟肖，每只石狮子口里还含有涂金石珠一颗。这天，新任县官祝知州叫人在每只石狮子颈上挂一长吊铜钱，并在衙门口贴上一张告示：

本知县新来贵地，欲取信于民，今在衙门口石狮上，系挂铜钱二吊，谁能名正言顺取去，可取之也。此示。

祝知州除派衙役守卫在石狮两旁外，还亲自到鼓楼上偷偷观看。这天，天气阴阴沉沉，街上行人并不多见，而这衙门口石狮周围，却站满了各式各样的人。人们有的读告示，有的看石狮，指手画脚，议论纷纷，猜不中县官的葫芦里卖的什么药。

有个叫张大力的粗汉，衣襟袒开，腆着毛茸茸的肚子闯过来。叫人读了一遍告示，随即哈哈大笑着说："我来取！"他不管三七二十一，走到一头石狮子前，手执吊钱，用力一扯，穿钱绳子一下子被扯断，大光钱"当当啷啷"，撒满一地。

几个彪形衙役如狼似虎地扑来，把张大力架住了。这张大力平常力气过人，如今也只得乖乖受擒。

祝知州走下鼓楼，开堂问罪。张大力被带到堂上，有口难言，被打了二十大板，还被罚款二十吊大钱。

第二天，陈鉴闻讯赶来。他化了妆：穿着布衣，踏着草鞋，像个耕田汉。他走进衙门，击鼓鸣冤，然后跑上公堂，高喊道："青天大老爷，小人阿三，来打官司。"

祝知州把惊堂木往案上一拍，呵斥道："哒！你因何缘故乱闯公堂？打什么官司？可有状文？拿来过目。"

"小人目不识丁，只为亲戚申冤，打的乃钱银官司。"

祝知州听到"钱银"二字，不觉心里一动，眼睛亮了起来，装腔作势道："既是钱银官司，容你慢慢地说来！"

陈鉴抬头盯了祝知州一眼，然后高声说："我姑父的姑表兄，前几天被人拐骗了一大宗钱财，又遭毒打，起不得身来，求我替他打官司。"

"唔！如此说来，你带来打官司的钱么？"祝知州把身子探向前问。

"打官司要钱？"陈鉴故意反问。

祝知州狡黠地笑了一下说："俗语说：'衙门口，朝南开，有理无钱莫进来。'没钱，打什么官司？"

陈鉴道："我只知道官字两只口，有理无理全凭口，却不晓得官家都姓钱，有理无理全靠钱。青天大老爷，我姑父的姑表兄，是百万富翁，钱要多少有多少。不过我若去取钱，口说无凭，请大人给我写张要钱的'差票'，我拿去取钱来。"

祝知州着了钱迷，忙提笔写着"差票"道："打官司要钱，速给钱即办。"

陈鉴拿着祝知州写的"差票"，跑出公堂，捡了根木棍，走到衙门石狮旁，当着众人，用力在两头石狮子上猛打，口里不住地说道："打官狮，打官狮！打官狮要钱，打官狮要钱。"接着他把县官手书的"差票"交给看守石狮的衙役，并大声说："我已打官狮，县官有令，速给钱而办！"

衙役接过"差票"正想问个明白，陈鉴已迅速把石狮上的两吊钱取下，撒给众人，然后扬长而去。

到祝知州明白上当时，陈鉴早已不知去向了。

## 鹦哥拔须

陈鉴养了一只鹦哥，长相奇异，羽毛非常美丽，像一个穿着锦衣，头戴朱冠的学士。它几经陈鉴剪舌训练，能学人语，而且嗓音逼真，实在惹人喜爱。每天天亮，陈母起床时，鹦哥即刻飞过去尖着嗓门叫："奶奶早安！奶奶早安！"乐得老太太合不上嘴。

一天晌午，县官祝知州正在清风楼上闭目养神，突然一个清脆的声音在他耳边响起："祝知州贪官！祝知州贪官！"祝知州睁眼四看，却不见人影，他心惊肉跳，以为自己平日的贪赃枉法被人揭露了，便责问守门衙役，可曾有人进来。衙役说没有。他想，也许是自己做梦吧！于是他又闭上眼皮，把手按在额眉上，鼻孔呼呼的，装作睡着的样子。

"祝知州贪官！祝知州贪官！"那个清脆的声音又响了起来。祝知州不动声色，像老鼠一样，偷偷睁眼察看，发现是一只鹦哥正立在窗口横杆上对着他骂。他随手拿起一只茶壶，猛地向鹦哥掷去，"当啷"一声，茶壶砸碎在窗壁上，鹦哥却拍着翅膀飞走了。

原来，是陈鉴苦心教鹦哥骂祝知州，并亲自放它上清风楼。打那以后，每当祝知州上清风楼睡午觉，鹦哥就来骂。祝知州打它打不着，骂又不顶用，弄得祝大人几乎不敢上清风楼了。

一天，祝知州心生一计，叫人预先暗地布下特制的捕鸟罗网，晌午时他大摇大摆走上清风楼来睡觉。一会儿，鹦哥又飞来了，但它还未骂出口，就被捉住了。祝知州使劲抓住鹦哥的双翅，将它的毛，一根根地拔下来，他边拔边问道："还敢骂老爷贪官吗？还敢骂老爷贪官吗？"鹦哥痛得哇哇直叫。

祝知州一下子把鹦哥毛拔个精光。他以为这鹦哥跑不了啦，便把它扔到楼板上。谁知它精灵善跑，眨眼间就不翼而飞了。

陈鉴得知鹦哥被祝知州捉去拔毛，实在心疼。后来听说鹦哥已经逃脱了，便到处寻找。寻了几天，才把鹦哥找了回来。经过陈鉴母子俩悉心护养，不到一月的工夫，鹦哥又羽毛丰满，颜色更加艳丽，能飞善跑了。接着，陈鉴又天天教它新的语言，训练它如何对答问话，要它看准时机，报拔毛之仇。

一天，祝知州要到城北的城隍庙求神问卜。陈鉴得知消息，预先买通庙祝，并把鹦哥放进城隍神像后面。不久，祝知州穿着便服，带着侍役来了。他们烧香上供后，就请"庙祝"求卜。庙祝诚惶诚恐，煞有介事地糊弄一番，然后把预先写好的卜文念给祝知州听。卜文云：

　　　　知州知州，有罪我求；

　　　　我求我求，城隍恩佑；

　　　　恩佑恩佑，拔毛拔须；

　　　　拔毛拔须，赎罪知州！

祝知州不解其意，只好请庙祝解释。庙祝道："老爷，小人实在不敢直说。"

"慌什么？这里不是公堂，是庙堂，一切由你做主！"祝知州显得十分宽宏大量。

"那好！"庙祝小声道，"城隍爷说你有罪。"

"是，是有罪！"祝知州望了一眼城隍，好像是向神爷赔罪似的说："我贪，贪……唉！如何赎罪？"

"城隍说，你要拔……拔须！"庙祝放高嗓门说。

"什么？要我拔须？"祝知州以为庙祝有意骗他，正要发作，不料却听得城隍殿上有个尖嗓门喊道："祝知州有罪！祝知州有罪！"

"祝大人，快跪下叩头，城隍老爷开口说话了。"庙祝说着用力把祝知州按到神台前跪下。

"怎样赎罪？神爷在上，请指迷津！"祝知州低着头祷告。

"祝知州有罪，拔须拔须！祝知州有罪，拔须拔须！"

祝知州听了这"城隍爷"的话，心想，既然神灵指点，拔须可赎罪，免至来世遭殃，那就照办吧！但当着侍从、庙祝面，拔自己的须，岂不出丑？他想，叫他们回避一下就是了。于是他好像在公堂发号施令似的说道："本官有事，两旁退下！"

祝知州看看只剩下自己一人了，便开始拔自己腮帮的老鼠须，庙祝在墙角里偷看，暗自发笑。

"祝知州有罪，拔须拔须……"城隍不断下令，县官不断拔须，拔一根，"哟"一声，痛得他眼泪直往下滚。

突然，一只鹦哥从神像后面飞出来，尖着嗓门叫道："祝知州，祝知州，你拔我毛，我拔你须！"

祝知州大惊失色，喊道："快来人呀！"

侍役慌忙跑来，不知所措，庙祝匆匆跑来大笑道："哈哈哈，这是神鸟，老爷，你的罪可以赎了！"

祝知州无可奈何，用手掩着秃下巴，仓皇溜回衙门去。

你道这庙祝是真家伙么？不哩！他是化了装的陈鉴。

## 状元灯笼

农历正月十五为元宵佳节。这夜，化州城里张灯结彩，好不热闹。龙灯、鱼灯、走马灯、梅花灯……还有各种各样的花炮、焰火，五光十色，千姿百态，实在迷人。

陈鉴也叫人巧制了一个圆形灯笼吊在门口。灯笼里燃着明烛，光彩华丽。他即兴吟诗一首：

元宵佳节舞龙灯，

花街处处箫鼓音。

春风熏得游人醉，

岂知贪官口吞金？


他的娘子听了这首诗，叹道："诗，好是好，只是上不得桌的狗肉。你才华横溢，若能专于科举，恐怕连状元也会中的。"

"哈哈！中状元？娘子，你看我们门前吊的灯笼，不是写着'状元'么？我就是当今'状元'。哈哈哈！"陈鉴欢笑着拉娘子出来看他挂的灯笼。

"这还了得？你冒充状元，有欺君之罪。岂不招来祸患？"娘子说着就要动手把灯笼取下。

陈鉴把娘子一拦，笑着说："别动。慌什么？我自有道理。"

第二天一早，地保阿二带着两个衙卒闯进陈鉴家里来。大声问道："陈相公在家吗？"

"什么事？"陈鉴从房内走出来，其实他心里早已料到几分。

"少问废话。县官大人叫你火速去公堂！"一个穿着黑衣，像个乌鸦似的衙卒大声说。

另一个衙卒凶狠地将陈鉴挂的"状元"灯笼取下，紧紧拿在手里，命令道："快跟我们走！"

地保阿二曾经得过陈鉴的好处，他小声说："陈相公，祝知州闻知你家门前挂状元灯，叫你拿灯笼去说个明白，别担心。"

"哈哈哈！"陈鉴放声笑着大踏步向衙门走去。

祝知州知陈鉴来了，并不升堂，而是在清风楼上接见他。

"你是'状元'？"祝知州带着讥讽问。

"不！"陈鉴昂着头答。

"你知不知道你有罪？"祝知州说着瞥了一眼衙卒带回的状元灯笼。

"我有何罪？"陈鉴也瞥了一眼自己的灯笼。

"你挂状元灯，冒充状元，欺君罔上，罪该斩首。"祝知州转着狡狯的眼珠说。

"哈哈哈!"陈鉴狂笑起来。

这笑声使县官顿觉胆寒,但他却故作镇静地问:"你笑什么?"

"我笑你目不识丁。"陈鉴指着灯笼道:"你看,这灯笼上明明白白写着'想状元'三个字。当今皇上叫读书人追求功名,我想状元,犯哪条皇法?"

祝知州一愣,忙走过来拿起灯笼细看,果见"状元"两字前头有个"想"字,只不过像苍蝇那样大,看不清罢了。他情知状况不妙,但仍强口说:"你为何把'状元'两字写得斗大,却把'想'字写得蝇小?"

"老爷有所不知,状元是文魁,鄙人无能,对状元不敢大想,只能小想,故把'想'字写得如苍蝇般小。"

祝知州情知失理,实在尴尬,只好派人打着"状元"灯笼送陈鉴回家。

以上三则红胜搜集整理

## 订做纸屋

化州街有个张老板,专做纸扎生意,卖祭死人的纸灵屋。他常常对人说:"给死人烧的灵屋越大,死人在地下住得越好,给人间的子孙的好处就越多。"骗得许多人借钱负债来请他做灵屋。一天,陈鉴问老板:"订做纸屋的工钱怎么计算?"老板说:"按大小论价。"陈鉴又问:"要是不能按期交货呢?"老板说:"赔双倍。"陈鉴立即定出尺寸,订做一间大纸屋,讲定一个月后取货。那老板以为可以捞到一大笔钱,满心欢喜,一口应承。等到计数开料时,老板才发现这纸屋比他的作坊工棚还大,只得在露天场地制作。为赶制这间灵屋,其他订货他都不敢领了。老板好容易把纸屋做好了,却不见陈鉴来取货。有一天忽然下起大雨来,纸屋搬不进工棚,往上面盖东西,又会把它压塌,老板眼巴巴地看着雨水把纸屋淋得剩下个竹片架子。大雨过后,陈鉴来取货,老板没话可说,只得忍痛赔钱。从此以后,他再也不敢鼓吹灵屋越大越好了。

李材尧搜集整理

· 148 ·

# 陈细怪的故事

## （汉族）

········◇········

陈细怪，本名陈仰瞻（1812—1874），清代蕲春县株林河豹子山人。"细怪"是他的绰号，因其素喜诙谐讽世，被人称为"大怪"。他卓有父风，其愤世嫉俗，寓庄于谐远远超过其父，被誉为"滑稽之雄"。他屡试不第，一生穷困潦倒。在民间故事中，他被塑造为一位文人型机智人物。其故事流传于湖北蕲春、黄冈一带以及江西、安徽部分地区。

········◇········

## 吊脚诗句骂 "西坡"

道光年间，黄州府大旱。陈细怪在赴黄州赶考的路上，见到田地裂成龟缝，百姓逃荒要饭，心中很不是个味！

到了黄州，听说自称"西坡"的知府连两本《荒政疏要》也没有读过，不设法抗灾抚民，而是亲自拜神祈雨。陈细怪当时就发了一气牢骚，说知府昏庸无知，还作了一首吊脚诗①讥讽西坡知府：

昔日有东坡，

───────────────

① 吊脚诗：又称十七字诗，似三句半。

今日有西坡。

若将两坡比，

差多！


有几个人为了讨好知府，暗中把陈细怪作吊脚诗的事告诉了"西坡"。这西坡知府本是一个迂腐之人，偏又爱自誉文雅。他认为昔日苏东坡在黄州只不过是一个团练副使①，他今天是诰命知府大人，才自称"西坡"。现听到有人讥讽他，哪有不恼怒的！

次日上堂，西坡知府第一件事就是丢下一只火签，令差役将陈细怪拘到公堂。陈细怪拘到后，西坡知府问道："听说你作吊脚诗将本府说得一无是处，可有此事？"

"不假。"陈细怪一口应承了。

"哼！一个寒酸秀才，今日你能当本知府的面作吊脚诗吗？"西坡知府说。

陈细怪也不答话，当即又念了一首吊脚诗：


知府出求雨，

万民皆喜悦。

昨夜推窗看，

有月！


陈细怪公然在大堂上诋毁求雨的事，这还了得，"西坡"喊一声："来人啦！重打大胆狂徒十八大板，算是对他吊脚诗的'厚爱'！"

众衙役喊起堂威，一拥而上，重重打了陈细怪十八大板！过后，"西坡"还冷笑着说："大胆狂徒，本府的'厚爱'你领不领情呀？"

陈细怪跛着腿，走近"西坡"公案，愤愤地吟道：

① 苏轼在宋元丰三年（1080年）被贬为黄州团练副使，在黄州居住四年之久，因躬耕于黄州东坡，便自号"东坡居士"。

作诗十七字，

毒打一十八。

若上万言书，

打煞。

"西坡"见制服不了陈细怪，就大呼衙役："即刻将狂徒赶回蕲阳①去！"陈细怪一点儿也不惊慌，冷笑道：

被赶回蕲阳，

一路百里长。

沿途说西坡，

秕糠！

西坡知府拿陈细怪没有办法，气得直翻白眼。

陈一生　余彦文搜集整理

## 智截蕲竹簟②

江西码头③有个征税官，仗着是县太爷的大舅子，经常在码头敲诈勒索客商。有一次，蕲州有个篾匠带着一床蕲竹簟在码头路过，被征税官一眼瞄到了，他拿出五吊钱强打蛮要地买这床蕲竹簟。

这征税官在码头是一霸，买东要西，从来是说一不二。他见篾匠死不松

---

① 蕲阳：蕲春的别称。

② 蕲竹与蕲艾、蕲蛇、蕲龟一起，合称蕲州四宝。蕲竹簟，用蕲竹编织的竹席。韩愈曾写诗"青蝇倒翅蚤虱避，肃肃疑有清飙吹"赞之，并且"有卖直欲倾家资"。

③ 码头：江西省瑞昌市一个地名。

口，就把眼一瞪，吼道："你是敬酒不吃吃罚酒！给你五吊钱是我对你的抬举，就是不给钱，我说要你也不能不给！"说完把手一挥，身后七八个喽啰一拥而上，就把蕲竹簟抢走了。

陈细怪当时也在码头。他挤进人堆中，把这蕲竹簟看了看后，摇了摇头说："这床簟子，丢在大路上我也不拣，还要在这里你争我抢！"

征税官笑陈细怪外行，说："你晓得这是么样货吗？"

"这是蕲州地方宝物之一，曾给明太祖进过贡的蕲竹簟。"陈细怪说，"当年韩愈还愿意把整个家当卖了来买一床蕲竹簟哩。"

"既是宝物，你为何说丢在路上也不拣？"

陈细怪一边往人群外挤，一边摇头说："拳头往外打，指头往里钩，我不说了。"

征税官见陈细怪吞吞吐吐，更是半夜吃细鱼——分不清头脑，一把拉住陈细怪说："你这人有话两头不说，当中一句，簟子到底么回事？不讲清楚就休想走脱码头！"

"好吧，我就说。"陈细怪点着篾匠的鼻子尖说："张老四呀，莫怪我不义。上次我贩菜油掺了些酸菜水，你到油行报了，搞落我二十多两银子。"说到这里，陈细怪猛地从征税官喽啰手里拉出蕲竹簟边抖边说，"这簟子是张大员外花一百零八担田课换来给儿子结婚用的，结果拜堂只三天，儿子就得绞肠痧见了阎王。后来，张员外又作三百两银子卖给蕲州当铺，没想到一个贩绸缎的客商睡了一夜也死得硬邦邦的。如今你想发洋财，从当铺拿来卖高价，亏你良心上过得去！"

征税官原要这簟子，正是准备给儿子结婚用的。听陈细怪这么一说，半信半疑，指着簟子问："这簟子转了几个人，可为啥还是崭新的呢？"

"唉哟，不然么样称得上是宝物呢？这蕲竹簟不仅爽汗、驱蚊蝇，而且不管用多长时间，只要开水泡一泡，就色泽如新。"陈细怪停了一会儿，又说，"反正我话说明了，要不要随你哩。"

征税官哪里还真的敢要，只得带着喽啰走了。

韩明贵讲述　韩进林搜集整理

# 打　缸

　　光绪年间，蕲州发了一场大水，房屋倒塌，人畜死亡，要几惨有几惨！

　　大水过后，人们是什么家业①都要添置。就拿水缸来说吧，哪家吃喝漱洗能缺它？一时间竟也成了俏货。有一个奸商看到了这个行情，就以十个铜角子一口缸的低价从外地进回一大批水缸，全都摆上了市，一心要在灾年发个横财。

　　人们听说市面上有水缸卖，就都赶来买。奸商一看人多得像放水，满脸横肉也变成了笑。他爬上一口反扣着的大釉缸，双手抱着一杆翘天秤，扯起公鸭嗓子喊："各位顾主，敝人身为商贾，看到你们到处买不到水缸，心中十分不安。因此，特从远方买了一批缸……"接着又转弯抹角地说，"水缸是个琉璃货，沿途破损极多，运费开支巨大。尽管这样，敝人依然按进价半个铜角子一斤便宜卖……"

　　卖缸论斤过秤，自古到今有这个道理吗？一口水缸少说也有百把斤呀！奸商的话未停，人群中就像点着了一挂五千响的长鞭炮——炸开了。

　　人们和奸商正在争争吵吵时，陈细怪从人群中挤了过来。他来到奸商面前，也不说话，操起一根抬缸的扁担，"乒"的一下子，把奸商脚下的那只大水缸砸成了碎片！陈细怪把扁担一扔，捡起一小块缸瓦片，在手上掂了掂，对摔倒在缸瓦片堆上的奸商说："来，老板，请给我称一斤。"

　　奸商见有人把自己的大水缸打破了，也顾不得遍身疼痛，爬起来杀猪似的号叫起来："呔！你为什么把我的缸打破了？咹？"

　　"我买一斤呀。"陈细怪心平气静地说。

　　"好端端的水缸，哪有打破零卖的道理？咹？你赔我的缸！"奸商急了。

　　"那就撞到鬼了。不是你刚才说的缸价是半个铜角子一斤吗？既然你按斤卖，我能不按斤买？凭什么理由赔呀？"陈细怪反问道。

---

　　①　家业：家产。

奸商干瞪眼，干怄气，半天说不出话来。

陈细怪把一个铜角子丢给奸商，说："没有理，就找我半个铜角子的钱呐！"

奸商一咬牙，弯腰捡起铜角子，掏出银錾子，恨恨地把铜角子錾成两半，扔一半给陈细怪，说："捡去吧，你这个穷酸！"

陈细怪捡起半个铜角子，放在手上看了看，说："你睁大眼睛看看，这铜角子錾得么？它一面铸有蟠龙呈祥图，是皇家之宝；一面铸有'光绪元宝'字样，是当今天子年号。你目无王法，当众斧錾今朝万岁，可知罪么？"陈细怪把手中的半个铜钱用两个手指夹着，朝奸商眼前晃了晃，继续说道，"你这欺君罔上的罪证在我手板心捏着啦！证人都在你眼前站着啦！勒索灾民的把柄也在这里堆着啦！凭这三点，再加上我手脚勤快一点儿，写张状纸到县衙告一告，按大清律，你正配做一个刀下鬼哩！"说着，陈细怪做了一个鬼头刀问斩的手势。

陈细怪话没说完，奸商就"扑通"一下跪在他的面前，连连磕头求饶："……先生，……先生呀，求您高抬贵手！有什么吩咐，小人遵命……遵命……"

陈细怪见奸商那个样子，就说："眼下天灾人祸，民不聊生。你身为商贾，不思便民利民，买卖公平，反而趁火打劫发横财，实在罪不可饶。现今见你有悔改之心，我也饶了你这一回。"陈细怪顿了顿，问："水缸进价到底多少钱一口？"

"……十个角子。"

陈细怪转身对乡亲们喊："老板说啦，水缸实价每口十个铜角子，你们就开始挑货吧！"

打落牙齿和血吞，奸商也只得把缸平价卖了。

陈建仁讲述 陈一生 余彦文搜集整理

# 贩米九江"取赃银"

有一年，江西沿江一带大旱，粮价猛涨。陈细怪的叔父收了一船米，要到九江去卖。他怕出差错，特地把陈细怪找来当助手。

米船到九江一抛锚，岸上的灾民就一窝蜂地跳上船来哄抢。陈细怪的叔父急得捶胸顿足，忙叫陈细怪快想办法。

陈细怪见了这种情形，一不拦，二不挡，双脚往米包上一跳，站在上面就喊："众位老表①不必抢了！我这船米不收钱，是专程送来救济你们九江老表的。你们选出几个领头的人来，每十人一包，不准多拿！"

陈细怪这一喊，抢米的人纷纷跪下来磕头谢恩，又很快推选了几个老人领头分米。不一会儿，就把一船米分个精光。

陈细怪的叔父呆愣在一旁，看着人把一包包米抬走，一肚子火直往陈细怪身上烧，扭住他说："细怪呀，我是怕出差错才找你来。谁知你不仅不帮忙，还吃里爬外叫人把米抬走！"

陈细怪说："细叔，这多人来抢，没说我只有一张嘴，一双手，就是有三头六臂，也挡东难挡西呀，不如做个顺水人情呗！"

"那我这几十两银子的本钱找哪个要呢？"他叔父还是没有好声气地说。

"留得青山在，不愁没柴烧嘛。我慢慢给你想法，把本钱讨回来，保险不让你吃亏。"陈细怪说。

叔侄俩正在说话，只见船老板拿着一张请帖走了过来，说："九江知府请你们哩！"

陈细怪把请帖一看，立即眉开眼笑，低声对叔父说："你莫着急，人家送米钱来了，一倍的送十倍，有个赚头哩！"

这是怎么回事呢？

原来，这九江知府是个雀儿飞过身也要扯根毛的贪财鬼。他听说江北有

---

① 老表：这里是湖北人对江西人的习惯称呼。

人运来一船米不收分文地分给百姓，心想：来人不是个富翁就是个巨商，如果与这样的人攀上，还愁没油水可捞？于是就写了个请帖来。

陈细怪到了九江府衙，假装客气地说："学生乃外乡之人，冒昧来贵府打扰，又逢大人如此盛情，学生受之有愧。"

"哎！"九江知府世故地说，"义士跋山涉水，前来救济我府百姓，今备薄酒一桌以示酬谢，理属当然。"

酒过三巡，九江知府拐弯抹角地打听陈细怪的身世："本府不用开口，也晓得义士定是江北首富了。"

陈细怪说："不瞒大人。学生家世代经商，珠宝店、绸缎铺、钱庄、粮行、茶楼、酒馆，样样生意都做。不是学生说大话，大人若府上钱粮短缺，我家包个三年五载也就像牛身上拔根毛啰。"

陈细怪越是吹得神乎其神，就越是把九江知府的心搔得乐颠颠的，端起筷子就跟陈细怪夹肉。

陈细怪一边推让，一边摇头叹气说："大人不用客气，学生心里不快，食而无味呀。"

"莫非身体不爽？"九江知府问。

陈细怪摇了摇头说："学生无恙。"

九江知府又讨好地问："那有何不快，怎不讲讲？"

"这……"陈细怪又装出个要说不说的样子。

"哎，你仗义疏财，救济我府百姓，难道遇有难事，本府还袖手旁观不成？"九江知府又显得很大义地说。

陈细怪这才开口："大人，学生这次奉家父之命，一来是贵地受灾，捎点糙米以示慰问；二来是我省抚台大人的公子即将择期成婚，他托家父到武陵买些金针、木耳、笋干一类山货。不料，今早学生的一个家人趁放粮人杂之机，将家父交给我的银两偷走后潜逃。眼下我欲进无钱，返回拿钱，又怕误了抚台公子的吉期，故此心中不快。"

九江知府听后心想：此人家财万贯，不如放根长线钓个大鱼。便问陈细怪："不知你采货需要多少银两？"

"三百两。"陈细怪伸出了三个指头。

知府当即叫人取出三百两银子，对陈细怪说："这三百两银子借你急用，但不知……"他故意干笑两声，把后截话歇住不说。

陈细怪明白知府后半截话的意思，他拿起笔来就写了张借据："江北蕲州府五友庄启章银，借九江知府纹银三百两。一月后三倍奉还。口说无凭，立字为据。"

九江知府看过陈细怪的借据，交给了夫人。

陈细怪走后，九江知府天天计算日期。一个月过去了，三个月过去了，还不见有人来还银子。他心里发慌，忙写了一道公文连同那张借据送到蕲州府查询。蕲州知府见信后，翻遍了整个府册，找不到五友庄，也找不到叫"启章银"的巨商。还是府里师爷见多识广，说："这'五友庄'不就是'无有庄'吗？看来根本就没有这么一个村庄，《百家姓》没有姓启的，看来这'启章银'也就是'取赃银'。"

蕲州知府照师爷的话，写信告诉了九江知府，九江知府就只差没气死哩！

韩均讲述　韩进林搜集整理

## 洞房趣赌

蕲春在旧时有个风俗，新婚之夜夫妻不说话。

陈细怪结婚那天，陈老三对他打赌说："细怪呀，我家养了一窝猪，今夜你要是能惹你老婆说话，说一句我就送你一只。"陈细怪高兴地答应了。

晚上，陈老三躲在洞房外偷听。陈细怪在睡觉时，故意把被子横着盖，对老婆说："这被子宽是宽，就是可惜太短了。"

老婆忍不住笑了，说："盖横了！"

陈细怪高兴地喊了起来："一只！"

老婆半夜吃细鱼——摸不着头脑，就问："你说么事呀？"

陈细怪又喊："两只！"

老婆更奇怪了，问："么事两只呀？"

陈细怪喊得更响了："三只！"

这可急坏了在外偷听的陈老三，他赶紧拍着窗棂喊道："莫说了，莫说了，我还要留一只做本儿哩！"

刘书生讲述　童能奇搜集整理

## 妻子下午来

陈细怪家里很穷，常常是脱衣裳换，等衣裳干。一天上午，岳父叫人送来请帖，要他和妻子当日中午去喝酒。不巧得很，陈细怪仅有的一条"出门裤子"早上让妻子给洗了，到了午时还没干。他只好对妻子说："你今天不要去了，让我穿着你的裤子一个人去。"

陈细怪换上妻子的裤子，穿上自己那件旧长衫，来到了岳父家中，这时已是宾客满座了。客人问他："陈先生，你怎么一个人来呀？"岳母也问他："我女儿怎么没回呀？"

这下可难住了陈细怪：照直说，在众客面前显得寒酸，丢了脸面；不照直说，欺骗了岳母，在老人面前不诚实。陈细怪稍愣了一下，马上面向众客说："我上午来，妻子下午来。"同时却用手在后面掀开长衫，故意露出妻子的裤子给岳母看。

岳母明白了他又是没裤子穿，就不再追问了。众客人还蒙在鼓里，真以为他妻子下午来哩。

田祥正讲述　游国成搜集整理

# 哭 老 子

陈细怪的父亲去世了，他想到父亲一生节衣缩食，饱尝艰辛，死后也只能薄棺收殓，竟哭得十分伤心。

那些平素在陈细怪面前吃了亏的富家子弟，看到陈细怪哭得伤心，心里比扇蒲扇还凉快。他们几个人结成一伙，想趁机捉弄一下陈细怪，一边假劝陈细怪要"节哀"，一边又挤眉弄眼扮怪相，嬉皮笑脸说怪话。

陈细怪把这些都看在眼里，越发哭得厉害。等那些人又上前假言相劝时，陈细怪回过头来边哭边说："我的命苦啊，一生只有一个老子哒。比不上你们老子多，叫我么能不落泪呀？"

那几个人自讨没趣，只好灰溜溜地走了。

余之富讲述　郑伯成搜集整理

## 挽妻脱难

陈细怪参加太平天国后，他的妻子张氏在家苦苦撑持家计，不幸病重离开了人世。当时陈细怪所参加的太平军正在皖西，离家只有几十里，也就有机会回到家中料理妻子后事了。

看到妻子骨瘦如柴的尸体，陈细怪没有哭，也没让儿女们哭，提笔写了一副挽联，用竹竿插在灵柩的两侧：

油也无，盐也无，把你苦死了。
儿不管，女不管，比我快活些。

然后又写一副挽联，贴在灵堂的两边：

跟我半生，可怜薄命糟糠竟归天上。

嘱卿来世，不是齐眉夫妇莫到人间。

他草草地安排了丧事，把孩子也委托了亲友。刚把一些事情安排停当，清兵差役赶来了。陈细怪来不及躲避，跑到本塆一家染坊里，先用染布把脸一抹，接着把两手插入染缸装着染布的样子。

不一会儿，差役搜查到了染房，一闯进门就气势汹汹地问："看到陈细怪没有？"

陈细怪也不搭话，只用嘴往后门外一努，手往后门外一指。那些差役也就像一群疯狗一样，出后门去追捉陈细怪。

陈细怪摆脱了差役的追捕后，又回到太平军里去了。

孔兴田讲述　郑伯成搜集整理

## 谎　鬼

陈细怪的屋后山有个山鬼，自以为没有人能比得上它的神通大。它听说陈细怪板眼多，很不服气，决心要与陈细怪见个上下，分个高低。

这天夜里，山鬼把后山的几块大石头统统搬到陈细怪的垸前垄田里，然后躲在一旁，想看看陈细怪到底怎么办。

天亮了，陈细怪来到田边，当他看到一块块大石头时，开始一惊，但马上就明白了过来：不可能有哪个人把这么多的大石头从后山搬到这里来，必定又是那个常跟人闹对头的山鬼所为！于是，他装出个高兴的样子说："好哇！俗话说，'大石头三堆屎'，肥得很呗！这田今年定有一田好谷！"

山鬼一听，心想：糟了！我怎么反过来跟他帮了忙呢？于是在一夜之间，它又把大石头一块块全搬到后山上去了，然后再把满山的小石头捡到田里来铺了一层。

第二天，陈细怪看到田里满满一层小石头，更是高兴得笑咧了嘴，说：

"哈哈！'大石头三堆屎，小石头还不止'，这一下我的田就更肥啰！"

当天夜里，山鬼又把小石头捡个一干二净。从此，它再也不敢惹陈细怪了。

田认中讲述　郑伯成搜集整理

## 被雁啄了眼睛

陈细怪一生中戏弄了不少贪官污吏，斗赢了许多歹徒无赖，可他也上过一回当，而且是败在一个农民手里。

这天早晨，陈细怪手挽竹篮上街卖菜，路过村边田头时，有几个在秧田扯秧的农民笑着说："怪先生，讲个笑话我们听听。"

陈细怪回答说："笑话没有，对联倒有一个。如果你们对上了，我给你们一人两包烟。"

"当真？"

"当真。"

"算数？"

"算数。"

"你出吧。"几个青年农民嘻嘻哈哈地说。

陈细怪指着他们扯的秧把和扎秧草说："我这是上联，叫'稻草扎秧父抱子'。"

上联出得巧妙，这些扁担倒地是个什么字也不认识的农民，更不懂平仄对仗，怎能对得上？只好抓抓脑壳，"嘿嘿"笑几声，不了了之。

"对不上呗？烟吃不成啰！"陈细怪走了。

不多时，陈细怪的父亲陈大怪来了，他蹲在田头，同扯秧的人拉呱着。一个青年农民忽然灵机一动，笑着对大怪说："老先生，我出个对联你对怎么样？"

"你能出对联？"大怪问。

"嗬，你还看不起人了？"青年农民举起手中秧把说，"我以这为题，'稻草扎秧父抱子'。先生能对上吗?"

大怪连声夸赞:"出得好!出得好!"他在田岸上来回踱步,直到看见塆中一个大嫂用竹篮提笋子到塘边来洗时,才受到启示,说:"我对着了:'竹篮提笋母怀儿'。"

"好!好!"秧田里一阵哄堂大笑。

大怪刚走,细怪就回来了。他问农民:"怎么样,对着没有?"

青年农民也皱着眉假装思索了一会儿,然后指着细怪手中的竹篮说:"我对着了:'竹篮提笋母怀儿'。"

细怪愣住了,没想到这些农民对得如此工整、巧妙。他只得返回街镇,给每人买了两包烟。

后来,大怪问细怪:"你今天怎么无端地给每人买两包烟?"

细怪讲了出对联赌烟的事。大怪忙说"上当了",并讲出了事情的原委。细怪直抓头壳,说:"成天在打雁,不料今天被雁啄了眼睛!"

吴又良讲述　周正藩搜集整理

# 萧光际的故事

## （汉族）

⊙┄┄┄┄┄┄┄⊙

　　萧光际是一位文人型机智人物。其原型萧光际（1781—1864），字流芳，号脂香，是清代广济（今湖北武穴市）的一位怀才不遇的文人，在乡间以教书为业，与下层劳苦大众有着广泛的联系。他的故事近百则，内容广泛，诙谐有趣，较为生动地反映了广济一带的社会生活和风土民情，至今仍在当地广泛流播，颇受群众喜爱。

⊙┄┄┄┄┄┄┄⊙

## 三戏蔡糊涂

　　清咸丰年间，广济有一任知县姓蔡，人称"蔡糊涂"。他理政断案糊涂，发横财却不糊涂。这一年，他想借做五十大寿大捞一把，便指派衙门走狗四处游说，要求县城各界、各乡士绅送寿礼，并叮嘱他们"有钱送钱，无钱送物"。不几日就闹得七乡三镇怨声载道。乡里百姓更是叫苦连天，正是三月春荒季节，拿什么孝敬县太爷啊！

　　萧光际看到百姓受敲诈很气愤，就用四张白纸写了一副长对联：

　　大老爷做生金也要银也收票子尽拿黑白一把抓不分南北，
　　小百姓该死麦未熟谷未出豆儿刚种青黄两不接哪有东西。

这副对联贴在城墙上，片刻就招来成千人围观，远处的看不清叫近处的念给他们听。一顿饭的工夫，全城老少皆知，也传到蔡糊涂耳朵里。

蔡糊涂气得一跳八丈高，骂道："是哪个王八蛋写的？"旁边的孙师爷说："这对联绝非等闲之辈所写。一要文才，二要胆量，两者兼备除了萧光际没有第二个。"蔡糊涂两眼冒火："这老东西总是与官家作对，给我抓来是问！"孙师爷说："太爷，如果就此事抓人，事情会闹大，对太爷前程有碍。"蔡糊涂说："那我的气往哪里出？"孙师爷道："人非圣贤，岂能无过？报复总得有由头。忍得一时之气，再找生财之道。"蔡糊涂听了，只好作罢。

因此，蔡糊涂做五十大寿这天，门庭冷落车马稀。只有衙门内的狗腿子们和一些拍马屁的送了礼，办了几桌酒草草收场。

却说到了六、七月间，老天爷大旱，一个多月没下一滴雨，眼看庄稼会干死。蔡糊涂借口求雨来愚弄百姓诈取钱财。演武厅的广场上搭起一丈多高的求雨台，说是要念三天经文。

求雨这天，蔡糊涂登上台装模作样净手焚香，然后斋戒七日。一群和尚道士在求雨台上焚香烧纸，向天祷告，"嗡嗡"地念着谁也听不懂的经文。台下百姓人山人海，有信老天爷的，也有骂老天爷的。这样闹了两天，天上也没有起一丝儿云彩。

这天晚上，萧光际又用白纸写了一副对联：

妖僧怪道三令牌拍散风云雷雨，
贪官污吏九叩首拜出日月星辰。

横额是：

越求越旱。

几个胆大的后生伢连夜贴在求雨台前。

蔡糊涂见了气急败坏，当即叫人撕下对联送到公堂，并派衙役去抓萧光际。

公堂之上，两旁衙役凶神恶煞。蔡糊涂吹胡子瞪眼睛，喝问："萧光际，你知罪吗？"萧光际不慌不忙地答道："老朽一向安分守己，并不敲诈勒索，何罪之有？"蔡糊涂听了"敲诈勒索"四字，好比火上添油，脸气得像个紫茄子，一只发抖的手指着萧光际，说："你你你，捣乱灵台，亵渎神灵，破坏求雨，降祸黎民，你还屡次诬蔑本县，罪大恶极！"

萧光际一笑："证据何在？"

蔡糊涂道："广济县几个秀才肚子里的货我清楚，尽是读死书的。只有你才想得出这些歪点子。另外，这种胆大包天的事儿，也只有你敢做。"

萧光际说："望县太爷一不要小看广济百姓，那一丈多高的台子贴对联，恐怕不是老朽一人能做的，二是依法论罪不能靠推理猜想吧。"

一句话问得蔡糊涂哑口无言。蔡糊涂说："既是你无攻击本县之心，可当堂为本县写一副对联，本县就释放你。"

萧光际道："老朽不曾犯法，谈何'释放'？"

蔡糊涂支吾道："呃……对，给萧先生看座，备好纸笔。"

衙役们连忙搬来椅子，端上文房四宝。萧光际提笔写道：

一二三四五六七，
孝悌忠信礼义廉。

横批是：

天高三尺。

公堂上下齐声称赞："写得好，写得好！"

萧光际搁下笔，扬长而去。蔡糊涂命衙役们将这副对联挂在他的书房里。

蔡糊涂哪里知道，这副对联深有含义：上联骂他"忘八"；下联骂他"无耻"；横批是骂他"盘剥百姓"，地皮都刮去三尺，天当然也就高了三尺啰。

千金莲讲述　陶简　刘汉胜搜集整理

# 换　画

梅川城里有座洋教堂。洋教士在这里传教，招收教徒、修女，还想法收集中国的古物、古玩、古字画。萧光际对洋人的强盗行径很气愤，多次求见县太爷，要求制止洋人掠夺文化古物。可是，洋人还是照样干他们的勾当。

有一天，萧光际到南门饭店会客，就看到一个落魄戏子与洋人在看画，两人一边看，一边"叽叽咕咕"，比比画画。萧光际上前一看，大吃一惊。这是一幅宋代古画，是清代雍正皇帝送给金会元①的。十五年前，萧光际曾在金会元后代的手中看过这幅画，并当场仿画过一幅。不知此画怎么散失在这戏子手中。萧光际心里骂道："真是无义之人，不要祖宗的东西！怎么能把这样名贵的古画奉送给洋人呢？"

萧光际插嘴说："这幅画画得真不错，可惜不是真品。"戏子说："你瞎说，你凭什么说是假的？"萧光际指着画说："你别生气，识货要行家。你看，这笔画粗劣，墨色呆滞，缺乏生气。"几句话说得洋人和戏子将信将疑。洋人问："你真的见过真品？"萧光际说："真品在我的一个朋友家中。"说完故意装着要走。

戏子和洋人连忙挡住萧光际，戏子说："先生不要走，能不能把真品拿来开开眼？"洋人说："我出大价钱。"萧光际说："看一下可以，不过你们要请我吃顿酒饭。"戏子和洋人都说行。

萧光际回到沧浪书院，找到自己当年精心仿作的那幅画，又到书铺买了

---

①　金会元：即金德嘉，清朝康熙年间的会元，据说他曾做过雍正皇帝的老师。

和那卖画人一样的画盒，然后返回南门饭店。

一进房门，果然房中摆了一桌酒菜。戏子和洋人都争着要看画。萧光际说："我肚子饿得很，酒菜也要趁热吃，先吃饭后看画。"那两个无奈，只好坐下喝酒。

三人边吃边谈。萧光际在席间讲了好几个古代名人书画的故事，又讲了中国画技法，不知不觉天黑了。那戏子和洋人都喝得酩酊大醉，萧光际趁机把卖画人的那幅画调换下来，走了。

戏子和洋人醒来，见萧光际溜了。洋人骂道："骗子！想喝酒。"戏子说："这老头子不守信用，可见他的画是假的，他不走交不了差呀。"洋人说："有理，还是买你的。"说着，掏出钱把萧光际留下的画买走了。

这洋人把画带回教堂，给几个传教士欣赏。他们都说是伪作，洋人气不过，跑到饭店去找戏子，戏子呢？早就溜了。

后来，萧光际又遇到那戏子。萧光际说，"你骗那洋人出了大价钱，你二回碰到他怎么办？"戏子说："二回还碰他做么事？一人哄一回就够了。"

至于那幅宋代古画的下落呢？据说太平军打到广济后，萧光际托他们献给天王了。

李大毛讲述　陶简搜集整理

## 天主教与地方官

鸦片战争后，洋人在广济县城乡修建了教堂、福音堂、教会学校。这些洋人在广济县招收教徒、修女，搜罗文物、古玩，从街上过一趟，见好东西就拿，给不给钱要看他们高兴不高兴。老百姓恨死了这些绿眼睛、红胡须的洋鬼子们。可是，打起官司来，县太爷总是低头送洋人出门，再昂头打老百姓的板子。老百姓说，洋人来了黑了天，不少人找萧光际诉苦。

有天早晨，天主堂的神父出门，见门口好多人在看什么。他回头一看，原来大门两旁贴了一副对联，奇怪的是下联是白板，上联写道：

什么天主教敢称天父天兄绝天伦灭天理何时遭天讨天诛天才有眼。

神父看罢，气急败坏，心想：一定要县官找出这执笔的，判他个十年八年的牢狱之罪。

这时，看对联的议论纷纷：

"嘿，这对联没下联，是想考考广济有没有能人对得出下联。"

"别瞎担心，下联早有人写出来了。"

"在哪儿？"

"贴在县衙门上哩。"

神父朝县衙门走去，果见县衙门口也围了一大群人。大门左边贴了下联，写道：

这些地方官具是地棍地痞夺地财掘地脉到处收地丁地税地定无皮。

有人说："写对联的人是谁？吃了豹子胆。"

有人答："这人在广济县只有那么一个，大家心里都有数，可是谁也不会说。"

余震东讲述

## 石头变银子

萧光际从考棚监考回城，见河岸上有个青年在哭泣。上前相问，才知道他姓范，黄梅县人，是赶马车的。他昨天帮人拉货到梅川，今早在河边饮马，准备套车回乡去。忽然，有个穿长袍马褂的人带了两个狗腿子来找他，不问长七短八，把他打了一顿，还把他那匹心爱的黄骠马牵走了。

"你到县衙去告他一状嘛！"萧光际说。

"贵县人告诉我，那人是有名的恶霸，姐夫在黄州府为官，县太爷奈何他不得。"

"啊？这样吧，你把马车准备好，在这儿等着，下午我叫他还马给你。"

赶马车的"扑通"跪下，说："先生能还我千里马，恩同父母。"萧光际扶起年轻人，说："你是黄梅人，不能让恶霸坏了广济人的名誉。"

中午时分，萧光际背着一个大印花包袱，来到北门一家高楼门前，喊道："苏员外在家吗？"一会儿，穿着长袍马褂的苏员外来到门上，说："萧先生来了，请进，请进。"萧光际把那沉甸甸的包袱放在堂屋的桌子上，说："咳，在几个朋友家借了三百两银子，想把学堂拆了再盖。实在背不动了，暂寄放员外家，不知可否？"苏员外答道："行，行，行！"

萧光际看了一眼拴在棚子里的黄骠马，说："我的脚也走痛了，请员外把那马借我一用，下午归还。"苏员外心想，你有银子在我这儿押着呢，嘴里说："萧先生借东西，只要我家里有，听拿。"

萧光际骑上马来到梅川河边，赶马车的正在那儿翘首盼望呢。萧光际把马交给他说："你赶快离开此地。"年轻人对萧光际拜了三拜，套好马车飞也似的跑了。

再说苏员外望着萧光际那一大包银子，心里痒痒的。于是搬进内房打开一看，全是白石山的白石头，顿时明白萧光际是来骗马的，立即带狗腿子们去找萧光际。

只见萧光际在县衙大门旁坐着呢。苏员外揪住萧光际说："你把我的马骗到哪里去了？"萧光际说："谁骗你的马，不要诬人清白。"二人争执不下，就上公堂见官。

知县闻声升堂。苏员外把萧光际寄石头骗马的事说了一遍。萧光际说："兄台明察，学生外借三百两银子，朋友有名有姓，县太爷现在就可派人查对，如有半点儿谎言，可依法论处。我因苏员外是豪富人家，所以放心寄存他家。岂知他见财起不良之心，用石头换掉我的银子，天理人情国法都难容。至于他说我骗他家的黄骠马，太爷可以问他，此马何时、何地、从何人之手，花多少钱买的，也可查对；另外，可问左邻右舍，谁见过他家用过黄骠马?"

知县见萧光际言之有理,即派人到苏员外家去取印花包袱,果然是一包白石头。苏员外有口难辩。知县道:"人证物证俱在,证明苏员外贪心图谋不义之财,白银三百,退归原主。"

苏员外无法,只得拿出三百两银子,萧光际真的给沧浪书院盖房子用了。

李大毛讲述

以上两则刘汉胜搜集整理

## 当 破 伞

萧光际为穷人分忧解难,乡亲们都很敬重他。过春节时,东家请他喝酒,西家接他陪客。他的妻子阮氏可急坏了,埋怨他:"你也躲一躲呀,俺家穷,怎样还人家的礼啊,两个肩膀抬张嘴吃人家的,怎么对得住人呢?"

萧光际说:"乡亲们接俺是看得起俺,不领情要见怪的。至于还礼你不用操心,你到各家说定,初六在我们家喝酒。"阮氏直摇头,心想,除非你从袖笼里抖得出来酒肉。

却说大年初四的清早,县城一家大当铺开张。老板站在高高的柜台里,手托铜水烟袋往外瞄,但愿头个主顾登门是桩好生意,开年吉利,一年大发。

只见萧光际夹着一把破雨伞,跨进店门。老板笑脸相迎:"萧先生,新年过得好吧?"

萧光际说:"好、好,鱼肉吃不了。恭喜你新年大发!老板,我来当伞。"

老板愣住了,说:"这……把破伞?"

萧光际说:"你愿当我就当,不当就收场。"老板生怕他说出更不吉利的话,忙说:"好说好说嘛,萧先生,新年万家乐,你先讲个故事笑话什么的,让大家乐乐。"

萧光际说:"我清早是骑一头毛驴驹进城的。买这毛驴驹花的本钱不大,只是模样还蛮好看的,脖子上系一个铃铛。它是个驮重不驮轻的贱骨头,恐怕是清早肚子饿,它慢腾腾地走,那颈上的铃铛半天响一声:'不当……不当!'真是急人,我抽它一鞭子,它就乖乖儿起跑一阵子,那颈上的铃铛也就一个劲儿地响:'当!不当!当!……'"

老板急忙打断他的话头:"别说了,你当多少?"

萧先生深深作了一揖:"恭喜你开年大吉,三十块大洋。"

老板无奈何,忍痛付钱,萧先生接过白花花的大洋,头也不回地走了。老板长叹一声,自认倒霉。他还不晓得,这把破伞还是从坟场拣来的呢。

初六那天,萧先生真的办了几桌丰盛的酒席,招待众乡亲。


赵灿坤讲述　刘汉胜搜集整理

# 唱　戏

有一次,萧光际到蕲春县城关办点儿事,中午到一家饭店去吃饭。他刚坐下,就见邻桌的几个人在七嘴八舌地议论什么。他留心一听,这几个人是演戏的,老板刻薄、跋扈,克扣他们的工资。因是外县的事,萧光际不便过问。

恰巧,饭店里有人认得萧光际,悄悄地告诉了那几个人。那些人听了,一齐起身来拜见过萧光际,围桌而坐。他们把萧光际请到上座,重新叫一桌好酒菜招待他。

萧光际说:"我与诸位素不相识,为何这般客气?"一个长络腮胡子的人说:"萧先生,我们唱了一年戏,老板只给半年钱。萧先生扶正祛邪,在蕲、黄、广三县闻名,我们想请先生主持公道。"萧光际点头同意。

他们边吃边谈,萧光际听完情况后,告诉大家如此如此。吃完饭,大家便高高兴兴地去见老板。络腮胡子说:"老板,班子里缺人,你叫我们物色艺友。这个广济人是唱戏的，想找碗饭吃，我们特地带他来见你。"

萧光际说："我叫曹肃，学艺十年，听说贵班子招艺友，特来应招。"老板问："你能演什么角色？"萧光际答："吹拉弹唱，样样都会；生旦净丑，门门尽行。只是都不管。"老板有些不放心，络腮胡子和那几个人介绍说："他最擅长生角。"老板便收了萧光际。

第二天上演《打金枝》，老板叫萧光际扮演小生郭艾。锣合一停戏开演，萧光际上场就念开场白："正月立春雨水，二月惊蛰春分，三月清明谷雨，四月立夏小满，五月芒种夏至……"念到这里，台下看戏的哄堂大笑，有的起哄了："这是什么戏呀？疯了，砸他娘的招牌！"

戏老板气得要死，从后台跑出来指着萧光际说："你……你，滚进去！"萧光际笑道："老板，我来时不是讲了，都不管吗？"老板气得七窍生烟："我是招你唱戏的，哪是招你来捅窟窿的！"

"你要是不要我了，那就给我工钱。"

"我不要你赔饭钱，还敢找我要工钱？"

"你不给工钱，我与你去见县太爷！"

"见皇帝老子都行！"

萧光际到县衙门擂鼓喊冤。县太爷立即升堂，问："下跪何人，有何冤枉？"萧光际说："小民叫曹肃，帮人唱戏谋生，只因戏老板欺人太甚，克扣我工钱，分文不给，小民势单力薄，奈何不得戏霸，只有告求青天老爷做主。"

县太爷丢下火签一支，衙役就把戏老板锁来了。这真审案与那戏台上的假审案可大不相同，戏老板吓得浑身筛糠一般。县太爷喝道："胆大的戏老板，克扣下人工钱，该当何罪?!"戏老板颤颤抖抖地说："县太爷，他……他唱不好戏。"知县问："曹肃，你是不是唱不好戏？"萧光际答道："启禀县太爷，唱得好是一天三吊钱，我唱得不太好，只定一吊钱一天。"知县指着戏老板说："你应该按一吊钱开给他嘛！"戏老板只好答道："是，小人照办。"

知县又转问萧光际："曹肃，你唱了好久？"萧光际说，"启禀县太爷，我从正月立春唱起的，到今天为止，整整一百二十天。"知县说："好吧，戏老板付给他一百二十吊，当面点清！"戏老板急忙申辩："太爷呀，不能这样断，他……他是用嘴巴唱……念的。"县太爷火冒三丈，猛拍惊堂木："你是无话找话说，唱戏不用嘴巴唱，难道你是用屁股唱的？再要多嘴，大刑伺候！"

戏老板吓出一身冷汗，心想，好汉不吃眼前亏，只好乖乖拿出一百二十吊钱，付给了萧光际。

萧光际离开县衙来到饭店，络腮胡子几个人在那等着呢，萧光际便把钱分给他们了。

刘细春讲述 陶简搜集整理

## 巧治"油子哥"

梅川街有个二流子，名叫游治国。他偷鸡摸狗，欺负老小，什么都干，因此人称"油子哥"。他除了衙门外，什么人都不怕。

一天，萧光际回家途中遇暴风雨，只得在布店躲避一时。雨住云散，萧光际出门，见前面有个人打赤脚，腋下夹双新布鞋。萧光际走到那人身边，才看出是油子哥，便说："油子弟哩，你这是把谁家媳妇做的新鞋搞来了？"油子哥见是萧光际找他开心，不好发火，说："萧先生，别见笑，是俺老婆做的。"

萧光际一把拉住油子哥，说："你这不孝之子，你和我到县衙去！"油子哥丈二和尚摸不着头脑，见萧光际不像开玩笑，说："萧光际，你真是管得宽，我不孝与你何干？县衙门我是常进出，怕什么！"

二人拉拉扯扯到县衙。知县忙问何事，萧光际说："这油子哥不爱惜父母，专爱老婆，是广济县第一个逆子！"知县问："证据何在？"萧光际说："他老婆做的鞋他不穿，宁可打赤脚糟蹋爷娘给他的肉体。"

知县抽出火签，喝道："不孝的逆子，该责二十大板！"衙役们把油子哥按倒在地就打。油子哥嚷道："启禀老爷，这双鞋不是我老婆做的，是我从东门头白牡丹那儿偷来的。"知县道，"我不信，你西门跑到东门就为偷这双鞋?"油子哥连忙说："真的，我本想打白牡丹的主意，哪知她不吃我这一套，我恨她，没法子，见箱子上有双新布鞋就偷来了。"

萧光际说："我早就怀疑他这鞋是偷的，可他不认账。光天化日调戏良家妇女，又偷东西，望大人明断。"县太爷说："萧生言之有理，打他五十大板。"

这五十大板打得油子哥皮开肉绽，几乎是爬着下公堂的。萧光际问："油子哥，你要是不改，扛枷戴锁的日子还有。"油子哥说："只要你萧光际不死，我一定改。"

解广雄讲述　陶简　刘汉胜搜集整理

# 渡　　船

一日，萧光际搭船过长江，到江西瑞昌去会朋友。船刚刚离岸，有个妇女抱着孩子在江堤上边跑边喊："等一等，请等一等!"船老板仍旧撑他的船。那妇女又喊："我孩子病了，要找医生看，行行好吧?"可是船老板好像没听见，已摇起了桨。

萧光际说："船老板，孩子看病要紧，让她上船吧。"

船老板头也不抬："我不开回头船。"

萧光际讲："要看看事大事小，谁家无儿女? 哪个父母不疼儿? 回个头要不了一下子工夫。"

几个船客也帮腔了："船老板，你连萧光际先生也不认识呀，冲他的面子掉个头吧，我们也愿意。"

船老板说："好，既是萧先生面子大，要我回头，行。我要萧先生说个笑话乐乐;另外，既是你们愿意，那渡钱一人加一文。"

大家都说："好说，好说。"

船老板这才把船摇了回去。那妇女上船后，连叫："谢谢，多谢大家！"

船又开了。船老板说："萧光际先生，现在该你的啦！"

萧光际说："讲个只给大家笑、不给你笑的笑话如何？"

船老板说："我笑不笑，你莫问。"

萧光际说："昨晚上，我半夜起身，要赶到武穴来搭船。我老婆说她没坐过船，也要来。我说，你那三寸金莲走到武穴会要我背你。她说，我平生冇看到船是个啥模样，就要去看嘛。"

说到这里，船上人都笑了。

萧光际继续说："我说，咳，船又不是漂亮后生伢，啥看头？世上的事儿三生也看不完，多半听人说说就行了。就说船吧，拿我人来打比，蛮像，你摸摸，我说，就全知全晓了。

"于是，我躺在床上。她摸我的头，'这是什么？''这叫船头。'她摸我的腰，'这呢？''船身。'她摸到我的肚子，'这又是什么？''船舱啊！'她摸我的手，'这呐？''划水的两片桨。'她摸到我的脚，'这呢？''船尾。'她仗着老夫老妻老脸皮，摸了我的下部，问：'这算什么？'我说：'这就是船老板！'她又问：'为什么船这么硬哪？''他有船嘛！当然硬啊。他要你上么，你就上船，不要你上船，你就得加一文钱。'"

一船旅客哈哈大笑，笑得船都晃起来了。船老板也哭着脸笑了。

李源富讲述

## 哄　妻

萧光际的妻子阮氏，为了妹妹的婚事与母亲吵了一场嘴。母亲生气说："从今以后俺俩一刀两断，我只当没生你这个女儿，你只当死了娘，再莫踏我的门！"阮氏抹眼泪说："不要我回来我就不回来。"从此，母女俩真有半年没来往，萧光际好言相劝，阮氏不听。

结果阮氏的妹妹到婆家后，夫妻不和，婆婆虐待媳妇，把个如花似玉的

175 ·

姑娘折磨得面黄肌瘦。做娘的后悔当初没听大女儿的话，气也消了，反倒想念大姑娘了。她叫萧光际从中转个弯，岂知阮氏更加生气了。

百事难不倒萧光际，这回真把他难住了。

一天，萧光际见附近垸的张三、王五抬了一乘空轿路上走，便问接什么客。

张三说："唉！接客不成，唱出白跑戏，肚子饿出来了。"

萧光际心生一计，说："肚子饿了好说，到我家去，炒几个蛋，炸点儿花生米，喝几盅酒。不过，要帮我办件事。"

王五说："萧先生尽管说，我们一定办。"

萧光际便把岳母与妻子闹别扭的事情说了，现在需要两位轿夫帮忙，如此如此才能让她们和好，两个轿夫便答应了。

三人来到萧家。萧光际装着急得不得了的样子，说："快弄点儿饭给两位大哥吃，吃了饭你跟他们回娘家去。"

阮氏说："我说不回去就不回去嘛！！"

"娘要死了，要见你一面，你也不回去？"萧光际说。

阮氏先是一惊，接着斜睨了萧光际一眼，说："我娘身体健得很，你哄别人哄得直转，哄我可不行。"

萧光际说："天有不测风云，俺娘得的是熏病，你不信可问两位大哥。"

轿夫连忙接嘴，"大嫂，萧先生爱和人开玩笑，我俩加起来整百岁，可不敢和你开玩笑。是你大哥叫我俩来的。"

阮氏见轿夫说得认真，真的慌了。连忙烧火下面条、煎鸡蛋。她一边烧火一边想，也后悔这半年对娘太狠心了，不觉哭出声来了。

萧光际又故意相劝："哭么事吔，你哭得人家吃不下饭。"

阮氏道："不是你的娘吧？你这没良心的。"

两位轿夫狼吞虎咽吃完了面和蛋，阮氏什么也没吃就上轿起程了。

轿夫快步如飞，黄昏时到了阮家垸。阮氏跨进门槛就大哭一声："我的娘啊！"

她娘正在灶下弄饭，听见大女儿哭娘，又喜又惊，喜的是大女儿终于回心转意，惊的是莫非大女儿家也出了事？她迎到堂屋，问："女儿，出了什么事啦？"

阮氏抬头看，咦——娘好好的，问："娘，你没病呀？"

"没病啊！"

"哎哟，光际这个挨刀的，说你病得要死，还有这两个轿夫……"阮氏朝门口一指，两个轿夫正捂嘴笑，抬起轿子跑了。

阮氏大娘说："女儿呀，只要你回来看我，娘病一场也值得。"

"可他也不该哄自己的老婆呀，坏良心的！"

"呃，他是一番好心，只有你好狠心，半年不回来看看我。"

阮氏"扑哧"一笑："这不让你女婿给哄回来唻？所以你总是帮他说话。"

查节山讲述

# 老字少一点儿

萧光际家境贫困，平日总免不了向东家借谷米，向西家借油盐。特别是向本家财主借了不少钱。论辈分，这萧财主还得称萧光际为"叔爷"。这年底，萧光际把欠萧财主大头债务还了，剩下少量的就讲了些客气话，说明年再说。

这萧财主心里不熨帖，想了一个"点子"，约了四五个债主，腊月二十七一起找萧光际讨债。萧光际得讯后，挥笔写了一个"老"字挂在堂屋正中。

却说这天，众债主一进屋就看见这个大字，议论开了："咦，这是个什么字，'老'字不像'老'字，'考'字又不像个'考'字。"

萧光际从房中走出，对众债主作了一揖，说："'老'字（子）少一点儿你就不认得了？老子就是少了一点儿，多一点儿早就给你了。各位财主，大头儿都给你们了，难道说就为点儿把零头不让人过年？年关年关，真是过关?"

众财主讨了个没趣，都走了。

查学赋讲述

# 烧　笔

有一天，广济县知县出了这样一张告示："因萧光际违背朝廷法规，常凭雕虫小技，介入词讼，玩弄笔墨以蛊惑民心，故自今日始，凡经萧某动笔之状，概不受理。如发现隐匿，原告判无理，并革除萧某功名。此布。"

萧光际看了告示，便把家中的小字笔、大字笔、斗笔、写秃了头的笔，装了一提篮。他来到县城十字街口，在地上铺了一副对联："萧光际烧笔了官司，县太爷搜才遂心肠。"然后把那么多笔堆中间，洒上一小瓶子油，一把火烧起来，惹得里三层、外三层百姓观看。

却说有个青年在财主家扛长工，因天气炎热父亲中暑，他想找财主借点儿钱买药。可财主见死不救，说不到大年三十不给钱。这青年恨不过，一巴掌狠狠打去，把财主门牙打掉两颗，顿时口流鲜血。财主要抓他到县衙蹲牢房，这青年吓不过，就跑来找萧光际，求他帮忙写状子。

萧光际说："我的状子，县太爷判无理，再说我笔都烧掉了。"这青年苦苦相求："萧先生，我坐牢吃得消，可我的父亲就性命难保啊！"

萧光际沉吟了片刻，说："午时三刻，你带纸笔到村外稻场上等我，切勿让第二个人晓得。"青年一万个答应。

太阳当头似火烧。这青年在稻场上一等不见萧光际，二等不见萧先生，正准备走，萧光际却来了。他大吃一惊：只见萧光际身穿棉长袍，手提火篮，慢步踱来。这青年看呆了。

萧光际招手说："你附耳上来。"

这青年连忙凑身上前，冷不防萧光际咬他耳朵一口。他"哎哟"一声，摸着流血的耳朵说："萧先生，你怎么……"萧光际说："快把纸笔给我。"

178 ·

萧光际左手执笔，边写边说："公堂之上，你说，财主对你媳妇早起歹心，媳妇故意相约，让你躺在床上，财主入帐咬你耳朵一口，你还手打掉他的门牙……"

果然，这青年赢了这场官司，财主乖乖地给钱让他父亲治病。可是，这青年得意忘形，把萧光际写状的事告诉了别人。这话又传到财主耳朵里，他就把这青年揪进衙门。县太爷闻言大怒，立即发传票抓萧光际问罪。

萧光际来到公堂上，惊讶地问："县太爷请鄙人有何贵干？"知县猛拍惊堂木："大胆萧光际！你不守秀才本分，又包揽词讼，知罪否？"

萧光际说："鄙人烧笔县太爷大概也晓得。"

知县道："你又为何帮这奴才与主子打官司？"

萧光际道："我与他素不相识，请问在何时、何地、如何写状一一讲来，可不能毫无证据污人清白，那我真的要告状了。"

这青年把萧光际在烈日下，稻场上，穿棉袍，提火篮，左手执笔写状述说了一遍。萧光际听了哈哈大笑："县太爷明鉴，三伏炎天还穿棉袍烤火，此人不是疯子，也是妖怪。太爷若信此言，岂不怕落人耻笑？"

知县恼羞成怒，喝道："这家主子、奴才尽不是好东西，无事生非，各打三十大板，教训旁人！"

苏金城讲述

以上四则刘汉胜搜集整理

# 苗坦之的故事

## （汉族）

⊙·····················⊙

　　苗坦之是一位文人型机智人物。其原型苗坦之，系清代乾隆年间江苏海州南双店的一个穷秀才。他天资聪慧，胆识过人。因年少时得罪官府，被罢黜廪生资格，再没进过考，也未做过官，一生不得志。他常常帮穷苦人出主意，跟官府豪门作对。穷人爱戴他，尊称他为苗先生、苗二爷。官家豪户怕他恨他，叫他苗二赖子。以他为原型的各种故事在海州一带广为流布，历久不衰。

⊙·····················⊙

## 杀　驴

　　说是从乾隆四十六年起，海州地方连着三年大旱。老百姓不得种，不得收，只得各地方去逃荒要饭。官家那些钱粮还照原数摊派，苛捐杂税一点儿也不少。州里那些当官的，不问老百姓死活，不开眼，就晓得一天到晚催粮要钱。

　　这天，海州衙门来个催粮的判官姓胡，叫胡判官。他骑个小毛驴，颠逛颠逛地到了双店。他晓得苗坦之家在这里，就派人去找他。苗坦之一来，胡判官就说了："苗先生，我们都是老朋友了。你这里有什么好吃的弄点儿来招待招待我们吧！"苗坦之心里话：你也想得出来。嘴上还赔笑，说："听说顶好吃的'天上莫过龙肉，地上莫过驴肉'。可上哪儿弄呢？"

胡判官说："苗先生你是个能人，去弄点个吧！"苗坦之半天才吭声："你们这些人啊，行州过县的也怪辛苦的了，吃点儿什么这还不好说吗？行呢！"胡判官把小毛驴朝家天井一放，关照说给喂喂，拍拍屁股就找人催钱粮去了。

等胡判官一走，苗坦之就把当街的吴二坏找来了。吴二坏是个杀猪师傅，他来就那么一刀，把个小毛驴给宰了，剥剥弄弄，当晚就吃了。胡判官喝着桃林酒，嚼着驴肉，不住说："苗先生会办事！"苗坦之问了："胡大人啊，这个驴肉味道怎样啊？"胡判官说："好，好！这马陵道上的驴肉真香！"苗坦之问："胡大人，这比你们州城里的驴肉怎样？"胡判官摆手，说："海州城里的啊，不及你这地方的好吃！"

第二天早，胡判官要回去，来牵驴了。苗坦之说："胡大人，驴不是杀了给你吃了吗？这不，还剩这点儿驴肉，请理好袍子兜回去.过个馋瘾吧！"胡判官一听，气得直朝天上跳，活喊："苗坦之咧，苗二赖子！你做的什么事？怎杀了我的驴！你叫我怎么回去？你说！"苗坦之说："胡大人，这灾荒你都知道，你都看到了。这地方老百姓十家有六七家出去逃荒要饭，卖儿卖女，剩些在家的也是老弱病残，连锅都揭不开，还上哪儿弄驴儿杀给你吃？我看你是个'爱民如子'的清官，好歹借你的香火供你这尊佛吧！"

胡判官还叽歪的不让。苗坦之说："胡大人哎，你得谢谢我才是哩！""我还谢你什么？"苗坦之说："你海州城的骚驴牵到这，得了马陵道的灵气，亏这吴师傅的灵刀，肉才肯香哩！"胡判官气得活哼。吴二坏在旁帮腔："你胡大人啊，我弯腰给你杀驴，累得活喘，还没朝你要屠宰银呢！留个交情，下回再来啊！"

胡判官气得直跺脚："你双店子一个苗二赖子，一个吴二坏，真能糟蹋人！"过后他再也不敢来双店了。

宋怀飞讲述

# 拆　轿

海州州官听说西乡人会拖捐赖税，非常生气。心想：都是手下人无能。于是责骂差役们一个个都是只吃皇粮不保主的饭桶。他自己要去看看，发狠治治那些刁民。

双店人听说州官要来催粮，有些害怕。村民吴二坏胆大，就来找苗坦之拿主意。这天晚上，两人就商量好对付的法子。过后又关照靠街面的人家，如此这般行事。

第二天，州里的州官王州同果然坐着轿来到双店。当时正是七月天气，蹲在树荫凉地都淌汗。王州同热得急了，忙叫轿夫住轿找点儿水喝。那几个轿夫一停轿就钻进水塘洗澡去了。王州同见满街空荡荡的，撂棍都撂不到个人影子，心中纳闷。再看街旁有人家还冒着炊烟，他就进了一家大门，想找口水喝喝。他一脚门外一脚门里，伸头一看，见屋里坐着个妇女，光着上身在烙煎饼。心想不合适，就想缩头退回来。那妇女一看有人没敲门就直不偷（悄悄）进来，开口就骂了："哪里的不知好歹的畜生，要吃奶也得喊声娘哈！"端起满盆的刷锅水就没头没脸泼去。王州同被吓得直跑。沿街几家妇女听见喊声，也都光着上身，敞着两怀跑出来。有的拿着火叉，有的扇着扇子，有的拖着磨棍，吆吆喝喝追过来。王州同直奔小轿跟前跑。众妇女跑到跟前一看这人还不简单咪，还有轿坐呢。个个来了泼劲："拆！叫你坐个鸟！"王州同被逼到墙根，脸朝墙，眯着眼装傻，就听"喊哩咔嚓"，你一手，我一脚，片时将小轿拆散瓜分而去。王州同蹲在那里，只管自言自语："晦气，晦气！"

直到街上没了人，王州同才想起此地有个苗坦之，找来说："想不到这里的妇女这般厉害！"苗坦之说："大人消消气吧。此乃穷乡僻壤，山民野性。俗话说'官不进民宅，父不进子房'，这也是大人自讨此辱吧！"王州同摸着头，指着身上直叫："你看，你看！"苗坦之只是赔笑不迭，说："人皆说'宰相肚里能撑船'。大人，你能跟这些妇道人一般见识？随它吧！"王州同只有干气而已。

从此，州里的官员衙役再也不敢来双店胡作非为了。

陈德健讲述

# 大堂有个糊涂虫

苗坦之听说郯城县黄记当铺心狠手辣，盘剥百姓，心里气得慌。他径直找到老板黄福芹，说："黄掌柜，山东本是圣人之乡。你叫人家上当，也要让人眼里清楚，心里明白！"黄福芹说："苗先生，这是什么话？"苗坦之说："你这柜台高了，当当的人看不见你们搞什么鬼，应该扳去一尺！"黄福芹本是登州人，在山东开了十八爿当铺，腰缠万贯银钱。他一听这话，心想，那还得了，一损失，二丢脸，不能干！就把脸一沉，说："我就不扳。看你怎置？"苗坦之把大腿一拍，说："我要告你！"黄福芹自恃业大势大，就说："好！从郯城、沂州到青州府，我奉陪你！请便。"

经官动府一次次，都无结果。这一天，双方又来到青州府大堂。这黄福芹鬼得慌，他要拼十八爿当铺争这面子。这些官员吃了黄家的私，还未见到苗坦之一条虮子腿呢，自然庇护黄福芹。这些苗坦之心里也明白。知府开口了："苗先生，这又不是你自个儿的事，看你的靴帮儿都跑破了，何苦呢？""大人，你莫看我靴帮儿破，我底子可正！为庶民百姓争气，心里踏实！我不像有些当官的不为民撑腰，葫芦偏要说成瓢。金也要，银也要，谁个给钱谁个笑！"知州听了这话急问："你说什么？""我说蛇钻窟窿蛇知道！"知府心中打醋：他说话带刺，莫非知道我受贿之事？这才又软和下来，说："苗先生，有话好讲。"苗坦之也顺水推舟，说："好讲，好讲。"说着从腰里掏出一个毛巾小包裹，朝就地一放。

知府看得清楚，沉甸甸的，心中一喜。便说："那黄福芹的柜台就拆去半尺！"这黄福芹会耍滑头，急忙从腰里也掏出个小包丢在地上："不拆！谢大老爷，不拆！"知府应着黄福芹，又顺口应道："不拆，不拆吧！"苗坦之听了，心里话：这个糊涂官真不是个东西。转身摸出个大烟袋，在公案桌下划溜起来。知州忙问："苗先生，你要干什么？"苗坦之淡淡一笑，说："大老爷，这里有个糊涂虫！"知州歪着头，问："是吗？"苗坦之说："请大老爷清醒，刚才你连说两个半尺，本是一尺。现在请你当堂说清楚：'黄家柜台拆去一尺。'"说着指了指地上的布包，又拍了拍胸口，意思是要求凭心公断。知州见了，以为他腰里还有布包呢。就当堂宣布："黄福芹的柜台从即日起拆去一尺。"

知州退堂，急忙打开毛巾包裹一看，原来是块水晶花石。忙喊住苗坦之，问："你这是什么意思？"苗坦之笑着说："这是我们海州西乡的特产。我在半路上捡到的，取之无大用，弃之又可惜。特包来送给大人配副眼镜好看看民间疾苦！"

苗雨增　苗兴之讲述

# 白　赶　脚

有一年四月初八逢海州白虎山庙会，苗坦之步行去赶会。走到州西蔷薇河口三板桥头，遇个骑毛驴的打后头闯过来。毛驴先蹭了他一下，那骑驴的得便宜闹便宜，伸脚又蹬了他一下。苗坦之一个歪踬，爬起来，忍住火问："你是哪庄的？""我是李大庄的李大少爷。你是哪的，敢拦我的路？""俺是南双店的。""哎，听说南双店有个苗二赖子，会赖人，你知道？"苗坦之说："你都知道，我还不知道？李大少爷，你要是遇到他，说不定驴搭被子都保不住呢！"李大少爷翻身下驴，说："他能怎置我？咹！"苗坦之说："我不过先对你说这话，你可要当心点儿！"

两人边走边啦呱，苗坦之问："李大少爷，怎不带个佣人牵牵驴？"李大说："眼下春忙，哪有闲人？"苗坦之说："俺就是个闲人，你若不嫌乎，俺跟你牵个驴怎样？"李大嘴咧着说："行！好！早晚我供你茶钱。"苗坦之接过他的驴纼，牵着驴，背着被子，活像个赶脚的。

话说到了海州，两人进了客栈，店家都是熟人，苗坦之问："老店家，麻烦你将俺的毛驴喂饱看好，行李管好。注意不要让人赖去。"店家说："看他哪个敢！"两人当天一块赶会，当晚一块住宿。第二天清早，李大要回去，来牵驴了，苗坦之说："这是俺的驴，你怎牵的？"李大急了："明明是我的，怎么一夜成了你的？"店家说："苗先生，你跟他见官，我去作证。"

当下两人去打官司，知州升堂，问二人："你说是你的，你说是你的，你们的东西可都有什么记号？"两人答："有。"李大自以为自己的东西有数，要苗先生先说。苗坦之说："俺的小黑驴，长耳朵，画眉眼，乌嘴唇，四蹄白。"李大抢着说："俺那驴也是那样。"苗坦之说："俺那被子是大红底，牡丹花，行了五趟针线。"李大急着说："俺那被子也是。"知州生了气，问："李大，你家东西还有什么特殊记号？"答："没有了。"知州又问："苗先生，你还有什么记号吗？""有。俺那驴蹄四角装有四枚铜钱。被角藏有两个手札。请大人查看。"原来苗坦之夜里已做了准备，检查果然不假。知州一拍惊堂木，喝道："李大，你是赖人的，给责打四十大板！苗先生，驴，你牵去；被子，你拿去。"李大给打的鬼喊："大老爷糊涂，你断错了！"知州说："不管怎的，赶出去！"

李大被一顿好打，赶出衙门。苗坦之迎上来说："李大，这东西确实是你的，还你吧。"李大接过被子牵着驴，掉头就朝大堂跑，一路高叫："大老爷，苗先生真是赖我的，这不已还我了。"苗坦之跟腔回到大堂，说："大人，这小子不服公断。凭身强力壮把俺的东西又夺去。"知州勃然大怒，说："再打这无赖四十板！"把驴和被子又断给苗坦之了。

苗坦之走到门口停下，又等上李大，说："李大少爷，俺跟你开了个玩笑。昨天不是跟你说过了吗？你要是遇上苗二赖子，驴和被子说不定都保不住哩！跟你实说，俺就是苗二赖子，算你真遇着了。这驴，你牵去，被子，你拿去。我赖你什么了！这一宿算俺白跟你赶脚，为的是要教训教训你，今后要好生做人。"

张云省讲述

以上四则朱守和搜集整理

# 剀狗六爹的故事

（汉族）

···········

剀狗六爹是一位文人型机智人物。其原型麦为仪，字凤来，吴川塘尾镇院村麦屋人，清代乾隆年间的一个贡生。他有才华，有胆识，足智多谋，诙谐风趣，敢于同贪官污吏、豪绅奸商作对，敢于戏弄鬼神。其故事从清末起便在粤西民间流传，并且不断得以丰富。多少年来，他已成为人民智慧和愿望的化身。

···········

## 剀　狗

剀狗六爹原名麦为仪，为什么又叫"剀狗六爹"呢？这个名号的起源是有一段故事的。

相传宋代赵匡胤生肖属犬，因此禁止官方剀狗，连有功名的人都禁止吃狗肉。这禁例一直传到元、明、清几个朝代。六爹是乾隆年间的贡生，当然也是不能吃狗肉的。

有一回，邻村康王菩萨重刷金身，开光设醮七天七夜，凡属境内官民人等都要缴银和斋戒，禁止杀生。可是斋戒的第一天，当地的乡绅们却在庙里开筵设席，大吃大喝。这班吸血鬼一向敲诈勒索，六爹很看不过眼，便写了一副对联贴在斋棚两旁：

> 雷打道果真君，木偶无灵，枉受香烟四百载；
>
> 风流本乡绅士，蒸尝有限，仅供酒肉两三年。

　　绅士们出来看见，个个怒气冲天，但当他们查知此对联是麦为仪所写时，个个又都像老鼠咬了险处，不敢开声。

　　谁知六爹贴完对联，见"风波"不起，便继续惹虎发威。他弄来一条狗，拖到斋棚旁便刣起来。这消息传到绅士们的耳里，他们像马骝捡到锡一样高兴，马上以六爹刣狗破坏斋戒为名，把六爹拉到衙门处议。

　　县官一升堂，有个绅士便提诉六爹三大罪状：第一，贡生刣狗犯王法；第二，写对联污辱神明；第三，杀生破坏斋戒。

　　"够了，够了！"县官受了绅士们的银两，便重重一拍惊堂木喝道："麦为仪，你知不知罪？"

　　六爹慢条斯理地说："大人大概读过宋人撰的《三字经》吧？"

　　"当然读过！"县太爷怕六爹笑他知识浅薄，连忙回答。

　　"那好！"六爹继续说，"书中说：'马牛羊，鸡犬豕，此六畜，人所食。'圣贤之书这样讲，我吃狗肉何罪之有？此其一。其二，康王是个大元帅，今日各位乡绅在那里摆酒，一不给大元帅留位，二不请太爷首席作陪，我看他们这班小小乡绅，是既污辱神明，又看不起县太爷呀！"

　　六爹这一驳，弄得县官和大小乡绅个个面面相觑，人人像狗咬石头无从下口。六爹更扬扬得意地说："说我吃狗肉污辱神明吗？康王还吃人呢！他母亲徐氏太后死后，他就把母亲吃掉了，吃得过饱，肚子发胀，变得青面獠牙五色须。不信你们翻翻《封神榜》看看，康王吃了母亲，还被玉帝封为'道果无漏真君'，老百姓还把他当神敬奉，我吃一餐狗肉算得了什么？"

　　县官被六爹列举这些事例吓坏了，慌忙宣布退堂。六爹望着这班垂头丧气的乡绅，心想又揭了康王的"老底"，便得意扬扬地回家去了。自此，人们便尊称他为"刣狗六爹"。

# 半截春联

大年三十，送旧迎新，家家户户都贴春联。可是，六爹写的春联却与众不同，又风雅又吉利，人人都称赞。同村的一个财主曾多次请六爹写春联，六爹却不买他的账。财主没办法，只好等六爹把春联贴出来后，派人把它抄过来，照写贴在自己门前。这样每年春节，六爹门前贴什么春联，这财主门前也就贴什么春联。

这一年除夕，六爹家门前的春联迟迟没贴出来，直到太阳下山了，财主派去的人才急急忙忙地赶回来说："贴出来了，是这样写的：上联'福无双至'，下联'祸不单行'。"财主一听，不对呀，这春联不太吉利，新年贴出来，还得了，他不相信六爹会写这样的春联，一定是派去的人看错了，便亲自跑到六爹门前看了又看，红纸黑字，并没有错。他想，六爹写的春联从来不会错，他为什么写这样的对子呢？一定有什么道理，于是，他赶忙跑回家里，也写了这么一副春联，在门口两边端端正正地贴了出来。

年初一清早，村里人见财主家贴着这么一副春联，无不捧腹大笑。财主见情况不妙，又连忙跑到六爹门前看看。天呀，原来那副春联还有半截，上联是"福无双至今年至"，下联是"祸不单行旧岁行"。

这一回，财主是哑巴吃黄连，只好赶紧把自家那副春联撕个粉碎。

# 问　　花

六爹邻村有个巫婆，自称仙女降身，是仙姑，会下神，不知骗了多少人的钱财。一天，六爹到巫婆家里去"问花"（也有说"睇花"的）。巫婆看见六爹进来，心中暗地盘算：这六爹一向欺神蔑鬼，今日送上门来，要给他点儿厉害看看。于是，她笑嘻嘻地对六爹说："问花吗？"

六爹答道："我想问问我死去的老婆，在阴间生活过得怎么样？"接着报了村名巷址、坟墓坐向及老婆的出生日期和时辰。

这时，巫婆闭着双眼，伏案念着咒语，随即装鬼上身，哭闹起来："夫呀！你在人间不信神鬼，害得我死在阴司受苦，快快下跪！"

六爹把一切看在眼里，就说："妻呀，既然你在阴司那么苦，那就回到人间来吧！"

巫婆仍然装鬼说："唉！不行呀，我的夫呀，我不能借尸还魂呀！"

六爹又说："贤妻，你不是借仙姑还魂了吗？"说着，便一把将巫婆背在背上，抬脚就往外走。

巫婆急了，哀求六爹："你怎么背我啦？"

六爹边走边说："你叫我作'夫'，那你当然就是我老婆啦。"

巫婆更着急了："那是我骗你的。"

六爹继续往村里走，全村老少都来围着观看，六爹把巫婆放在地上，哈哈大笑："大家看，刚才仙姑明明叫我作夫君，又说不是我老婆，仙姑不仅骗你们，连我都骗了。其实我也是骗她的，我的老婆还活着哩。"巫婆真相败露，在场的群众都大声笑起来。那些来求神问鬼的人，都纷纷拿回自己的三牲酒醴香烛，悄悄地走散了。从此这个巫婆再也无法骗人了。

## 题　匾

六爹有个同乡，名叫胡四，在外地当一名小武官。这胡四为人刻薄奸诈，到处欺压百姓，勒索钱财，还常常贪他人之功为己功，后来由于官场混不下去，被迫解甲归田。他回到乡里，为了显耀他的"官威"，便大兴土木，花了一年的时间，建造起一座富丽堂皇的官邸。胡四心想：新居落成，如得个有名望的人题个匾，岂不更加增光！六爹是贡生，德高望重，何不请他题个词儿？于是胡四上门见了六爹，讲明来意。六爹一再推辞，无奈胡四缠住不放，三番五次恳求，六爹只好拿出笔墨，一笔写下"天之功"三个大字。

胡四左看右相，喜形于色，得意地说："谋事在人，成事在天，我老胡能有今日，就是全赖天之功嘛，六爹你写的，正中我心意。"

六爹笑着说："四爹，字写得不好，如果你认为合适，就拿回去吧！"

胡四官邸落成那天，四亲六戚纷纷前来祝贺。他的一位在县城读书的亲戚，抬头看见这个金匾，感到不妙，悄悄对胡四说："舅爷，这个匾写得不好啊！"胡四不解地说："靠天之功，靠天之力，不是得天公扶助吗，这样有何不好？""舅爷，正好相反呢！古语云'贪天之功为己功'，就是指责一些人把他人的功劳记在自己的名分之下。这个匾是讽刺你的啊！挂不得，挂不得！"一经书生点破，胡四气得满面通红，不知所措。

## 和　诗

一日，乡间四个劣绅坐在大榕树下纳凉，其中一个想卖弄文采，就提议吟诗。

"好！好！好！"三个劣绅随即应和。

这时，鉴江上恰巧有一队鹅游过来，那提议吟诗的劣绅便顺口吟道："鉴江流来一队鹅。"

另一个劣绅听到鹅的叫声，接着和上一句："鹅公鹅㜶唱鹅歌。"

剩下两个劣绅索尽枯肠也和不上，急得抓耳挠腮。

这时，六爹正巧来到大榕树下，便对两个和不上的劣绅说："我替两位和上两句：两个鹅公放了屁，还有两个屁未屙。"

在旁看热闹的群众听了，都不禁大笑起来。

## 当　长　衫

六爹家乡有几个劣绅，专吃便宜，无论高门大户或小康人家，凡有红白喜事，开台摆酒，他们都不请自来，但从不送分文礼物。乡人都厌恶地叫他们"白食"。

有一次，六爹的堂弟娶媳妇，几个"白食"照例登门饮酒。因为天气热，酒到一半，几个劣绅便脱去长衫，挂在墙上。六爹见了，故意当众大声地说："诸位送了大礼，理应多饮几杯。"

几个"白食"觉得不好意思，随口应声说："小小薄礼，收下便是，何必客气。"

酒过数巡，六爹便悄悄地离席，顺手把几个劣绅的长衫拿去当铺当了几两白银，把白银交给堂弟。

散席后，几个劣绅离席找长衫穿，都不约而同地惊叫起来："哎哟！谁拿走我的长衫啦？"

六爹笑笑说："刚才诸位不是说'小小薄礼，收下便是，何必客气'吗？我就代堂弟收下诸位的长衫了。"

几个劣绅眼看长衫没有了，气得面红耳赤，但又无言以对。

六爹接着说："我们只是把长衫当了几文银钱作礼物，喏，当票你们拿回去吧！"

劣绅无可奈何地把当票接了过去。

乡亲们见了，无不捧腹大笑。

以上六则李春风　钟景明记录

# 贺　疑

有个财主，夺了佃户家刚生下的一个儿子，硬说是自己老婆生的，还叫老婆假装坐月，精心筹划大摆筵席，庆贺儿子满月。六爹听了那位佃户的哭诉，心里愤愤不平，决心揭露这个黑心财主的恶行，六爹不露声色地封了个红包，上面写上"贺疑"两个字。财主收到红包，看着"贺疑"二字不禁生疑：是六爹一时疏忽写错了字，还是他存心怀疑。开宴那天，财主当众问六爹："六爹，这贺仪的仪字应该是……"六爹不慌不忙地站起来说："这个是疑，那个也是疑，我还以为我疑得对哩，谁知道你是什么儿①？"财主做贼心虚，经六爹这么一揭，顿时面红耳赤。大家都觉得主人神色不对，悟出事情

---

① 儿：粤方言，与疑、仪两字同音。

有些古怪，当下里交头接耳，互相打听。六爹乘机把真相说了，这样一来，财主夺人儿子的丑事很快就传开了。

火牛记录

# 十子不如石子

从前，有个老头儿叫王五，是六爹的好朋友。王老头儿共有十个儿子，均已长大成人，有了家室，都先后分了家，但没有一个愿意赡养老人。王五独自一人住在一间破旧的房子里，生活非常困苦。

一天，六爹在街上遇到王老头儿，见他衣衫褴褛，骨瘦如柴，便问起情由。王老头儿向六爹诉说了儿子不孝不敬的缺德事。六爹听了，先给了王老头儿一些银钱，说："你先回家，过两天我去看你，我一定设法让儿子们孝敬你。"

第三天早晨，六爹穿上长袍马褂，头戴毡帽，叫了两个家丁，挑着四个很重的大木箱，向王村走去。六爹进了村，故意从村东问到村西，从村南问到村北。到了王五家，六爹就大谈他近来做生意赚了一大笔钱，现送四箱银子来给王五养老。六爹跟王五越谈越亲热，快到夕阳西下时，六爹推说家里有事，叫王五千万要管好四箱银子，便起身回家了。

从此，王五的儿子们个个都争着要赡养老头儿，大家争执不下，只好轮流，由每个儿子负责供养一个月，各个儿媳也都"疼爱"起亚爹来。

过了一年，老头儿得病去世。办完丧事后，十个儿子都准备分父亲的遗产。他们撬开铁锁，打开箱子一看，里面装着半箱石子和一张纸条。纸条上面写着："家有十子不如石子，若无石子饿死老子。"众兄弟看了，个个哭笑不得。

麦观康记录

# 庞振坤的故事

（汉族）

○.......................○

庞振坤是一位文人型机智人物。其原型庞振坤，字应南，清代邓州（今属河南省）人。乾隆年间拔贡中榜，一度出任广西岑溪县令，后致仕回故里教书。他正直多谋、诙谐风趣，敢于同贪官污吏、土豪劣坤及其他邪恶势力作对，深受民众称颂。其故事至今仍在河南西南、湖北一带广为流布，作品相当丰富。

○.......................○

## 治 疙 瘩

庞振坤近门有个神婆子，说什么是王母娘娘附了她的身，只要你信她，就能是病都治。说也凑巧，有时候也真能瞎猫碰个死老鼠，方圆左右确有不少人信她的胡哼唧。庞振坤的妈就是其中一个。

有一天，庞振坤泪汪汪地用手捂着腮帮，妈问他，他只摇头，不说话。妈把儿子搂到怀里一看："嗯？长了恁大个疙瘩！"用手一摸，不冷不热，妈妈可着了急。常言说：红肿高大，大夫不怕；不红不肿，大夫心惊。振坤妈心想这一定不是个小毛病，除了神仙是治不好的，于是就去请来神婆子为儿子治疙瘩。

神婆子坐到神龛前的椅子上打了几个哈欠，就下起神来。振坤妈赶紧上了三炷香，烧了一道黄表纸，跪在香案前叩头如捣蒜。庞振坤在一旁忍住笑，只哼着疙瘩疼。那神婆就"哼哼哈哈"地唱开了：

> 王母娘娘下凡来，
> 单治造孽小奴才。
> 巴掌打在儿脸上，
> 长个疙瘩遭祸灾。
> 要想好了儿的病，
> 浑猪浑羊摆神台。
> 十斤香油点灯用，
> 丈二红绫搭棚彩。

神婆子唱到这里，可把振坤妈吓坏了，赶紧应承。庞振坤实在憋不住了，"呸"的一声，把一颗大红枣子唾到神婆的脸上，把神婆子吓得"妈呀"一声。她急忙睁开眼来，见一颗红枣掉在桌子上，庞振坤脸上的疙瘩没有了，站在一旁哈哈大笑。神婆子傻了眼，拍拍屁股赶紧走开，振坤妈不好意思地白了儿子一眼笑了。

这件事一下子传遍了前村、后庄、东街、西店，再没人来找那个神婆子治病了。

郭光前讲述　郭力搜集整理

流传地区：河南南阳地区

# 祝　寿

清末，邓州来个知州，姓汤名似慈，此人爱财如命，善于巧立名目，搜刮勒索，如狼似虎。地主豪绅要拉他当靠山，百般奉迎；黎民百姓骂他是催命鬼，对他恨之入骨。

这年，汤知州五十大寿，又是一个发财的机会。他暗示亲信，在全州宣扬，让人给他祝寿送礼。

消息传开，地主豪绅闻风而动，各备厚礼，一心讨得知州的欢心；各地的地保，也忙乎开了，连忙向百姓派款，置买寿礼。直逼得家家户户唉声叹气，背地里骂不绝口。

汤似慈寿诞之日到了，祝寿送礼的人从四面八方赶来，通往州府衙门的大街上，车水马龙，热闹极了。

这天，汤似慈特别高兴，因为州里各界名流差不多都来了，而且送的礼品很多，金银珠宝、绫罗绸缎、山珍海味、名人字画、金石古玩等，各种贵重的东西，应有尽有，达到了他想大捞一把的目的。

汤似慈往太师椅上一坐，拜寿就要按照官职和头面的大小依次进行，忽听寿堂门口有人禀报："老爷！庞贡生托人给您送寿礼来了！"

汤似慈一听庞振坤送来了寿礼，心里更是高兴。他知道庞振坤不肯巴结权贵，今天破例给他送礼祝寿，实在赏光不小。他越想越得意，便大声吩咐道："把礼物献上来，让诸位瞧瞧！"

一个眉清目秀、潇洒利落的小伙子，捧着一卷红纸来到堂下，打躬施礼道："这是庞贡生特为您敬写的一副寿联。他有急事不能来，托我送给老爷！"

庞振坤不会给他送来值钱东西，这在知州预料之内。不过，送副对联也好，庞振坤文采出众，落笔不俗，想必是惊人好字，绝妙好词。汤似慈想到这里，便催促道："念给大家听听！"

小伙子说："老爷！这对联可是按您的姓名联成的诗句呀！不知该不该……"

汤似慈忙说："好！好！为我祝寿，以我的名字写联，在理！在理！念！念！"

小伙子清了清嗓子，面对众人念道：

上联——

似者像也像虎像豹像豺狼不像州主，

下联——

　　慈者爱也爱金爱银爱钱财不爱黎民。

横批——

　　不成汤水！

　　他一口气把对联念完，回头看看汤似慈，只见他红脖子涨脸，说不出话来，"扑通"一声从太师椅上栽了下来。

　　寿堂里乱成一团，小伙子乘机离开了州府。原来这小伙子是庞振坤的儿子，他知道送这样的"寿礼"太担风险，所以不让父亲亲自出马。

孙维民讲述　张楚北搜集整理

流传地区：河南邓州一带

## 巧戏县官

　　庞振坤常常戏弄财主和绅士们，惹得他们非常恼怒。这天，庞振坤又骗了一个财主的马，财主们便想乘此机会狠狠地治他一下，就给县官送银五十两，要县官捉拿庞振坤问罪，县官自然满口答应。

　　庞振坤得到县官要捉拿他的消息，便心生一计，思谋也捉弄县官一番。他不等捉拿他的衙役到来，就抄小路直奔县衙，击了堂鼓。待县官开堂以后，他恭恭敬敬地跪在堂下对县官说："贱民自知骗马有罪，本欲早来投案，只因偶得三千两银子要安排，所以今天才到，望青天大老爷恕罪。"

　　县官听到庞振坤有这么多银子，早把骗马之事丢在脑后，忙问："你哪来这么多银子？"

　　庞振坤喜盈盈地说："也是小人财运亨通，昨天挖地时挖出来的。"

　　"这么多银子，你准备怎么处置呢？"

"我和妻子商量结果，想用两千两银子买地、盖房，三百两添置家具……"

"剩余七百两呢？"

"二百两买丫鬟、仆人……"

"还有五百两呢？"

这时庞振坤装出欲言又止的样子，抬起头往大堂四下看了看。这一来县官马上会意，当即喝退两班衙役，让庞振坤站起身来，接着又问："还有五百两银子，你到底有什么打算呢？"

庞振坤走近县官，附耳说道："托老爷的洪福，我才挖出这笔银子，剩余这五百两嘛，自然敬奉老爷。"

县官一听，不由得眉开眼笑，假装公道地说："想那财主，鱼肉百姓，横行乡里，别说你牵了他的马，就是拿了他的金子也是理所当然。"说完急忙将庞振坤让进客厅，吩咐家人摆上宴席。席间，县官待庞振坤再亲热不过了。待酒席过后，县官仰起脸问道："你匆匆来到这里，那笔银子可曾收拾妥当？"

庞振坤抹了抹嘴，打着饱嗝，慢慢地站起来说："小人刚把银子分配停当，不料却被内人唤醒，急忙睁眼一看，破屋仍是破屋，银子早已无影无踪，哪里还用收拾！"

"那么你这是做梦？"县官失望地问道。

"我说的本来就是做梦嘛！"

县官不仅银子没有到手，反而赔了一桌酒席，心中好恼，但又不便立即发作，只得强压怒火装出笑脸说道："承情，承情，难得你在梦中还惦记着本官。"

马国伟搜集整理

流传地区：河南邓州一带

# 卖　画

有一年，庞振坤和一位卖字画的朋友到汉口去。那卖字画的朋友刚把字画挂起来，偏偏遇着汉口的水陆提督来选字画。这提督尖酸刻薄，神仙见了也发愁，他光夸字画好，就是不想花钱。他把几张好字画全选走，却只给了几个铜板，卖字画的干气没啥说。庞振坤暗暗骂道："真是阎王爷不嫌鬼瘦，恁大个官儿还这样吝啬。看老子治你！"

回到店里，他叫卖字画的朋友画了几幅月夜图画。景色一模一样，丝毫不差。画好以后，用烟子蘸了薰，叫人一看，很像一幅古董画。他把朋友安置在别的客店里，自己住到提督府附近的一个小店里。他随着月亮的变化，挂各种月夜图画。叫人一看，好像这些图画会随月亮变化。说也凑巧，许多人都爱传奇。于是，人们便传开了："某某店里有位客人那张宝贝月夜图可主贵啦，能随月亮圆缺变样，一定是张宝画。"

这事被提督听到了，便亲自去看了几次，也信以为真。恁好的画，是无价宝啊，上哪儿去买？他眼热了，就把庞振坤请到府上，酒宴相待，死缠活缠要买这张画。庞振坤起初只说这是传家宝贝，说啥也不卖。后来渐渐松了口，两个人一番又一番地讨价还价。最后，那提督咬牙出了一千两银子买去了一张下弦月图。那张下弦月图在提督府从初一挂到十五，又从十五挂到三十，一点儿也没变化。提督才知道上了当。待捉拿庞振坤时，人已走得无影无踪。

刘西凡讲述　郭力搜集整理
流传地区：河南南阳地区

# 装　神

一年秋天，南阳大旱。遇着这种时候，地主豪绅们可高兴了。不仅高利放债，低价买地，还利用群众的迷信思想搞"请神祈雨"，以买香表供品为名，再捞一笔钱财。

这一天，庞振坤从南阳回邓州，路过青华街。一进街东头，就见路边摆着请神的香案，一个阴阳怪气的人正在焚香烧表，磕头请神。只见他口中念念有词，祷告了一阵儿，突然人群中一人浑身搐了起来。庞振坤忙问这人咋啦，有人小声说："他是个装神弄鬼的神汉。"阴阳怪气的人看见神汉发搐，忙到跟前打躬作揖，问道："不知请来的是哪家尊神？"神汉一本正经地说："我乃齐天大圣孙悟空！"说罢，跳上绑着抬杆的方桌，坐到放在桌上的圈椅里。阴阳怪气的人忙招呼人来抬，要游街"夸神"啦。

庞振坤觉着很可笑，有心治治这些骗人的人，一时还没想出办法。他顺街往西走，见街西头一家财主串通个法官①也在请神。庞振坤一看，计上心来。他见街上有个五大三粗的卖菜的黑大汉，便把那人拉到僻静处，密谋一番，然后挤进正在请神的人群里。当法官祷告上神下界时，便浑身搐了起来。法官问他是哪家尊神来了，他说："我乃协天大帝关云长！"说罢，也跳上方桌，坐到桌上圈椅里，等着抬他游街"夸神"。

十字街口，两位"尊神"碰了面。互通大名之后，庞振坤喝道："孙悟空！你是假的！"神汉也吼道："关老二！你是冒牌！"庞振坤说："我们俩谁真谁假，百姓也分不清，你说咋办？"神汉看看庞振坤是个书生，不是他的对手，就说："我们当场比武！"庞振坤看看卖菜的黑大汉，拿着扁担，在路边等着，暗暗高兴，对神汉说："比就比吧！今天定要分出个真假！"于是，"孙悟空"要"棒"伺候，"关云长"要"刀"伺候。法官和那个阴阳怪气的人便派人去找。

一时，刀和棒都拿来啦，两人就要对打，突然，路边那个黑大汉浑身搐了起来。庞振坤大声问道："那不是我儿周仓？"黑大汉答道："咋不是哩！"庞振坤说："还不替为父下手！"黑大汉抡起扁担朝神汉打去。神汉见卖菜的黑大汉向他打来，知道打不过，从方桌上蹦下来溜啦。

---

① 法官：用法术给人治病的巫医。

街东头那个阴阳怪气的人见他们请来的"孙悟空"逃跑了。只得把庞振坤当作真神又磕头，又作揖，要一同前去祈雨。庞振坤本想当场戳穿他们的骗局，又怕在街上得罪了地头蛇招惹麻烦，耽误自己赶路，也没吭声。

法官问"协天大帝"到哪里祈雨，庞振坤信口说道："到邓州，汤山禹山。"并让立即动身。

走了二十来里，庞振坤让人站住，下了方桌，向抬他的人打了个躬，说："谢谢大伙送我一程。你们拐回去吧！实话给你们说：那个孙悟空是假的，我装协天大帝就是想治治这个装神弄鬼的神汉。周仓也是假的，是我掏钱请他帮忙。这一切都是假的，再不要信那请神祈雨的事，那是地主老财和他们的狗腿子，为了骗大家的钱财玩的把戏！"

法官和阴阳怪气的人一见露了他们的底，恼羞成怒，抓住庞振坤的衣领，问他姓甚名谁，要拉回青华街去。

庞振坤哈哈一笑说："邓州庞振坤，不认识吗？"

他们一听是庞振坤，倒吸一口凉气，连忙松了手。

庞振坤说："你们想把我拉回去吗？"

"不不不！"法官和阴阳怪气的人点头哈腰，"我们想再送你一程！"

庞振坤把袖子一甩，朝邓州走去。

孙维民讲述　张楚北搜集整理
流传地区：河南邓州一带

# 劝　架

庞振坤住的村里，有两个出名的人，一个叫"惹不起"，一个叫"沾不得"。两个人都好吃懒做，经常敲诈他人。

一年夏天，正是"焦麦炸豆"的时候，惹不起和沾不得在麦场上争吵起来。别人知道他们难缠，谁也不来劝架。不一会儿，只听沾不得"哎呀"一声，躺倒在地，娘哟妈的号叫不止。惹不起一看沾不得要要赖讹人，趁势也睡在地下，哼哟嗨的装着不得了啦。

沾不得见人们围了过来，惨叫着说："他把我打伤了，得给我养伤，拿汤药钱！"

惹不起见来了人，哼得更可怜，说："他把我打得不能动了，得觅人给我收麦、种秋，给我治病！"

两个人各不相让，自己互向对方提出了条件，都躺在地上，谁也不动弹，被太阳晒得满头大汗。

霎时，他俩的老婆也都跑来了，对骂起来，眼看又要动手打，在场的人忙把庞振坤请来劝架。

庞振坤到麦场上问问旁人，看看他俩的神色，心中便有了主意。他往麦场中间一站，说话了："大热天，你们不怕把他俩晒坏了？赶紧抬到王老三的山墙根儿底下，先让他们凉快凉快，有话慢慢说。"

惹不起和沾不得躺在场里，下蒸上晒，早已招架不住，听说往阴凉处抬，满心高兴。但他们万万料想不到要抬到王老三的山墙根儿去。他们知道王老三的山墙早就歪了，那地方是躺不得的。可他们还要装着不能动弹，只好硬着头皮让抬了过去。

他俩看着向外歪斜的山墙，心里"嘣嘣"直跳，心想：躺在这里可得放机灵点儿，发生意外，翻身就跑，等别人来抬便晚了！庞振坤刚到他们身边坐下来，要给他俩评理，突然"呼呼啦啦"从山墙上边掉下土来啦。人们喊着"墙要倒了！"一哄而散。惹不起和沾不得也一轱辘爬起来，撒腿就跑。

庞振坤问道："你们跑得好快，伤都好了吧？"他俩没话可说，只是看着山墙发愣：墙"哗哗"往下掉土。咋没倒呢？

庞振坤说："人会骗人，房子可不会骗人，没人动它，风不刮，雨不淋，咋会倒呢？你俩别再装孬啦，干活去吧！"原来从房子上落下的土，是庞振坤故意让人撒的。

郭力讲述　张楚北搜集整理

流传地区：河南南阳地区

# 智擒九盗

有一年东山里出了强盗，九个人结伙，打家劫舍，拦路劫抢，奸掳烧杀，无所不为，闹得方圆百姓不能安身。本县的县官虽有爱民之心，怎奈没有人能去抵挡，只好贴出了榜文，召人捉拿强盗。榜文贴出了几天也没人揭榜。

这一天，庞正坤路过此地，看了榜文后心里暗暗骂道："这伙强盗真是可恶，我得生法儿把他们除了！"为这事他就在此地住下了。他一边打听强盗们出没行盗的细情，一边想着捉拿的办法。等他摸清了底细，想好了捉拿的计策，就去把榜文揭了。

到了县衙，县官亲自迎接，排宴款待。席宴上县官说："那伙强盗嚣张得很，你此番去捉拿他们，需要备些什么东西？"庞正坤说："别的不要什么，只要五十两黄金、百两白银、九条麻包、九根绳子、九根木杠、十八个随从和一个小铁锤交付于我，我自有安排。"县官一一照办了。

第二天，他叫那十八个随从两人拿一根木杠，暗暗埋伏起来，交代他们："没得我的暗号，不许露面。"安排停当后，他一人带着金银，别上小锤，背起麻包绳子进山去了。走没多远，他四下一望没见动静，就在一棵大树下埋了三十两金子。又走了一截，在一座坟边又埋了百两银子，埋毕就直往匪窝走去。

他正往前走，忽听一声："呔！站住。"一下从四面窜出九条大汉，把他围在当中心里。一个大汉说："此路我们开，此树我们栽，要打此山过，留下买路财！"一见他们个个杀气腾腾，庞正坤哈哈大笑起来。这一笑把那九个强盗笑愣住了。大汉说："还不快将银钱拿来，你笑什么？"庞正坤不紧不慢地说："我笑你们哥儿几个太笨了，你们指望拦路劫几个钱，行人走都不从这儿走，你们劫谁去？方圆这几个村庄叫你们抢空了，你们还抢啥？再说你们像老鼠一样钻在这深山里，吃住都不方便，说不定哪一日皇上派来人马把你们剿了呢！你们看我，我学得一门好法术，天天还不缺钱花。"说着掏出那剩下的二十两黄金："你们不是要钱吗？"他把金子往地上一甩，"拿去花吧！"这九个强盗一听这位口气这大，又把这么多金子拿出来，他们更是发愣。有个矮子说："他是在耻笑咱兄弟们，把他杀了算了！"那大汉把他拦住了，转脸对庞正坤说："你不要在这儿胡吹，有啥本事就在这儿给我弟兄们亮出来看看，若是高明，我弟兄愿拜你为师，若是糊弄我们，你可休想活命！"那几个也应和着："对对！快亮出来让弟兄们见识见识。"庞正坤说："既然众位要看，那我就献献丑了。"说罢他抖开一条麻包，自己钻了进去，将一根绳子和小铁锤递给大汉说道："请你把口袋给我扎紧，再用小锤在我头上轻敲三下，我马上就要做梦，一梦就梦见哪儿有金子，哪儿有银子。"大汉就照他的话先把袋口扎紧，又用小锤在他头上敲了三下，霎时，就听见庞正坤在麻包里鼾声大响。这九个强盗你望望我，我瞅瞅你，瞪着两眼盯住麻包。过了不大一会儿，鼾声停了，庞正坤在麻包里叫把口解开，出了麻包，他高兴地说："各位！你们是身在宝山不识宝哇！我刚梦见你们这下面的一座坟边就有白银。"强盗们不信，叫庞正坤领他们去看，庞正坤就领他们来到坟前，叫他们动手挖，不一会儿就把银子挖出来了。强盗们有些半信半疑，叫他再梦一遍，庞正坤照样又梦了一次，不用说，那大树下的黄金又挖了出来。这几个强盗可服气了，都忙请庞正坤把他们收下当徒弟，庞正坤当然就答应了。这伙人都想亲自试一试，庞正坤把九条麻袋都抖开，叫他们都钻进去，一个一个把口扎起来，他边扎边交代："要想梦灵，就得心诚，谁的心不诚，谁就学不到真本事。"九个人都在麻包里说："请师父放心！"庞正坤就把口袋扎得紧紧的，拿起小锤照着他们的头狠狠地一人几家伙。有的哼一声，有的连哼都没哼，叫庞正坤打晕死过去了，他就发出暗号，那埋伏的十八个随从跑来，两人抬一个，抬回县衙去了。

蒋德成搜集　张英芳整理

流传地区：湖北光化一带

# 打　爹

　　老财主的儿子"人人怕"，看中了地户子王小的女人，就派狗腿子把她抢了来。这女人人虽穷，可是有志气。她又哭又闹又撕抓，把人人怕搞的没得门儿，就只有先把她锁在后院柴屋里。

　　黑了，王小回来不见女人到哪儿去了，一问邻居才知道是叫人人怕抢走了。王小气得要去找人人怕拼命，让邻居们把他劝住了。他越想越气，趁天黑他偷偷地摸进了财主家，想把女人救出来。他又不知道女人在哪儿，到处乱找，又叫人人怕当贼逮住了，把他装在麻包里，吊在屋梁上打。这时候，有一个好心的伙计溜出来给他表哥庞正坤报信。庞正坤早就恨这个财主，一听说表弟挨打，弟媳被抢，更是火冒三丈，非要收拾一下财主不可！他先从这个伙计那里把财主屋里打听清楚后，一个人摸到财主的稻场边，把一岭柴垛子点着了。霎时火光冲天，人们乱喊乱跑，他趁乱劲儿溜进了财主家里。这时候人人怕正在屋里打王小，他听见前边喊救火，气极地说："真倒霉，等老子救了火再来刨治你！"说罢带着人跑出去救火去了。

　　庞正坤见他们一走，赶紧解下麻包，叫王小快到后院把小驴娃儿牵来。王小去后，他又跑到老财主房屋里，把卧床不起的老财主照样装在麻包里，吊在屋梁上，又和王小一起把驴娃儿的四蹄一捆，按在老财主老窝里，都搞毕了，他们俩跑到柴屋里把女人救出来，一起顺后门跑走了。

　　这一场火，把财主的稻场烧了个精光，人人怕眼都气红了，他把这股气都出在王小身上，进屋来抢起扁担就噼里啪啦地打起来。老财主疼得在麻包里叫："儿啊！莫打了，我是你爹呀！"人人怕一听更火了，喝道："老子倒是你爷！"接着又是一阵扁担。一直打到麻包里没声了，人人怕也没劲了，才叫伙计放下麻包。解开一看，都吓坏了，当真是老财主，人人怕赶紧进屋去看，见他爹还是睡得好好的。他把被子一掀，驴娃儿"吭"的一声，把人人怕吓得瘫在地上。

张英芳搜集整理

流传地区：湖北光化一带

## 治 心 病

从前有个书呆子，心眼儿窄，遇事就犯忧虑。

有一次，他在街上看到个叫花子沿门要饭，嘴里还不住地唱着顺口溜："天波府好伤情，杨文广困在幽州城。"书呆子一听就犯了忧虑："天波府就没男的了，杨文广再一死咋得了！"他要跟着听听看哪个来救。谁晓得这个叫花子只会唱这一句，跟了一条街也没听到下文，他只得快快地往回走，一路上就想着杨文广。走到半路上，他又看到一棵斜长着的大树，从房后伸到房前，他又犯了忧虑："这棵树要是倒下来，就要把这家房子压塌，这屋里人也要压死啊！"回到家里这两回事就把他忧虑病了。老婆知道他这是瞎忧虑，苦苦劝他，他也听不进去，就这样他越想越重，一直病的起不了床。他老婆给他端饭来，他有气无力地问他老婆："我要是死了你跟谁过？"他老婆顺嘴答道："你死了我跟老八！"老八是这里的口头话，不是专指的哪个人。可是书呆子会错了意思，他当成他老婆要跟山那边的木匠王老八。他指着老婆鼻子就骂："不正经的婆娘！老子还没死，你可把点儿找好了。"气得饭也不吃，眼看着人就不行了。

他老婆没有办法，就去找书呆子的好友庞正坤，把得病的前后说了一遍，庞正坤说："你莫怕，我有办法治。"

第二天，庞正坤来到书呆子床面前，高兴地说："贤弟，我来给你报喜讯来了。"书呆子说："我病成这样，还有啥喜事啊？"庞正坤大声说："杨文广得救了！"书呆子一听忙探起身子说，"真的！是谁去救的？"庞正坤说，"是烧火丫头杨排风，掂着根烧火棍，打退了反贼，救出了杨文广。"书呆子一听三股病好了一股，叫老婆快给庞兄做饭。庞正坤一看这一手有效了，接着又说："我顾不得吃饭，还等着给人家帮忙。"书呆子说："啥事这忙？"庞正坤说："我帮人家买了棵压着房子长的大树，等着做棺材。"书呆子忙问："你说的是哪棵大树？"庞正坤说："就是你上街走那门口过，看到的那棵压着房子长的。"书呆子猛下坐起来："你把那棵树放了？"庞正坤正经地说："是啊！我刚放倒，就来看你。"书呆子的病又好了一股。他又问："你忙着给谁做棺材？"庞正坤说："山那边的木匠王老八。""王老八死了？""死了，就等着棺材装呢！"书呆子听罢，被子一掀就下了床，病全好了。

张云峰讲述　冯珍财搜集　张英芳整理
流传地区：湖北光化一带

# 墨 斗 盒

当年郑家集上有家独一无二的日用山杂货行叫"郑发号"，老板叫郑发旺，仗着他儿子在县衙供事，抬高市价，盘剥乡邻，人们给他起了个外号叫"顿刀子"。

这一天，庞正坤到郑家集来做生意，听亲戚们说起这老奸巨猾的顿刀子对乡邻们的狠劲儿，就生了个办法来敲一下这个顿刀子。

庞正坤在郑家集四周都有亲戚，他跑遍了这些亲戚朋友家里，每到一家他都对人家说："我学了个木匠手艺，啥家具都置齐了，就是缺个墨斗盒，你们若是到集上赶集，请到郑发号问问有没有？"

就打这儿起，逢集郑发号就有人来问墨斗盒。郑发旺心想，这些人来问墨斗盒，肯定是别处断了庄。这可是个赚钱的好机会，不能错过。他也不说没货，答应人家过几天来。这时候他去请了好多木匠，连庞正坤也请来了，叫给他赶做一批墨斗盒。庞正坤串通众木匠故意说："做墨斗盒费工又难做，我们眼下又不是没活，给你做耽误了别家老主户咋行。"都推脱不做。顿刀子心想：他们哪是不愿做，分明是想多要点儿工钱。行！我就多给他们点儿工钱，等明儿我把墨斗盒的价格抬高点儿就有了，反正羊毛出在羊身上。结果工钱加倍，木匠才答应给他做。一家伙做了好几百个，摆在货架子上连问都没人问。这玩意儿除了木匠使用，别人谁要它干啥呢？这一回顿刀子可把自己割了。

张英芳搜集整理
流传地区：湖北光化一带

# 郑思晏的故事

（汉族）

郑思宴是一位文人型机智人物。其原型郑思宴，系清代安徽怀宁县的一位落第秀才，一生做了许多令官绅惧怕、百姓赞美的好事。他的故事在怀宁一带广为流布。

## 犬狗之讼

王庄财主王百石和段家冲老财段大头，两个老财虽不通文墨，但仗着自家的财势，平时各霸一方，欺压百姓，无恶不作。郑思晏早就想惩治这两个土老财，为众乡亲出出怨气。

段大头家养了一条狮毛狗，凶得像老虎，要是段家人一驱使，你休想小腿上不掉肉。有一天，一个细妹子在段家田里挖野菜，段家人放出狗，把这个小姑娘衣裤都撕咬破了，狮毛狗才得胜回头。段大头把这条狗当作看门的神，白天用铁链羁住，用好食喂养，夜晚就解开。

一天，王百石令家里几个长工用土车推米到省城安庆去卖，夜半必须路过段家冲。王家长工早闻段家狮毛狗厉害，因此都有防备。待狮毛狗扑来时，一个长工用车棍一扫，击中狗鼻，狮毛狗一阵惨叫，倒在地上，几辆土车从狗身上轧过，狮毛狗一命呜呼。

爱犬的惨叫，惊得段家人钻出被窝，一帮人追上了王家的土车队，一直闹到天明，不肯放行。王百石财大气粗，根本不买账；段大头也自恃家富，岂肯罢休。段大头决计要与王百石打一场狗官司。这事传到郑思晏耳中，郑思晏略一思忖，何不如此如此，引一场犬狗之讼，让两个土老财狗咬狗一场。

正当段大头愁着没人写状子时，郑思晏来了一个自荐。段大头虽不认识郑思晏其人，但早已慕其名，于是纳头便拜。郑思晏提笔写来："推车碾碾，轧死爱犬，想谋家财，先害家犬……"段大头到了县衙，上下使钱，告了王百石一个图谋家财的罪状，县官受了贿，不问三七二十一，判了王百石三日之内，收殓死狗，并判罚十担米。

县老爷告示一出，等于木板钉钉，王百石这口怨气如何咽得下。正当他愤愤不平的时候，郑思晏又来到了王家。王百石根本不知郑思晏为段家写状子之事，于是千拜万拜，求郑思晏代写讼词。郑思晏又为王百石写了一个讼词："推车走走，碰到死狗，不是死狗，为何不走……"王老财到衙门上下送礼，大喊冤枉。县官收了王老财的礼，二次登堂，不问青红皂白，又判了段大头诬告之罪。但前番告示刚出，而今又为何判罪，县官犹豫着不好下笔。王老财纠缠着只要出口气就行了，县官灵机一动，当即宣判："前番按后判执行，此番判罚段大头肥猪十头，供祭奠狮毛狗那天膳食之用。段大头披麻戴孝，为狗扶棺出殡。"说完拂袖退堂。

县官两张告示一出，轰动四乡八邻，殡葬狗的那天，王家被罚的十担米煮成饭，段家被罚的十头猪，杀了当菜，开了流水席。看稀奇，看热闹的人山人海，王百石低垂着头抬来了棺木，段大头披麻戴孝，像死了亲娘老子那样，为狗出殡。百姓无不拍手称快。

郑生壁采录

# 吊　孝

当时，怀宁县县衙设在安庆城，安庆城西有一条约三丈宽的小河，水深不过两尺，常年流水不断，河面上无桥，摆渡又窄。怀宁西乡的黎民进出安庆城，都要赤脚摸水，数九寒冬，双脚被冻得像红虾子。西乡的百姓，纷纷呼求修桥，县官置之不理。做官不为民办事，郑思晏早就想教训这个狗官。

一日，县官母亲病逝，大小官员都前往县衙吊孝。郑思晏身着素服，也尾随而来。未进灵堂，他就号啕大哭，哭得叫人分不出真假。慌得县官不得不趴下身，跪着迎接。吊孝的众官员抬头一望，只见此人身着白裈，素装素裹，头上顶了一个粘贴得又长又尖的小白帽，走进灵堂，扑通往下一跪，小白帽跌落在地。郑思晏也不用手拣帽，而是用头向小帽上一套，左套右套，无奈帽小，就是套不到头上。众官员看他那滑稽的模样，纷纷掩面而笑。县官侧头一望，看到郑思晏的神态，也忍不住扑哧一笑。这一笑可了不得，郑思晏一把抓住县官，气愤愤地说：“你这个不孝的儿子，今天是你老令堂的忌日，灵堂前，我不幸孝帽落地，生怕有损对你老令堂的尊敬，忌用手，而用头来取帽，以示我哀悼之情，你倒取笑，当着老令堂的灵位，你做何交代？要不要我传扬出去，身为父母官，你是公和，还是私休？”

县官哑巴吃黄连，有苦不能言。众官员这时方知郑思晏此趟来意不善。想到郑思晏是个不好惹的角色，不禁悚然，纷纷出面替县官打圆场。郑思晏当堂说：“西乡父老进城，长年累月摸水渡河，怨声载道，只要老爷答应立即动工在西乡河上修道桥，为母丧积点儿阴德，为民办点儿好事，我郑某决不会传扬此事，有损老爷声誉。”县官当即点头承诺。时过数日，县官真的拨银在城西河上修了一座白桥。从此，西乡百姓进城，再不用赤脚摸水了。

郑生璧采录

## 哑巴告状

端阳节，郑思晏应朋友之邀，骑着毛驴去观赏赛龙船。

小毛驴撒蹄到了陈家牌楼，郑思晏猛发现一个身材矮小的年轻汉子气喘吁吁朝他奔来，夺过驴缰绳，拦住了去路。郑思晏好生不悦，跳下驴，正准备质问，只见来人扑通朝他一跪，大颗泪珠扑簌簌滚了下来。郑思晏好生纳闷，忙问道："客官，你这是为什么？"来人口中咿咿呀呀，用手不断比画。呀，原来是个哑巴，郑思晏忙上前搀扶。哑巴比画了半天，郑思晏仍是丈二和尚摸不着头脑。正当他感到棘手时，迎面来了一个须发斑白的老者，郑思晏迎上去问道："老公公，你可知这哑巴讲的是么事？"老者答道："噢，这不是思晏公嘛，哑巴是求你写状子的。""他怎么要我写呢？""有人暗中点眼的。"

"他要告谁呢？"老人不语，"要告的是么事呢？"老人痛苦地摇了摇头。郑思晏还想追问，老者已挪动了脚步。郑思晏面对老者背影，赌气地说："老公公，你不肯相告，我到村中去问个明白。"老者惊慌地回过头："思晏公，你就别难为村里人了。"

郑思晏感到这事大有蹊跷，不能见难不救！他已无心去观赏赛龙舟了，拉起哑巴，朝县城奔来。一路走，一路寻思，想着想着，他心头一亮，转过五里亭茶棚，他备起笔墨，为哑巴写了一个状子："……哑巴告哑巴，不知哑巴要告啥？叩请老爷派人去，哑巴指东家捉西家，自有旁人说真话。……"落款写了郑思晏代讼。

县官接过状纸，当即问手下人："郑思晏现在哪里？"答曰："在衙门外茶馆专候。"县官觉得此事不同一般，当即按郑思晏的办法，捉拿了恶棍陈三溜子。

陈三溜子被绑走，陈家牌楼像开了锅，平日里生怕招祸上身的众邻，一下子吐出了哑巴的冤情。原来，哑巴幼年娘死，老子一手把他带大。哑巴幼时，老子为他抱了一个失去亲人的童养媳，名叫小翠，小翠成年后跟哑巴成了亲，情如兄妹，小夫妻虽不通言语，倒也恩爱相处。

小翠模样儿长得俊秀，陈三溜子早已垂涎三尺，哑巴老子在世时，难以下手。哑巴婚后半年，不幸老子病逝，陈三溜子认为时机已到，哑巴好欺负，于是几次登门调戏小翠，小翠死活不从。软的不从，就来硬的，一天，陈三溜子用绳索绑起小翠，强行奸污。恰在这时，哑巴回家碰上，二人扭打起来。哑巴身材矮小，竟被陈三溜子打得口吐鲜血，卧床不起。这个恶棍仗着自己有个叔爷在外地做官，家中也颇有资财，竟放风："谁要管哑巴的事，就放火烧谁家屋。""哪个胆敢为哑巴说话，我就杀哪家人，叫他断子绝孙。"乡亲们惧怕淫威，都怕惹祸上身，因此敢怒不敢言。哑巴闯了几次衙门，县官也不懂哑子话，哑巴反倒白吃了板子。这真是哑巴有苦不能言。

及至后来，陈三溜子高兴什么时候发泄兽欲，就什么时候来行奸小翠。小翠几次欲寻死，都是哑巴苦苦救活，看着哑巴孤苦凄楚的样子，小翠只好伴着苦命哑巴熬着度日。

郑思晏协助县官，处治了陈三溜子，哑巴夫妇终于重见了天日。

郑生壁采录

## 做 红 媒

一天，郑思晏经过凤凰山，清冽的河水透出一股寒气。来往行人，都要赤脚过河。郑思晏想脱鞋过河，又怕被人看见有失身份，正在犹豫不决之际，对面凤凰山上下来一个看牛伢，看见郑思晏在河边徘徊，就问："郑先生可是要过河？"

"是呀，小兄弟。"

"我驮你过去好吗？"

郑思晏在放牛伢背上，看见没膝的河水，冻得他不断打战，心受感动，过河后就问："小兄弟，可有什么疑难之事要我去办？"

"郑先生，说出来不怕你笑话我，我叫李腊，在娘肚里双亲同凤凰山东面山脚下程财主家的小女指腹为婚。不料我幼年时父母双亡，家庭由此衰败，我只好帮人做事，伤了力气，身材如此矮小。我天不怪，地不怪，只恨程财主把女儿另许人家。听说明日迎亲，我要到他家大闹一场，吐吐心中闷气。"

郑思晏听了这话，心里暗暗骂道："这等嫌贫爱富之人，非治他不可。"马上拿出文房四宝，做了状纸，叫李腊送到公堂。

县官见了郑思晏做的状纸，哪敢怠慢，立即派人把程财主叫到县衙审问。恰巧，郑思晏也来到堂上，看见县官问得软弱无力，他满脸怒气。县官只好把惊堂木一拍，大声斥道："大胆的奴才，谁叫你赖婚？"

"老爷，不是小子赖婚，是小姐不愿意。"

"父母之命，媒妁之言，竟敢违背。来人，把小姐带来。"

小姐来到堂上，已是满脸通红，哪敢抬头。郑思晏暗示李腊跪到小姐左后方。县官问小姐的时候，她只回头相望，也不出声。县官问急了，她还是回头对李腊望着。这时，郑思晏说："县大人，小姐同意了这门亲事。"

"此话从何讲起？"

"大家都看见了，县大人在问话时，小姐回头看了五六次，这就是愿意嫁给李腊的意思。只是小姐是位姑娘，羞于在人面前启齿。"

"好，好，程财主，本堂和郑大人做主，限你今天把小姐送到李腊家，当晚成亲。退堂。"

小姐泪如雨下，低声啜泣，心里十分懊恼，后悔不该回头，但脚痛难忍，又不敢声张，只好回头怒视李腊，小姐为何脚痛呢？这是郑思晏昨天交代李腊："老爷问小姐时，你只管用力捏小姐的脚，力越大越好。小姐如果回头，我自有妙法。"

这就是郑思晏做红媒的佳话，流传至今。

梁穆采录

## 智胜权贵

郑思晏青少年时代，出身贫寒的江洄源已经青云直上，官高位显，被称为"孟宰"。江孟宰穿了蟒袍后就忘了本，为了显耀自己，就大兴土木，修建江家祠堂。江家祠堂坐落在雷山脚下，四周山清水秀，可观的规模，华丽的装饰，确实令人望而生畏。祠堂前，三开大门并排敞开，雕龙刻凤，飞黄流丹；大门口，石狮护卫，面目狰狞；神堂中，刀枪剑戟，銮驾森严。

可是，陌生人谁也不知道这就是江氏宗祠，因为中门上的横匾却雕刻着"诗礼门墙"四个金字。所谓"诗礼门墙"就是孔夫子庙。为什么要以桃代李呢？这不削弱了江孟宰的威风吗？原来都是被郑思晏弄得不得已而为之。

当年，江家祠堂刚刚竣工，气势大观的"声誉"就向四乡八邻传开了。老百姓对江孟宰这样忘本奢侈十分不满，恨不得揍他一顿出出气。喜欢打抱不平的郑思晏更想找机会杀杀江家的威风。

一天，郑思晏来到江家祠堂，他在客厅中刚坐稳，就见一个穿长衫戴礼帽、拄拐杖的胖老头儿走过来，向他吹胡子瞪眼说："谁叫你进来的，滚！""坐一会儿，喝口茶也不行吗？""说得轻巧，就是做官的路过我们祠堂前，他们文的得要下轿，武的也要下马，何况你这穷小子！"见此情景，郑思晏灵机一动，假赔着笑脸说："先生，请恕小生不知法度。其实，我是特地来贵府华堂观赏的。"听这一番话，那胖老头儿回嗔作喜，又倒茶，又让座，还领郑思晏从东厅到西房，从南门到北堂，一角不漏地看了一遍。当看到正神堂内那副楹联时，郑思晏却大笑不止，故作震惊地说："了不起，了不起，难怪你们那么威武。"原来，这副对联是：

兄宰相，弟尚书，双笔文章天下少；
父成仁，子取义，一门忠孝世间稀。

此时，那胖老头儿被郑思晏说得飘飘然起来，竟滔滔不绝地历数家族中为官者的功绩。郑思晏听罢，借题发挥说："听老先生这么说，这副楹联实在不足以显示贵府之荣耀，我若赠贵府一联，保管连老百姓都拍手叫好！"

"那么，就请小先生赐联。"胖老头子迫不及待。郑思晏说："这是一件庄重的事，须三思而后行。三日之内我一定把这副楹联端端正正地挂在贵府中门两边。"说罢，起身告辞。那胖老头儿见他要走，立即拦请他留下姓名，郑思晏说："小生就是那个不识时务的郑思晏。"

郑思晏走后，胖老头儿一直在盘算："人家都说郑思晏是性格古怪，好管闲事，谁都惹不起的人。今天看来倒是个知书达理的人。"

第二天清早，胖老头儿被门前的热闹欢笑声吵醒了，他莫名其妙，连忙披衣起床来到门外。只见大门前围了好多人，他们看着挂在中门两侧用灰纸写的楹联，有的手舞足蹈，有的高声叫好，有的捧腹大笑……胖老头儿急忙转身抬头，那楹联上写着：

兄盗羊，弟偷猪，两个贼子天下少；

父不仁，子不义，一对畜生世间稀。

见此情景，那胖子暴跳如雷，大喝道："这是郑思晏写的，真是奇耻大辱，赶快撕下来！"一个家丁准备上前去揭，被一位老头儿拦住了，那老头儿说："不能撕，不能撕，撕掉了官府看不到了，相爷看不到了，拿什么治郑思晏的罪？"胖老头儿觉得这话有理，不但不许撕，还派人保护现场。就这样，一连几天，江家祠堂都人山人海，喧闹鼎沸。官府和江氏家丁四处追捕郑思晏，可是，从江南到江北，从上江到下江，连郑思晏的影子也没见到。

没过多天，江孟宰的一名心腹家将骑着高头大马，急匆匆地来到江家祠堂，他告诉众乡绅，郑思晏已在大理寺将江孟宰告下了。他告江孟宰把祠堂造成金銮殿的样式，有谋反篡位之心。为了消灾除祸，相爷命令立即取下那块"江氏宗祠"金匾，换上"诗礼门墙"门衔，搬去鸾驾仪仗，藏起了楹联。

第二天，钦差果然前来勘察。因为江孟宰已连夜吩咐重新布置了，钦差只好以江家不是建祠堂，而是造夫子庙来复旨。

郑思晏虽然没有使江孟宰获罪，但是，从此以后，皇帝对江孟宰却越来越不信任了。江孟宰的威风一天比一天减弱。没过多久，江孟宰只好"告老返乡"。他恨透了郑思晏，可是又不敢动郑思晏一根毫毛。

江忠纯采录

# 巧对惊宰相

有一年，朝廷张宰相要安葬母亲，不惜重金聘请知名地师，在各地寻找宝地。事有凑巧，"宝地"在郑思晏家乡找到了。本来应该说是一件好事，可以顺势高攀京官，但殊不知百姓高官攀不上，反而更遭殃。尤其是那些上捧下压的地方昏官，耀武扬威，派兵护卫"宝地"，扰得民不聊生，鸡犬不宁。百姓恨之入骨，痛心疾首。

这年，郑思晏刚满八岁，有心想阻止张宰相葬坟，可宰相是京官，是皇帝的宠臣，权大势大，一不小心非遭杀身之祸不可，郑思晏左思右想竟想到一个两全其美的好办法。

到了夏天，是张宰相安葬母亲的日子。当成群结队的送殡车进入小小的村庄时，郑思晏身穿棉衣、手摇芭蕉扇跟着看热闹的人群，在送殡队中穿来钻去。张宰相在轿中一眼看到郑思晏这身装束，随口说道："小儿童，身穿冬棉衣，手摇芭蕉扇，可笑可笑。"

郑思晏面对张宰相一本正经地对道："张宰相，体着孝子服，坐轿送殡车，不孝不孝。"

张宰相一听，脸色骤变，慌忙下轿寻找郑思晏，郑思晏已钻得无影无踪。卫兵正要寻找，张宰相赶忙制止："此地大有人才，不可造次。赶快返回，另做安排。"送殡队得令后，殡车就灰溜溜地跑了。

百姓得知后，拍手称快。从此左邻右舍，上屋下村，遇难事都求郑思晏，郑思晏总是乐意帮助乡亲们。郑思晏为穷人打抱不平的佳话也在百姓中传开了。

何希学讲述　何志斌采录

# 郑堂的故事

（汉族）

○·····················○

郑堂是一位文人型机智人物。其原型郑堂，一作郑唐，字汝昂，号雪樵山人，明代正德年间福州的一个落魄秀才。他机敏聪慧，正直诙谐，富于正义感，敢于傲视权贵。其故事流传于福建福州、罗源、闽清等地。

○·····················○

## 脱联敲权门

福州东街有个吴绅士，仗着父亲在京城里做官，横行乡里，没人不让他三分。郑堂天生硬骨头，偏不买他账，有心要惩治他一下。

正好，吴绅士家修房子，修好后摆阔气，开厢门让人参观。郑堂与四个穷朋友也凑进去看热闹。只见厅堂上挂着一副屏联，联板上写着：

子能承父职，
臣必报君恩。

郑堂眉毛一皱，计上心头，就对四个朋友悄悄交代了几句，然后上前，一把将联板脱下，交给他们挟走。

吴绅士的家人当场把郑堂当贼拿住，扭去见吴绅士。郑堂说："我是秀才，怎么会做贼？"吴绅士说："不会做贼，如何偷走我家联板？"郑堂说："你家挂的联板不忠不孝，我们脱了好去报官。"吴绅士反问："我的联板写的是'子能承父职，臣必报君恩'，怎说是不忠不孝？"郑堂说："你的联，子跨在父之上，臣压在君之头，五伦倒置，还不是不忠不孝？这里不必啰唆，你跟我去学台衙门辩论！"

郑堂一点破，吴绅士方才吃了一惊。当时，五伦颠倒是个大罪，要是朝廷知道了，吴绅士的父亲非要丢掉乌纱帽不可。吴绅士忙向郑唐求饶。郑堂说："求饶也容易，你拿五百两银子来给我们救穷，我们就把这事包庇下来。"吴绅士嫌多，叫死叫活。郑堂说："五百两算什么多？你没听说过吧？外省有个人贴了一副对联：马嘶芳草地，人醉杏花天。被人抓住把柄，说是马乃贱畜，压之头顶；天乃至尊，踏之胯下；把天、地、人三才悖乱作地、人、天，犯了悖逆之罪，被诈去二千金方才作罢。你家这副对联属五伦倒置，比三才悖逆罪重十倍！你今日还好碰着我郑堂，只拿你区区五百金，替你消灾致福；要是犯个狠心些的，不敲你一万两万，看能便宜过你！"吴绅士没法子，只好乖乖答应。

郑堂就叫人去把四个朋友找回来，吴绅士一看，四人空着手，急忙问："联板呢？"四人答道："放学台号房里了，只等郑秀才去呈送。"吴绅士忙求他们去把联板取回来，四人齐声道："一字入公门，九牛拉不出。学台衙门的人晓得这是不忠不孝的证据，哪能随便就给？要拿回联板，非得一百两银子去打发才行！"

吴绅士心疼银子，只好求郑堂设法。郑堂卖了个人情，说："一百两倒不需，给他们四十两去打发，就可以取回联板了。"吴绅士只好忍痛又拿出四十两银子交他们去取联板。

四人去了一会儿，就把联板挟回来了。其实，联板根本没送到学台衙门去，只寄在别的人家。四人回来还报了一回功，说他们从中用了多少心力，方才从学台衙门取回联板。吴绅士在一边听着，鸡啄米似的点头道谢。

随后，吴绅士就请郑堂改联句。郑堂说："半字都不用改，一边只调上调下两个字，就全忠全孝了。"吴绅士忙拿笔给郑唐调。郑唐接笔在手，将末尾二字调放在前边。吴绅士再读时，联语变成：

> 君恩臣必报，
> 父职子能承。

吴绅士以手加额，对郑堂称赞一番，又感谢一番。

郑堂与朋友捧了五百四十两银子，哈哈笑着，离开了吴绅士的家。

林如求整理

# 吃酒巧对诗

有一回，郑堂到亲戚家里做客。这一家亲戚有十个姐妹，听说郑堂诗才出众，特意在酒桌中考他。十姐妹同时要敬郑堂酒，一人一杯，一巡就是十杯。头一巡郑堂勉强饮下，第二巡就不敢再饮了。十姐妹不依。大姐说："郑秀才诗才出众，我们出题，你如能即席赋诗，我们便饶了秀才，免饮第二巡敬酒。如果诗不通，不但要饮第二巡，还要罚第三巡。"郑堂满口答应，要求十姐妹赐题。二姐说："请秀才将我们十姐妹用四行诗来写。"郑堂说："我的诗写得通，你们十姐妹用什么做奖励？"三姐说："秀才免饮，我们一人饮一杯奉陪好吗？"郑堂说："好，一言为定！"

郑堂慧眼扫视十姐妹一回，眉头一皱，诗上口来。他引颈高咏："一妹不如二妹娇，三寸金莲四寸腰；五六胭脂七钱粉，妆成八九十分俏。"郑堂用泼墨写意手法，赞扬了十姐妹的共同优点，并且冠以一至十的数字连串全诗，十姐妹不得不佩服秀才的才思敏捷，齐齐鼓掌喝彩。十姐妹输了，各饮一杯应罚。

七妹却不很服气，站起来说："郑秀才本领不差，请倒过来再做一首诗，如果做得出，十杯酒我一个人全喝了。"郑堂说："说话算数？"七妹说："当然算数。"郑堂知道七妹刚结过婚，便对着七妹脱口诗出："十九皓月八分

• 219 •

光，照见七妹共六郎，五更四处鸡三叫，二人恩爱在一床。"七妹听完羞得满面通红，半笑半嗔地跑过去打郑堂："坏秀才，乱说！"十姐妹高高兴兴地认输。郑秀才的名气也越来越大了。

张传兴搜集整理

# 郑鉴九的故事

## （汉族）

<hr/>

郑鉴九是一位文人型机智人物。其人是否有生活原型，待考。其故事以智斗贪官污吏的内容较为突出，流传于福建大田一带。

<hr/>

## 囚犯救百姓

郑鉴九打击过不少的贪赃县官，所以官府对他怀恨在心。有一年春，郑鉴九为母亲做寿，杀了一头病牛请客，被县官访知，以为收拾他的机会到了，就以"耕种季节杀牛"的罪名，将他关进木笼囚车，游乡示众，责令百姓挨村轮换押送到县衙治罪。

一日，囚车行至白西村，天黑下来，衙役就要在这村里过夜，村民群起反对，一位老人说："我们村就要遭罪了，你们还是到别村去吧！"鉴九很奇怪就问："你们村犯了什么罪？"那个老人说："只因县官养了一只白鹤，说是送给皇上的贡品，不料，白鹤逃出笼子，飞进我们村里，不知被哪只狗咬死了，县官知道后怪罪下来，说我们犯了欺君之罪，要派兵来剿，所以全村人日夜不安。"郑鉴九想了想，说："我有办法！"老人说："你有办法能使村里免遭灾难，今夜就住下来。"

村民们就用好饭好菜款待郑鉴九和两个衙役。郑鉴九等衙役睡熟了，就悄悄叫人拿来笔和木板。因他在囚车内双手被捆绑，不能拿笔，就把右脚伸出囚车外，用脚趾夹住笔杆，在木板上写了十六个大字，然后叫人把木牌竖在村头。郑鉴九说："县官要是派兵来剿，见到这块木牌，管保你们村平安无事。"

过了一天，县官果然派了一队兵丁前去白西村围剿。兵丁到了村口，见路旁竖了一块木牌，上写："鹤无挂牌，狗不读书，禽兽相争，与人何干？"不敢进村，赶紧派人拔了木牌回去报官。县官看了牌上字，细想很有道理，若是真的剿灭白西村，上司得知，怪罪下来，办个"滥杀无辜"之罪，我岂不丢了乌纱帽？这样一想，就赶快忙下令退兵。白西村果真让郑鉴九的十六字免除了一场横祸。

村民们感谢郑鉴九为村里想办法，解危难，就把郑鉴九从囚车里放出藏起来，又用钱买个乞丐关进木笼，装作他的替身。第二天，乞丐拉紧草帽遮住颜面，衙役竟没发觉，就押着囚车到县城交差。县官下令把郑鉴九关进死囚牢候审。

又过了一天，县官升堂，要治郑鉴九罪，喝叫："带罪犯郑鉴九！"衙役也大声传唤。不一会儿，狱卒带"郑鉴九"上堂。县官把惊堂木重重一拍，问道："下跪的可是罪犯郑鉴九？"罪犯答："不是！不是！老爷，冤枉啊！"县官又问："那是谁？为何蒙骗本县？"罪犯应声道："我是个讨吃的乞丐，四乡的人都认识我，老爷，我讨吃可没有犯王法啊！"县官再问道："那你是怎样被抓进囚车的？"乞丐道："我正在东坑讨饭，你们的人捉不到郑鉴九，就捉我来充数。"县官一听大怒："快给我滚蛋！押囚车的衙役何在？快拖下去重打八十大板！"那两个押解囚车的衙役本来就不是好东西，这下挨打，正是活该。

县官派人再去捉郑鉴九，可郑鉴九连个影儿也不见了。

## 拦 知 县

有一次，有个贪赃的县官搜刮了大田百姓许多钱财后，要调任尤溪县当知县。郑鉴九闻讯后，就想作弄他一番。他知道县官去尤溪，要经过东坑境内百丈碥大路，他就在大路边等候。县官的轿马来了，他把在路中故意不让通行，要县官停轿。县官的几个随从都知道郑鉴九的厉害，都不敢近前阻止他。县官才下轿，郑鉴九就摘下他的乌纱帽，用脚踩烂，又撕破他的官袍，羞辱了一顿，然后飞步回东坑去了。

县官上任中途被阻停轿，俗语叫"拉轿脚"，是很不光彩、很不吉利的事。无论哪个官，途中遇到这类不光彩的事，都要另择吉日才敢到任。唯独这个县官不怕被人耻笑，硬着头皮去尤溪上任。到了尤溪，因为他衣冠不整，官帽瘪、官袍破，不敢接见前来迎接的官员和乡绅，只好叫轿夫把轿子直接抬进县衙后堂。

再说郑鉴九回东坑后，心想：那县官受了辱，决不肯罢休，一定会派人来缉捕他，加以报复。于是，他就三步当作一步走，快步赶到永春。进了县城，太阳才下山，市场还未散。他就在市场赊了八斤猪肉，叫卖肉的随后到某客栈来取钱。他一到客栈，就与店主说定，卖肉的来拿钱，我说买八两肉，你也证明是买八两肉。一会儿，卖肉的人到客栈讨猪肉钱，郑鉴九只付八两的猪肉钱给他。双方就吵起来，越吵越厉害，最后闹到州衙里去，官老爷出来审了案，郑鉴九立即付足八斤肉钱了事。

那个尤溪县官上任后，果然把郑鉴九拦路羞辱的事记恨在心，就派差役到大田、德化、永春等邻近各县缉拿郑鉴九归案查办。差役在永春找到了郑鉴九，要捉拿他，郑鉴九不承认。永春市场的老百姓都证明他某日下午买猪肉的事，证明鉴九当日的确不在大田，大田同日中午发生的事与他无关。尤溪衙役无话可说，只好回尤溪禀报县官去了。

以上两则郑孔城　郑钟堆讲述　郑钟选整理

# 细三跛子的故事

## （汉族）

○⋯⋯⋯⋯⋯○

细三跛子是一位文人型机智人物。其原型朱细三，家住湘乡赛田（今双峰县甘棠乡赛田村），是晚清的一个穷秀才。他为人机敏，满腹文才。因为脚跛，一生都不得志，只好浪迹乡里，玩世不恭。但他是非清楚，恩怨分明。对良善百姓，总是多方相助；对官府豪强，则斗智斗勇。百余年来，他的故事一直在双峰、湘乡、涟源民间为人们津津乐道。

○⋯⋯⋯⋯⋯○

## 无风起得三个浪

外地有个专门告官打府的人（讼棍），在湘乡县城听人讲，赛田朱家有个细三跛子，告官打府特别狠，黑的能讲成白的，白的能讲成黑的，连县官也得让他三分。于是便带着行李被铺，决心前往赛田和细三跛子比个高低。

事有碰巧，这外地人一出县城，就碰到一个身穿青布长衫，腋下挟把洋伞的过路人，此人正是朱细三。他不认得，上前问路："请问，到赛田走哪条路？"细三跛子说："我就是赛田人，先生你到赛田去有何贵干？"外地人一听是赛田人，忙说："听说赛田有个细三跛子，是个无风起得三个浪的光棍，是真的吗？"细三跛子见他出口伤人，也不计较，只是不阴不阳地说："么子光棍啰，是一根刺棍子。"

"那我要捋了他的刺！"

"对，捋了刺，那就成了光棍了。"

两人边走边讲，越讲越投机，当夜就在一户人家借宿，细三跛子和外地人搭铺，同盖一床被。

第二天，太阳出来老高了，细三跛子还困得蛮死。那人因为急于赶路，起来催他："客，时候不早了，走吧！"细三跛子翻了一个身，依旧闭着眼睛说："我还想困一下，你就先走吧！"

"那我的被要带走呵！"那人说着就来拖被。

细三跛子翻爬起来，鼓起一双眼睛，不解地说："么子？你说这被是你的？"

"这被是我从屋里带来的，不是我的还是你的？"那人好不气恼。于是，两人你一言，我一语，争争吵吵，难解难分，便拉着这床被一同到了湘乡县衙。

县官听了两人的申述，说："你们都讲这被是你们私人的，那就各人说说自己的证据吧！"

那人说："县官大人，我自己的被还要么子证据啰。是他无赖，硬说我的被是他的。"

细三跛子不慌不忙，等那人的讲话一落音，马上接腔："启禀县官大人，小的被的四角，都盖有小的的印章，请大人明察。"说完，把印章呈了上去。其实，那印章是他先夜里偷偷盖的。

县官一看印章，又叫人查了被的四角，认为证据确凿，把那人打了四十大板，把被判给了细三跛子。

两人走出衙门，那人挨了板子丢了被，好不气恼。不想细三跛子却扶着他说："客，我是跟你闹着玩的，这被当真讲是你的，还是你拿去吧！"等那人接过被，细三跛子又跑回大堂，击鼓喊冤，告那人强抢他的被。

县官一听，立即命差役把那人扭回县衙，一拍惊堂木，喝道："大胆刁民，为何不听本官判决，打人夺物？"

那人一时丈二金刚摸不着头脑，只得俯首叩地，满腹委屈地说："小民并未打人夺物，乞请大人明察。"

"住口！"县官又是一声断喝，"你还敢抵赖，你没打人夺物，他的被为何又到了你的手里？来人，给我拖下去再打四十大板！"

那人真是哑巴吃黄连，有苦说不出。碰到这样一个无事生非的无赖和这样糊涂的县官，他从娘肚子里出来还没栽过这样大的跟斗。当他好不容易挨完板子，拖着被打得皮开肉绽的身体爬到衙门口时，只见那个与自己争被的人，正领着一队人马向县衙走来，一面还指着他对为首的说着什么。他见他一跛一跛的样子，心里猛想起刚见面时，他就说是赛田人，莫非他就是赛田朱家那个细三跛子？传说无风起得三个浪，今天已让他起了两个，难道他还要起第三个不成？

正是这样。细三跛子早听说知府大人已来湘乡私访，在那人挨打时便溜出县衙门，找到知府大人拦路告状，把湘乡知县说得一无是处，还说人赃尚在，请知府大人去县衙审理。

知府大人在县衙亮出官印，宣布升堂，命原告朱细三首先陈辞，县官和挨了打的那人不得不一旁跪着静听。细三跛子将昨夜、今天的事，原原本本端了出来，听得人细汗直冒。最后，细三跛子说："……县官大人乃一县之主，恩同父母。小的所为，原不过试一试县官大人的明察英断。哪想却这样是非不辨，曲直不分，滥用刑罚，祸及无辜，对上怎能报效朝廷，对下又怎能安抚百姓呢？"

那人虽然对细三跛子无事生非，心怀不满，但一想，不是县官昏庸，自己也不至于被打成这样；何况，细三跛子说的句句实情。当知府大人要他作证时，便全盘承认了。

这一下轮到县官目瞪口呆了，他万万没想到，身为堂堂县官，被这个不起眼的跛子耍弄了一番，日后还有何脸面在这里待下去？未等知府大人判决，便交出大印，取下顶戴，自己告退了。

审理完毕，细三跛子把被还把那人。走出大堂时，细三跛子笑着对那人说："老兄，耳听是虚，眼见为实。细三跛子到底是光棍，还是刺棍，这一下你总晓得了吧？"

那人脸上红一阵儿，白一阵儿，问了好久，才从喉咙里挤出了四个字："甘拜下风。"

## 整 县 官

湘乡又新到了一任县官，坐着八抬大轿，前呼后拥，好不威风。新县官借新上任的机会，到各地"巡视"，大肆搜刮民间财物，还到处扬言："听说赛田的细三跛子很厉害，本官倒想见识见识他的本事！"细三跛子听到后，决心灭灭这个县官的威风，选了一个大晴天，骑上一匹大白马，专程到县城去拜访县太爷。

大约离县城还有三四里路的样子，细三跛子突然收紧缰绳，猛抽一鞭，白马受惊，横冲直撞，踩坏了路边不少生苗，引得不少人骂他绝无良心，有的还拿着棍棒追了他一阵儿。

细三跛子来到县衙门前，拴好马，通了姓名，要求见县官。县官正想看看细三跛子，就命人召他进来。细三跛子故意装得比平时跛得更厉害的样子，见到县官，更是毕恭毕敬，拱手作揖，说："小的不才，今天特来拜望大人，来得匆促，万望海涵。"县官见他果然是个跛子，心想有么子了不得的？只是瞥了一眼，也不喊让座倒茶，慢声慢气地打起了官腔："无风起得三个浪的细三跛子就是你吗？"

"哪里，哪里，大人莫听别人乱言。"细三跛子把自己数落得一无是处，说今天是特来恳求县太爷多加关照的，使县官更没把他放在眼里。他见火候已到，便话锋一转，说："久闻大人为官清正，一到任就四处体察民情，扶助百姓，誉声载道，有口皆碑。大人何不微服私访，亲自去听听百姓的颂扬！"县官被细三跛子一番恭维，早已云里雾里，于是便命差役打点轿子。细三跛子围着官轿左看右看，赞叹不已，突然又装着对县官进言，说："大人微服私访，何必兴师动众，还是骑上我那匹白马，单骑独行，不更显得大人清正廉明吗?"

县官觉得细三跛子说得在理,又想乘机侮辱他一番,便私下吩咐差役牵来一匹跛脚的瘦驴子,对细三跛子说:"你腿脚不方便,骑上它陪我一同前往吧。"细三跛子也不介意,高高兴兴骑上驴子,等县官脱去官服,跨上白马,便一前一后,慢悠悠地向城外走去。

走到三四里路,两旁百姓一见白马,一个个手持棍棒、石头,不管三七二十一,一齐向白马连人带马地砸来,打得县官喊娘叫爷,从马上滚了下来。细三跛子在驴背上看见了,大声喊道:"好哇,你们竟敢打起我朱细三的马来了,总要给你们一点儿厉害看看!"说着翻身下驴,一跛一跛地走到白马边对县官说:"大人,小的该死,忘了早几天我的白马踩坏了他们的生苗,今天这驴子又走不快,没给大人开路,让大人受惊了。"接着,又故意板起脸对老百姓说:"这是新来的县老太爷,你们瞎了眼睛?"老百姓听了,为了免遭灾祸,不得不奉承几句:"大人清正廉明,爱民如子,望大人恕罪。"细三跛子乘机对县官说:"大人,我讲得不错吧!你听,他们一个个都在颂扬你的恩德呢!"转而又笑眯眯地对老百姓交代:"县老太爷向来慈爱为怀,量大如海,大人不记小人过,你们还不快走开!"说得县官哭笑不得,只好摸着自己身上的伤痛,自认倒霉。

朱林生讲述　刘奇平搜集整理

## 智惩色鬼

细三跛子没事闲游,来到一个山里的小村——花桃村,隐约听到一个女人的哭声。他顺着哭声寻去,在一间茅舍里看见一个女子扑在桌上痛哭流涕。细三跛子走拢去劝了几句,哪晓得女人哭得更加伤心。经细三跛子一再追问,那女人见他一番好意,才告诉他说:"我娘屋很穷,父母双亡,嫁到这花桃村,丈夫又发病早死了。唉,丈夫治病的时候,借过本村屠户张四和庙中和尚赵八的钱,现在没法子归还,他们便天天来讨账,说些不三不四的话调戏我，要我答应陪他们困觉，款子便一笔勾销，不然要我下不得台。"

细三跛子听完女人的话，火冒三丈，忙从衣袋里拿出一把钱来，交给寡妇，并告诉了她一个惩治恶棍的办法，说完就走了。

第二天，屠户张四又来讨账了，看着女人那可爱的小脸，欲火心中起，一把拉着寡妇，就想抱上床去。寡妇推开他："欠你的钱这样久，真不好意思，只好依从你了，你今夜三更的时候再来吧，来时用烟杆在门前石墩上敲三下，我再开门让你进来，你千万不要漏半点儿风声，不然你我都无脸皮活在世上了。"屠户听完，一身都酥了，只好强忍欲火，暂时回家去了。

屠户刚走不久，和尚又来了，寡妇又对和尚说："欠你的钱这样久，至今还没还，真是不好意思，只好依从你了，你今夜三更的时候来吧，把我门前那块石墩搬开，蹲到那里。如果有人看见，我再喊你进来，你千万莫作声啊！"和尚听完，喜滋滋地走了。

那和尚好不容易等到天黑，偷偷摸摸地到寡妇门前，把石墩搬开，蹲在那里等待寡妇开门。不久，那屠户张四拿着烟筒，也来到寡妇门前，黑暗中寻到了门前的"石墩"，便用烟杆在上面敲了一下。

和尚见有人来了，原本就不敢作声，虽然自己头上挨了一下，还是屏声静气，恐怕泄露天机。

张四屠户根本没想到是个和尚蹲在那里，虽然听到响声不对，可心里只想着寡妇，全没想这么多，又拿烟杆在"石墩"上使劲地敲了两下。

和尚被打得金星四冒，疼得不得了，"霍"地站起身来，捂着脑壳没命地逃回庙门，个把月后，脑壳上还肿着一个大砣。

和尚这一站也非同小可，把屠户吓得荡了三魂，飞了七魄，大喊"有鬼"，跌跌撞撞逃回家中，疯疯癫癫病了大半年才好。


## 戏耍师公


从前，某地有个张师公，传说能发天兵天将捉鬼，法力无边。但是细三跛子不信神鬼，偏偏要试一试他的胆量。

有一次，张师公到一户人家去行法事，细三跛子探听明白后，就在他必经的路上，扎了个稻草人，自己躲在附近的树丛中，用绳子扯着草人的手臂。半夜过后，张师公手提马灯来了，他见路上站着一个黑乎乎的人影，吓得不敢近前，连问几声"哪一个？"也不见回声。他走近一步，那人影扬起手臂；他后退一步，那人影放下手臂。张师公念动咒语，向前走，那人还是扬起手臂，张师公急得大喊一声："你是人还是鬼！是人就走拢来，是鬼就躲开！"那人影仍然不动，张师公吓得回头就跑，边跑边喊："有鬼，有鬼！"不但顾不得拿身边带的东西，连马灯也甩掉了。好像听到背后还有人喊："慢走，慢点走吧！"

第二天细三跛子打发人把张师公行法事的东西和烂马灯送去，并告诉张师公昨夜稻草人把他吓得飞跑，东西也忘了要，三爷喊都喊不住。

又过了几天，张师公外出行法事，细三跛子又在岔路口照样扎了个稻草人，在上面糊满了牛粪。张师公做完法事回家，路过此处，见月光下又有个人影，便自言自语，说："细三跛子呀，细三跛子，今夜里我就不会上你的当了。"他一个箭步走上去，抱起那个稻草人就走，结果抱了一身牛粪。

以上两则郭镜堂讲述　朱福祥搜集整理

# 屈麻子的故事

（汉族）

○················○

屈麻子是一位文人型机智人物。其原型屈某系明末清初湖南零陵县孟公山乡涩塘村人，后迁居永州河西柳子街。其名字已无从查考。据说他中过举，一生不得志。他一表人才，脸上并无麻点儿，因其聪慧机捷，计谋颇多，喜捉弄人，当地有"麻子怪"之说，故人们称他为"屈麻子"。他的故事至今仍在永州、东安一带流传，有的作品几乎老幼皆知。

○················○

## 县官受骗

香山寺的张和尚被屈麻子捉弄了好几回，心里一肚子气，便到县衙里告了一状。

县官把屈麻子请去，说："屈举人，香山寺的张和尚告下了你，说你处处为难他，叫他吃了很多亏，可是事实？"屈麻子说："哪里哪里，我们方圆几十里才这么一座香山寺，老百姓还靠张和尚替我们烧香拜佛，降福消灾呢，哪敢怠慢师父们，这完全是误会。"县官对屈麻子这人早有听闻，不敢过于认真，而张和尚控告屈麻子的理由又不够充分，便打了个圆场说："屈举人，老百姓都讲你最聪明，主意多，我想领教领教，如果你能当面把我骗了，你和张和尚这场官司就算了了。"屈麻子想了一下拱手告罪说："不敢不敢，大人是一县的父母官，屈某怎敢无礼！"县官说："无妨无妨，只当是做了一场游戏。"屈麻子说："既然如此，屈某只好遵命，只是在这公堂之上，恐怕有失大人的尊严，要请大人屈驾回避一下。"县官说："可以。"但公堂上没有什么可以躲人的地方，屈麻子指指案桌下面，县官会意，便离座钻了进去，连说："快骗快骗。"屈麻子说："请大人出来吧，我已经把你骗过了。"

## 骗裤还裤

永州大西门街口有家大绸缎铺，兼卖高档成衣，价钱要得很贵，但他又是独家经营，买主只好吃哑巴亏。

有一天，屈麻子相邀了两个朋友，要整一下这个老板。他们穿着长衫，来到店里买真丝纺绸裤，店伙计拿了几条给他们挑选，他们各人拿了一条穿上，把多余的退给店伙计，嫌价钱太贵，便扬长而去。店伙计一见，急忙跑出来拦住："先生，还有三条裤子你们没有退给我。""乱讲，谁说没有退给你？"双方争吵起来，惊动了里屋的老板。老板出来询问缘由。店伙计说："他们穿了裤子不给钱就走了。"屈麻子说："你莫眼睛看花了？""我一点儿都不花。""那好，请老板检查一下，把事情弄个明白。"说着，三人捞起长衫，扯开裤头，老板和伙计一看，他们三人都只穿了一条裤子。屈麻子对围观的群众说："请大家讲句公话，难道我们不穿裤子出来的吗？这老板不但抬高物价，还想敲诈顾客，这是不是奸商行为？"老板眼看群众都帮他三人讲话，怕影响以后的生意，便将那伙计臭骂了一顿，亲自封了个大红包，恭恭敬敬交给屈麻子，还点起一挂"千子图"炮响，表示赔礼认错。

第二天，绸缎老板接到一个包裹，打开一看，是三条绸裤和一个红包，还有一张字条，上写："大老板阁下，昨借三条裤子，今日奉还，红包一个，一并奉退，失礼之处，万乞见谅。祝阁下生意兴隆，但勿刻薄成家。"老板一看落款"屈麻子"，便什么都明白了。原来，头天屈麻子三人确实是没有穿裤子来到店里的。

## 又是一年

屈麻子有个老表叫吉庆，在永州街上一家南货铺里当伙计。那年十二月二十四吃小年饭时，老板安排他坐了上席。老表知道自己被辞退了，结算了工钱，第二天便背着行李闷闷不乐地回家去，在路上遇到屈麻子。屈麻子问明了情况，毫不在乎地说："吉庆老表，你不用担心，明年正月初一我要老板放起鞭炮接你回去。"屈麻子如此这般地对老表说了一番，说得老表高高兴兴地回家过年去了。

正月初一，老表半夜起身，背着行李赶到街上，正好老板在放鞭炮迎财神。老表打躬作揖："恭喜老板，今年要不要吉庆？"老板连连答礼："要、要、要。"老表放下行李，风趣地说："又是一年。"

## 都拿出来

王老二嫁女，按乡俗要备嫁妆。王老二家穷，只好借点儿钱给女儿做一床被窝和几身衣服。

他请来裁缝。裁缝每日乘王老二家的人不在场时，偷一大块布扎藏在后腰上，傍晚收工时就带回家。

这事被好打抱不平的屈麻子晓得了。王老二的钱来得不易啊！怎能允许裁缝这样胡作非为！他想面对面干涉，一时找不到借口；他想告诉王老二，俗话讲，吃斗米的人难捉住吃筒米的贼，贼立意要偷，总会钻得到你的空子。再说，王老二若得罪了他，他要么磨洋工，要么借口不给缝。怎么办？他想来想去，还是由自己出面来点破裁缝为妙。

他找到王老二，说快办大喜事了，屋瓦该检一检漏，墙壁该粉刷粉刷。王老二请他帮工。

快吃晚饭时，屈麻子从屋顶上面下来，后腰捆了三片屋瓦，拱起几高，故意慢慢地从裁缝面前走过。裁缝见了，"哧哧"地笑。屈麻子问："你笑哪宗？"裁缝指指他的后腰。他装着生气的样子说："吧嘿！你——你揭我的短，要得！我后腰的（家伙）拿出来，你后腰的（家伙）也拿出来！"说完，他把三片屋瓦拿了出来。

裁缝晓得屈麻子在屋顶上看到了自己的举动，没奈何，红着脸把布拿了出来。

这以后，裁缝再也不好意思偷王老二的布了。


## 借粮打赌


屈麻子的岳父是个有钱有势又有心计的角色。他的粮食囤积得多，每年息谷吃不完。

有年青黄不接时，屈麻子去岳父家借粮。岳父说："如果你能把我家的羊偷走一头，我就送五担谷子给你。"屈麻子想了一下，说："好，一言为定，我今晚三更来牵羊。"

其实，屈麻子并未等到三更，就在当天傍晚，他趁岳父家的羊归栏，放羊工去吃饭的时候牵走一头小羊。他把小羊杀了后，又偷偷溜入岳父家，躲在堆放柴禾的屋子里。

晚上，岳父再三嘱咐放羊工要认真看守，不让屈麻子把羊偷走。到了下半夜，屈麻子把一根竹笛插在岳父伙房的吹火筒里，把一口煮菜的铁锅倒扣在天井里，把死羊倒挂在岳父房门口，然后打开大门，边跑边喊："有人偷羊了，有人偷羊了！"岳父听到喊声，急忙拉开房门，迎面撞上那头死羊，吓得个半死，惊魂未定，跌跌撞撞摸到伙房里找火种点灯，扒开灶膛，拿吹火筒一吹，谁知发出尖声怪叫。岳父以为自己忘记穿衣服得罪了灶王，连连磕头请求免罪。从伙房返身出来，蒙眬中看见天井里有堆东西，以为是黑狗躺在那里。"狗养的，有人偷东西，你也不叫！"他憋足力气，一脚踢去，"咣当"一声，铁锅被踢出好远，砸了个稀巴烂，他吓得瘫倒在地。

岳父被屈麻子戏弄了一番，第二天又让屈麻子挑走了五担谷子。

以上五则蒲伟搜集整理

搜集地区：湖南永州

## 赏我一百棍

县官五十大寿，要热闹一番。什么菜都买到了，就是缺鱼。富贵有余（鱼），没鱼哪行？

屈麻子正巧钓到条大鱼，就进县衙去卖。刚进门口，被当值的拦住："老屈，想进衙内卖鱼，要分一半钱给我，不然，哼！"屈麻子想了想说："等下分一半给你。"

县官见了鱼，很高兴，忙吩咐下人拿钱。屈麻子说："大人，你寿诞之日，我不好要钱，你赏我一百棍算了。"县官莫名其妙地说："我为官多年，从不欺压百姓，你卖鱼给我，我哪能打你呢？""你不打，我就不卖。"屈麻子说毕，提着鱼就走。等鱼下锅，没办法，县官叫差役轻轻打。打到五十，屈麻子说："大人，莫打了，那五十留给我伙计。"

"你伙计在哪里？"

屈麻子把守门的差役拖来，说："在这里。"

县官感到奇怪。屈麻子把进门时的情况一五一十地讲了。

县官大怒，说："这狗才，给我狠狠地打五十棍！"

陈美红搜集

流传地区：湖南东安

# 闻筱辑的故事

## （汉族）

○............................................○

闻筱辑是一位文人型机智人物。其原型闻筱辑（1854—1924），字植亭，号应凤，英山县孔家坊王家畈人。清末民初在英山被誉为"一代名儒"。他博学多才，厌恶功名利禄，鄙弃仕途，一生愤世嫉俗，玩世不恭，风趣诙谐。其趣闻、轶事在湖北英山及附近各县广泛流布。

○............................................○

## 妙戏考官

闻筱辑满肚子文章。这一年，又逢六安州开考。他父亲再三告诫他要用心应考，博取功名，光宗耀祖，他点头答应，这回一定使出才气把文章做好。于是便打点行装，辞别家人，日夜兼程，赶到了六安州。

考试那天，考场气氛森严。闻筱辑把试卷拿到手后，见考官像一尊菩萨，便也不看卷面的考题，竟在反面画上一只摇头晃脑的老猫，老猫的一只前爪抓着一份试卷，另一只前爪抓起嘴边的一溜胡须，旁边又写上三个字：妙！妙！妙！

画完写好后，再翻过来，看过题目，便一气呵成地做好，交了头卷，走出了考场。

考官拿过卷子看着看着，竟被那气势不凡、文采飞扬的文章吸引住了，他一口气看完，捋着长长的胡须摇头晃脑地失声赞道："妙！妙！妙！"

监考官习惯地想看看考生的姓名，便把试卷朝反面一翻，见一只老猫和三个"妙"字，顿时气得脸色发青。一怒之下，将这份妙不可言的试卷撕了个粉碎。

站在门外偷看的闻筱辑，轻蔑地一笑，便扬长而去。

马克进讲述

## 我看你也是昏的

一位士绅请县太爷吃饭，因为闻筱辑能言善对，就请他去作陪助兴。闻筱辑不愿去陪这位贪官，士绅再三请求："闻先生，答应我一次，随你怎样都行。"闻筱辑一转念，借此机会去戏弄一下这位贪官，也无不可。于是眯起眼睛对士绅说："去陪陪可以，但我近日害眼病，可能礼数不周，望勿见怪。"

酒席上，闻筱辑拿一双筷子，满桌乱戳，搞得杯倒盘翻，县太爷很不高兴，问士绅："此乃何人？"士绅答："他就是我地有名的闻筱辑先生。"县太爷又问："他看不见吗？"闻筱辑抢过话头："回禀县太爷，请恕小民无礼，实在是四周漆黑，我看你也是昏的。"

以上两则马大泉整理

# 娄瑾的故事

（汉族）

◇ ⋯⋯⋯⋯⋯⋯ ◇

娄瑾是一位文人型机智人物。其原型娄瑾，生平事迹不详。他的故事大多为惩恶锄奸、扶危济困的题材，颇受民众喜爱，在河南获嘉县一带广为人知。

◇ ⋯⋯⋯⋯⋯⋯ ◇

## 计救李龙

红荆嘴村头小庙里，住着一个穷人叫李龙。这年秋天，李龙家灶火三天不冒烟了，孩子们饿得"唧唧哇哇"乱叫。万般无奈，他只得背着箩头，到小王庄王财主地里掰几穗玉米，想给孩子们煮煮吃。偏巧叫王财主碰上了，夺走了他的箩头，还要抓人。李龙拔腿就跑。王财主带人紧追不放。李龙跑到庄头儿时，不敢回小庙，躲进了娄瑾家里。娄瑾正在书房里写诗，李龙"扑通"跪在他面前，磕头求救。娄瑾赶忙扶起他问："咋啦，咋啦？"李龙站起来，把咋来咋去一说，娄瑾笑了："没事，没事。放心好啦！"

王财主带人追到娄瑾大门前，正要进去抓人哩，娄瑾迎了出来："嗬，王老兄来啦！我正要求你去哩，快进屋叙话。"王财主也客气起来："不打扰了。不知刚才那人是府上什么人？"娄瑾笑笑说："噢，是这么回事：我家新来了个伙计，我叫他去掰几穗玉米尝尝鲜。他刚来摸不清地块儿，错掰了你的玉米。你看该赔多少钱，只管说句话。"王财主说："哪里哪里，咱东西俩庄，地边搭地边，错认地块儿是免不了的，包赔啥哩！"又转回头来让人把箩头还给娄瑾，走了。

娄瑾叫李龙吃了饭。李龙走时，娄瑾又给他一斗米、二升面，还有那一箩头玉米穗，让他挑着回去了。

## 是学堂不是大堂

娄瑾老了，在村里教书。

一天，县官巡察来到了红荆嘴，进村见没人迎接，心里很不高兴。来到学堂门前，他下了轿，进学堂传来地方小官吏，训斥说："本官到此，为何不出来迎接？你眼里还有我这朝廷命官吗？来人，拉下去重打二十大板！"

衙役把地方小官吏按倒正要打，娄瑾拦住说："且慢！请问县太爷，你来之前一没公文下达，二没派人通知，地方咋知道你要来哩？常言说'不知者没罪'。请大人免刑吧！"这个县官早就恼恨娄瑾爱管闲事，脸一板说："娄先生，教你的书去，这里没你的事！衙役们，把地方给我重打四十大板！"娄瑾一听好恼：我不讲情是二十大板，我讲情成了四十大板。好吧，今天我叫你打不成反遭没趣！他冷笑一声说："县太爷，这里是学堂，当门供着孔圣人的画像。你也是圣人门徒，进门来为啥不先叩拜孔圣人呢？再说，这里是学堂不是大堂，能是你行刑的地方吗？真真有辱斯文！"县官到学堂不拜孔圣人已是不恭，在圣人面前打人更是不敬。他自知理屈，憋着一肚子气向娄瑾赔了不是，带着人灰溜溜地走了。

## 巧救娄三

武陟县福盛粮行叫小偷偷去三布袋粮食。小偷把粮食吃完，又把布袋拿到获嘉县亢村会上去卖。问价的人不少，一看布袋上写有"福盛粮行"的字号，怕惹麻烦，看罢都扔下走了。红荆嘴的娄三不识字，贪图便宜，把布袋全买下了。

秋后，娄三装三布袋米，和李四搭伴儿，推着小车到武涉去卖。他俩刚把小车推到福盛粮行门口，粮行王掌柜一眼就看见自己的布袋，把粮食给扣下了，还说娄三是贼。娄三指天发誓不承认。王掌柜说："你说你不是贼，你得把贼找来，找不到就拿你送官府问罪！"娄三浑身是嘴也说不清了，只好托李四回家送信儿。娄三家里人也是干急没办法，最后只得找娄瑾讨主意。

娄瑾问明情由说："别害怕，粮食少不了咱一粒！"他骑上毛驴，一口气赶到了武陟县。来到福盛粮行门口，他把毛驴拴在大椿树上。王掌柜看见了，急忙迎上来说："娄先生，真是稀客！"忙让他进屋，又是倒茶，又是敬烟。娄瑾茶不喝烟不吸，对王掌柜说："我无事不登三宝殿，先问一件事。去年冬天夜里，老砸①去抢我家，我一吆喝，全家老小一齐上，吓得老砸跑了，丢下三条布袋。这三条布袋上都写着'福盛粮行'四个大字。我想，王掌柜是个安分守己的人，决不会勾结老砸打劫，这布袋可能是别处同名粮行的，可四处打听，没有找到这个粮行。今天本家兄弟娄三借用这布袋来卖米，你说这布袋是你粮行的，我这可找到主儿了。请你查一查，那次打劫的是你店里的谁，叫他跟我到县衙门打官司去！"

这老砸比不得小偷：小偷叫捉住了，大不了挨几下板子，蹲几天监；老砸叫捉住了，可是要砍头的！王掌柜听罢连忙作揖说："娄先生，咱认识不是一天半天了，你还不知道吗？小店的伙计们都是守本分的人。那布袋不是小店的，是我认错了。我冤屈了娄三，实在对不起！实在对不起！"

娄瑾说："王掌柜，既然你这样说了，我也不想伤咱的感情，这事就不追究了。只是，你也没想想，娄三兄弟要是真偷了你的粮食，他还会来你这里卖粮食吗？你不问青红皂白，就扣粮扣人，还要送官府。他要告你诬赖好人，那我就不管了。"王掌柜忙说："娄先生，咱是老交情了，我的事就是你的事，你不管谁管？只要娄三不告，我情愿摆桌酒席，给他抬抬面子。"娄瑾回头给娄三使了个眼色，说："三弟．王掌柜是个好人，扣粮是误会，看

_____

① 老砸：方言，土匪。

老哥的面子上，不要去告了吧。"

娄三压根儿就没想到去告王掌柜，就顺水推舟说："好吧，要不是老哥劝说，我非告不可！"

就这样，王掌柜设宴请了他俩，又给娄三的粮食开了个大价钱，布袋也不敢要了。

以上三则崔振华讲述　腾云采录

# 夏世凡的故事

（汉族）

○···················○

夏世凡是一位文人型机智人物。其原型夏世凡，系浙江岱山县冷坑村的一个才子，生平事迹不详。他的故事诙谐风趣，富有地方特色和乡土气息，在岱山一带流布。

○···················○

## 整 和 尚

早年，岱山岛上有个才子，名叫夏世凡。他为人正直，聪敏过人，平时很爱管闲事，特别对一些勿讲社会公德的人，他总是要想方设法去教训教训。

有一天，夏世凡出门到定海去，天气冷飕飕的，乘船客人多。夏世凡看见船舱里有一个和尚，铺着被在困觉，他就走了过去，客客气气对和尚说："请师父稍微让一点儿给我坐坐。"和尚勿理勿睬也不让，只顾与别人聊天。后来，又进来两位女客人，和尚就七搭八搭搭起讪来，还主动让女客人坐到他被窝里。夏世凡看在眼里，记在心里，存心教训教训和尚。他咕咕忖忖，想出一个计谋，拿出一张纸头，写了几个字，偷偷塞进和尚被角里。等到船拢码头，客人上岸辰光，夏世凡同和尚争吵起来了，两人在争棉被，和尚讲棉被是他的，夏世凡讲被头是他的。但都呒人作证，争论不休，只好到县衙门去打官司。

县官老爷先问和尚："棉被是啥颜色？有何证据？"和尚说："红丝被面白夹里，带在身边出门用。"县官又问夏世凡，夏世凡说："红丝被面白夹里，是夏世凡出客被，老爷如若勿相信，被角里面做记认。"老爷一听，忙叫公差把棉被拆开来看，果然有一张字条，写着夏世凡讲的几句话。老爷当场责备和尚，把棉被断给了夏世凡。和尚失了一条棉被，嘴唇气得发紫，垂头丧气走出县衙门。夏世凡赢得了一条棉被，嘻嘻笑笑赶了上来，对和尚说："喏！棉被还给侬，出门人以后要客气点儿。"和尚原本气还呒没出，就板着面孔伸手来夺被。夏世凡一看和尚介勿客气，又扯着棉被勿肯放手了。结果两人拉拉扯扯又来见县官老爷。夏世凡告和尚勿服，走出外面，又来抢被。老爷一听，勃然大怒，大骂："混账和尚，太勿老实，非打勿可。"一声喝堂，公差把和尚拖倒在地，打了三十大板，打得和尚有口难辩，哇哇乱叫，只好自认倒霉。

## 论斤买缸片

有个外地来的卖缸客人，挑着一大担缸，在岱东一带叫卖。路上碰着一个熟人，就放落缸担闲扯起来。那个卖缸人对熟人讲："听说冷坑有个夏世凡，此人很尖刻，经常要捉弄人。"这句话刚巧被路过的夏世凡听到了。夏世凡当即告诫他："出门人做生意要紧，勿要背后乱讲别人好坏，给夏世凡听到了要被弄松①的。"卖缸人说："我卖卖缸，有啥好弄松呢？"夏世凡也不再理他，只是跟在他后面。走了一段路，卖缸人又放担休息了。夏世凡问："这缸有多少重？卖多少钱一只？"卖缸人回答说："这缸质量好，有一百多斤重，要卖两元钱一只。"夏世凡说："那要两分一斤罗？"卖缸人说："是呀！打秤②也可以。"

卖缸人又挑了一段路，见有人要买缸，就放下来。夏世凡乘机借来一支

---

① 弄松：捉弄的意思。
② 打秤：方言，过秤；用秤称重量。

小秤，拾来一块石头，"嘣"的一声，把一只大缸打得粉碎。卖缸人猛吃一惊，回头一看，知道是刚才跟着的人，拿着碎缸片在称。称好了，夏世凡对卖缸人说："我只要买这一小块。"卖缸人说："这咋卖？我是卖整只的，侬要赔我缸。"夏世凡说："刚才不是侬自家讲的吗？打秤也可以。"这时候看热闹的人都围拢来了，卖缸人争不过夏世凡，抱着头蹲下来哭了。夏世凡走过来，给他一元伍角钱，对卖缸人说："念侬是出门人，这一元伍角送给侬。日勿讲人，夜勿讲鬼，以后勿要讲别人坏话，晓得伐？"

## 媳妇上当

夏世凡到了晚年，家里由两房儿媳妇当家了。两房儿媳妇都很厉害，不给他酒喝，不给他烟吸，不给他零用钱，还经常给他气受。

有一天，夏世凡在门外散步，看见一只绿色的破夜壶，就灵机一动，计上心来。他把夜壶拷成碎片，拿到家里收藏起来。等到夜深人静，故意把房里灯光比平时点得亮，把日里拾来的夜壶小碎片，用戥子①一块一块地称。称过后又一块一块地藏入箱子里，还加上了锁。两个媳妇见公公房里介晚了还点着灯，就偷偷到门缝去张望。只见公公手拿着戥子在称一块一块的碧绿发光的小块，模模糊糊，看不清楚，以为是金银首饰，贵重物品。两个媳妇从此以后，一反常态，轮着供饭，每顿有酒有肉，还给零用钱，待公公很客气了。等到夏世凡死后，两个媳妇奔进公公房里，打开箱子一看，全是夜壶碎片，其他一无所有，两妯娌真弄得哭笑不得。

以上三则严信余等讲述 张岳程采录整理

---

① 戥（děng 等）：一作"等子"。小秤，最大的单位为两，最小的单位为分、厘。用以测定贵重物品、药物的重量。

# 桂七的故事

（汉族）

————————◦◦◦◦◦◦————————

桂七是一位文人型机智人物。其原型桂七，系河南商城县人，清末秀才，人称"桂七爷"。其故事多表现主人公聪颖诙谐，愤世嫉俗的性格特征，以戏弄官绅，扶危济困为内容，流传于商城及其临县。

————————◦◦◦◦◦◦————————

## 惩罚公差

有一年，商城新来个姓王的知县，上任就听说城里有个叫桂七的秀才好管闲事，不大好惹，很想见识见识。

这天，王知县写了一封信，命两个公差送到桂七家里。两个公差到了桂七家大门前，就吆喝开了："嗨，桂七在家吗？"桂七开门一看，是两个愣头衙役，没大没小地吆喝着自己的名字，一下子就恼了：不知天高地厚的狗东西，看七爷咋治你们！他出来接过信一看，来了主意，"嘿嘿"一笑说："这么点儿小事，好办。"公差问："啥事？"桂七说："你们太爷是北方人，爱吃面，想借我的青石磨用一用哩。"说着把公差领进当院，指了指石磨说："快背去吧。"两个公差见了这二三百斤重的石磨，吓得直咧嘴，又不敢不背，只好使出吃奶的劲儿，一个背起了一扇儿。正要出门，桂七又拦住他俩说："两位稍候，我还得写个回信，让你们带回去。"俩公差只好背着石磨站在院里等着。桂七进了屋，老半天才出来把信递给他们。

两个公差背着两扇儿石磨往回走，脊梁上像压座大山，挪一步一咧嘴。好不容易背到县衙，劈头就挨知县一顿臭骂："没用的奴才！我叫你俩送信，是请桂七进衙叙话的，谁叫你们背这东西来？"两个公差大眼瞪小眼愣了半天，一个说："太爷，你写信不是叫去借石磨吗？这还有他的回信哩。"王知县接过信一看，上面写着四句话："来人实在无知，直把'桂七'呼之。蠢病无法医治，只好石磨压之。"知县看罢，哭笑不得，把两个公差训一顿了事。

## 巧治赌棍

有一天，一个人在街上拉住赌棍刘四要账，刘四赖账不还，还恶语伤人，俩人就撕打起来。要账人手一推，刘四顺势倒在地上，抱着一条腿"哎哟哎哟"号叫起来。刘四硬说他的腿摔断了，叫要账人掏钱给他治病养伤。要账人明知刘四是讹人，又没法子。

正好桂七来了，见这情景一问，就明白了八九分。他到刘四家，对刘四女人说："大嫂，不好啦！刘大哥又和人打起来了。你再不去，要出人命啦！"刘四女人吓一跳，正要走，桂七又交代说，"大哥脾气犟，一打架就拉不开。你就说家里失火了，他听说准回来。"两人赶到打架的地方，挤进人群，刘四女人就喊："老四，不好了，家里失火啦！"刘四一骨碌爬起来，就要往家跑。桂七一把拉住他问："刘四，你的腿不是摔断了吗？"刘四红着脸说："那，那一会儿是摔断了。"惹得围观的人"哈哈"大笑。

## 二 百 五

李大嫂家里有个白铜手炉，是祖传的物件。后来，这手炉叫中药店的老板何老万，用一个馍馍从她家小孩儿手里哄去了。李大嫂惹不起何老板，只好拿孩子出气，把孩子打得死去活来。邻居们都劝她说："别打孩子啦，去求桂七爷给想个办法吧!"李大嫂找到桂七一说,桂七满口答应。

第二天一早,桂七来到何家药店门前,伸头一看,何老万正双手捂着那个雪亮的白铜手炉,在屋里哼小调哩。他就装着一瘸一拐地走了进去:"掌柜的,快给俺摊张狗皮膏药吧!"何老万吩咐小伙计取来一贴膏药。桂七接住膏药,又对何老万说:"掌柜的,让俺把膏药在你那炉上焐焐吧?"何老万一瞪眼说:"回家焐去!"桂七说:"行个方便吧,俺这寒气腿犯了,走不动了。你别怕,我姓桂,外号二百五,弄坏了我赔。"何老万给缠急了,就把手炉递给了桂七。桂七把膏药焐软了,上去贴到何老万的胡子嘴上,抱着手炉就跑。何老万费了好大劲,连胡子揭掉了一绺子,才揭开半拉。他跑出店门,追着喊着:"二百五,给我手炉!二百五,给我手炉!"桂七说:"这手炉人家给三百五我都没卖,你给二百五我能卖吗?"

桂七把手炉拿回来,归还给了李大嫂。何老万怕村里人多不好惹,也没敢撵来。


以上三则樊云程讲述　芮作国　叶照青采录

# 钱六姐的故事

（汉族）

钱六姐是一位才媛型机智人物。其原型钱梅窗（1489—1544），系明代湖北咸宁双港的一位才女，因排行第六，人称"钱六姐"。她的故事内容十分丰富，既有反压迫、反剥削内容的作品，又有描写家庭生活、邻里关系、文化娱乐等题材的作品，几乎每篇都出现诗歌或对联，短小清新，意趣盎然。她的故事在湖北咸宁及通山、嘉鱼、黄石等地广为流布。

## 门口一棵槐

江西有个有钱人家的公子，到湖北咸宁温泉游潜山寺。听说钱家湾有个才女叫钱六姐，便想讨她回去做妻子。到钱家湾说明来意后，钱六姐说："这好办，我说两句诗只要你对上了，我就嫁给你。"

公子本来没有才学，可是又没有别的办法，只得硬着头皮答应了。钱六姐开口念道：

门口一棵槐，
是我亲手栽。

公子想了半天也答不上来。他突然想起了潜山寺的老和尚，听人讲那老和尚满有文才哩。何不去有求于他呢？想到这，于是他说："待我回去想一想，明天答复你。"

钱六姐量他也答不出来，就同意了。

公子回到潜山寺，将钱六姐的诗说给老和尚听了，求他帮助对她的诗，老和尚告诉了他。第二天，公子回到钱家湾对钱六姐说："我想起来了。"

钱六姐说："想起来了，就请你吟诗给我听吧。"

公子照老和尚教的诗吟道：

　　不歇无名鸟，
　　单等主人来。

钱六姐知道这两句诗不是他对出来的，于是她又吟了一句：

　　金锁银锁打不开。

公子想了半天也想不到，转身就要走。

钱六姐问："你到哪里去?"

公子回答：

　　我请庙里和尚来。

镇万益讲述

## 巧丢棒槌

钱六姐家隔壁，有一对少年夫妻。因为男的长得丑，女的长得漂亮，妻子经常无缘无故找丈夫扯皮，闹得四邻不安。

钱六姐早就想解一下弯，因为自己年岁小，又是一个姑娘家，怕他们不听。

一天，那女子下河洗衣服，钱六姐见了，也端一盆衣裳去洗，那女子在河的下方，钱六姐在上方。她乘那女子不注意，故意将棒槌丢进河里。棒槌顺流而下，钱六姐假装急得在岸上边追边喊："我的棒槌，我的棒槌！"

棒槌流到那女子跟前，她伸手一抓有抓到。钱六姐脱掉鞋子，就要往河里跳。

那女子一把拉住她："水太深！为一根小棒槌冒险不值得。"

钱六姐道："嫂子不能这么说。"接着又说道：

　　棒槌虽小，
　　跟我多年。
　　夫妻丑陋，
　　终生不嫌。

那女子听了钱六姐的话感到羞愧：人家一根棒槌，感情都这么深，何况我们是夫妻哩！从此，他们夫妻就和好了。

## 单腿知高低

钱六姐家左邻的儿子是个独眼龙，右舍的姑娘是个一条腿。两个人都有二十多岁了，因为身体残疾，一直没有婚配。他们的父母托了好多人做媒，都找不到一个合适的人家。

俗话讲锣爱鼓，鼓爱锣，秤杆爱的是秤砣。那两个残疾人是邻居，同病相怜，真是男有心女有意，无奈中间没有人为他们搭桥也是枉然。这件事被钱六姐知道了，就想成全他们的终生。

一天，钱六姐到左邻那家，向他父母说明来意，男家的父母不同意，说娶一个一条腿的媳妇进门，以后日子不好过。钱六姐说道：

单腿知高低，

独脚识长短。


男家父母一想也对。姑娘虽然腿残废了一条，但是她出身贫苦，知道人
间甘苦，于是就答应了这门亲事。

钱六姐又到右舍女家提亲，女家父母嫌男伢一只眼，长得丑，钱六姐又
说道：


独眼龙巡游四海，

半边月能照九州。


女家父母一想也对。男伢勤扒苦做，姑娘嫁给他吃不了苦，于是就答应
了这门亲事。

结婚那天，钱六姐为他们写了一副对子贴在房门口：


单眼观宇宙，

独脚掌乾坤。


以上三则刘民搜集整理

# 改 对 联

一次，钱六姐到窑咀市姑妈家去过年，路过一家大户人家门口，见门上
贴了一副对联：


窑中藏宰相，

市上隐神仙。

她问姑妈，这是什么人家？这么大的口气？姑妈告诉她，是朱秀才家，现在，他是窑咀市一带有名的大财主，自称文半天。他扬言谁要能把这对联改上一个字，就赏他十两银子。

钱六姐说："我可以改他二十个字。"她叫表妹拿来笔墨纸砚，一挥而就，亲自贴在朱家大门上。

朱财主听说了，出门见是钱六姐，知道是冤家路窄，赶紧看对联：

窑中坛罐扁扁歪歪何须着红着绿？
市上瘟神凛凛赫赫总是害物害人！

朱财主又恼又羞，无奈是自己高价请人改对联，只好把怨气往肚里吞。他想当众出气，就编诗骂人。他吟道：

可敬六姑娘，
文才肚内藏。
怀胎十个月，
出口便成章。

钱六姐马上答道：

开口就放屁，
孔庙打字谜。
子曰读十年，
找姑再出气。

财主知道不是钱六姐的对手，只得服输，算给钱六姐二百两银子。

# 金戈戈斩地头蛇

马桥地方有个叫张才的乡绅，家有田亩，曾读过十年寒窗，但连半个秀才也有捞到，以后就死了做秀才、举人这条心，改弦易辙，结交权贵，在地方上横行霸道，鱼肉乡民。他听说钱六姐改了朱相公的对联，很是替姓朱的不服气。他知道钱六姐的姨母是本村的人，每年正月都要接六姐来"出方①"。他在头年腊月间，就约了几个富家子弟，商量写一副对联，使别人难以更改。他们搜肠刮肚，想了几天还是写不出来，后来便在人家送给他结婚的贺对中，选了一副十字对联。旁边批明，上下联只准改动十四个字，第一和第五、第六字不能改动，字数不能随意加减，能改得工整、对仗者赏银二百两。到过年的时候，就贴了出来。第二年正月钱六姐到姨母家来"出方"，她姨父把张家悬赏改对联的事与钱六姐说了，钱六姐就随姨母到张家门前观看，见对联写的是：

> 张灯结彩全凭文章满腹，
> 才气横溢他日金榜题名。

六姐看后知道是别人赠送恭贺的一副凤顶格对联，记下旁边批话，回到姨母家以后，稍加思考，就提笔改就：

> 张牙舞爪全凭趋炎附势，
> 才疏学浅他日名落孙山。

题款是钱六姐，写好以后请表兄去贴张家门上。张乡绅一看气得鼻子都歪了。连忙叫家人去请那几个选对联的人来商量对策，大家将钱六姐写的对

---

① 出方：方言，走亲戚；到亲戚家里串门、玩耍。

联反复推敲，说不出有什么毛病，张乡绅舍不得二百两白花花的银子，要求大家再出个主意。经过一番商议，决定下请帖，请钱六姐当面对对联，使她不好下台。钱六姐接到请帖以后，知道张乡绅另有花招，本不想去，又怕他们笑她没有胆识，最后与姨母商定，由姨母陪伴，若张家有侮辱之词，则由姨母出面当场骂他个狗血淋头。

钱六姐与姨母二人来到张家客厅，果然在座的都是些头面人物，张乡绅结结巴巴又讲了几句客套话后，说有几副对联要向六姐请教。六姐问上联，张乡绅说上联已想出来了，他叫家人拿来笔墨，墙上已贴了三副对联纸，就拿笔写出上联：

　　弓长长射天空雁。

写完就把毛笔递与钱六姐，六姐不接，叫再拿一支笔来，在这拿笔的瞬间，六姐细咏上联含意，弓长乃姓张的拆字，他今天要射我孤雁难鸣。她接过家人的笔，挥毫写出下联：

　　金戈戈斩地头蛇。

众人一看，都惊呆了，其中有些正直学究口里"妙哉，妙哉"说个不停，张乡绅这个地头蛇，挨了这一闷棍，文思已断，把原来想好的几个上联也忘得一干二净。他的一个好友见他冷了台，就拿过他手中的笔，在空纸上又写出一个上联：

　　龙困浅滩愿和鱼虾共水。

钱六姐接着写出：

　　凤栖梧岭岂与鸦雀同林。

接着又一个跳出来在第三副空纸上写道：

一二三三生文才冠全县。

六姐写出下联是：

四五六六畜臭气污满城。

写完把笔往地下一丢，对姨母说："我们回家去吧。"那些请来的文人绅耆，见钱六姐走了，也一个个告辞了。

余德政　聂养吾讲述

以上两则余樵搜集整理

## 智断母子案

有一个青年后生被人带坏了，从小就养成了抹牌赌博的习惯。他不养他母亲不说，反而将他母亲出嫁时的一点儿陪嫁，也偷出去输掉了。

有一次，知县坐着官轿经过这家的门口，老妇人拉起儿子挡轿告状，县太爷问他状告何人？她说告她儿子。知县问告他何罪？老妇人就把她儿子怎样抹牌赌博，怎样偷她的陪嫁，平时怎样不养她的经过诉说了一遍，说要告她儿子个不孝之罪。

知县一听发怒道："这还了得！"立即判她儿子每月供养她三斗米，二十年就是七十二石，要他一次交清。

那后生一听吓坏了，忙向老爷磕头："小人一次实在拿不出这么多米来呀。"

知县说："拿不出七十二石米，老爷要将你打入监牢！"

钱六姐混在人群中，听县太爷断母子案，感到好稀奇。当她听到那后生叫苦时，去向知县求情，说七十二石米太多了，他一次难以拿出。

知县见她为那后生求情，很是恼火，便问她："你是何人？胆敢为这无赖说话！"

她答道："民女钱六姐。"

知县早就听说钱六姐是个才女，便想难她一难："依你说怎么办？"

"好办。"钱六姐转身问老妇人："老妈妈，你儿子生下地的时候有几斤重？"

老妇人说："他生下地时有六斤四两重。"

钱六姐随即吟道：

儿子本是娘身肉，
十月怀胎娘生育。
如今儿子不养母，
割他六斤四两肉。

知县听了忙点头称好，吩咐衙役道："来呀，割他六斤四两肉赔给他娘。"

衙役忙上前将那后生架起，就要割他的肉。吓得那后生直向老爷磕头求饶："老爷开恩，小人赡养老母就是了。"

知县硬是不答应，那后生忙向母亲磕头救命。老妇人只是恨铁不成钢，对儿子还是疼爱的，她也向知县求情："既然我儿肯养老娘，老妇就不告他了。"她儿子感激地扶起他母亲回家去了。

钱志伟讲述　刘民　周鸿雁搜集整理

## 槽里无食猪拱猪

有一年腊月间，钱六姐到姑表姐家去。姐俩正在厨房烧火，忽听窗外有两个人一唱一和地说道：

> 远看一枝花，
> 近看麻渣渣。
> 蜂蝶不去采，
> 谁个是冤家？

钱六姐与表姐走到窗前往外一瞄，原来是隔壁的两个邻居。一个姓彭名忠，一个姓曹名礼，两人家里广有田地，靠收租放债过日子。他俩读书不用功，但自以为家里有钱，也想癞蛤蟆吃天鹅肉，想与钱六姐结亲。论吟诗作对，自知不能入选，两家相继托媒去说，都被钱家拒绝了。因此二人怀恨在心，每次看见钱六姐，总说些不三不四的下流话。她表姐看见是他们两个，便说："前几天两人打了一场官司，现在又好了，真是：狗相咬易得好。"六姐问他俩为么事要打官司，表姐告诉她，说是曹礼借了彭忠的几石谷，在赌钱的时候，又把这几石谷输给彭忠去了，彭向曹讨谷，曹说钱输给了彭，等于是还了。二人争吵起来，彭忠拉着曹礼告到县里，县官一听是这些乱七八糟的事，就将二人各打四十大板，轰出衙门。六姐听完对表姐说："你家后门，正对彭、曹两家的前门，我写副对联，你到过年时，就贴在后门上。"

大年三十那天，表姐将钱六姐写的对联贴在后门上。恰好彭忠也在门口贴春联，他看见对门陈家的后门也贴了春联，猜想定是钱六姐写的，连忙跑来观看。谁知不看还好，一看气得话都说不出来。他三脚两步走到曹礼家，拉着曹礼来到陈家后门，指着对联叫曹礼看，曹礼有板有眼地念道：

> 盆中（彭忠）有粮狗咬狗，
> 槽里（曹礼）无食猪拱猪。

念完后不以为然地对彭忠说："看把你急得这个样子，他家的猪拱猪、狗咬狗关你屁事，又与我何干？"彭忠急得跳脚说道："到底你是个脓包，人家把你骂得污血淋头，你还不懂，那'槽里'二字就是你的大名，用的是谐音。"曹礼过细一咏，盆中、槽里，果然是两个人的名字。曹礼领悟了对联用意，一跳三尺高，拉着彭忠要找陈家摆理。彭忠说："算了吧，他有写真名实姓，这官司打到哪里，我们输到哪里。这口苦酒，喝也得喝，不喝也得喝。"围看的人群中有个老者说："我看你两个那片油嘴，平时少说点儿人家，不然人家知书达理的女伢崽，敢写对联骂你？"自此以后，彭、曹二人见了钱六姐，就老远斜脚溜开了。

刘述才讲述　余樵搜集整理

## 为知县写对联

咸宁县调来一位姓朱的知县，他从小不爱读书，是仗着他爹在朝中为官，靠老子的势力才混上这个知县的。他一上任，就拼命搜刮民财，为非作歹，做了不少的坏事，当地的百姓都恨透了他。他虽然狗屁不通，却总想把自己打扮成一个有学问的样子。一次他做生日，想求钱六姐为他写一副对联，借她的名抬高自己的身份。于是他派衙役去求钱六姐，钱六姐不肯写。第二次，又派师爷去，她还是不写。最后他只得自己去求钱六姐，钱六姐被纠缠得无法，只得写了一副讽刺他的对联给他，打发他回了县衙。知县认不得几个字，以为钱六姐的对联定是恭维他的，亲自将它贴在衙门两边。这副对联是这样写的：

　　朱公不公，公难公。不公者总办公，能公者不办公。要朱公为公，除非朱公不违公。
　　衙门无门，门内门。有门者总有门，无门者终无门。要衙门有门，除非衙门不设门。

众人看完对联，都掩口而笑。知县以为对联写得好，得到众人的赞赏很高兴。

师爷看了对联，将知县拉到一边，告诉他钱六姐的对联上写的是讽刺他的话，知县气得连话都说不出来了。

郭光美讲述　周明搜集整理

## 装哑戏知县

有一年天旱，地里的庄稼颗粒无收，可是县里要的钱粮却分文不减，还每天派差役四处催缴。钱六姐的爹钱九公是这里的保正①，那些催粮的人下来，就找他，要他挨家挨户地催讨。除了供他们吃饭以外，临走还要送点儿草鞋钱。钱六姐劝他爹不要当这赔本的差使，可钱九公说是大伙推举的推不脱。

有一天，钱六姐听说附近王家的媳妇把阿婆逼死了，县官要亲自下来验尸。她认为这是个见县官的好机会，就约了几个人，大家一商量，准备第二天拦县官的路。

到了第二天，钱六姐领了几个人，每人骑一条大水牛，横在县官要走的大路上。见官轿来了，却把牛屁股对着官轿，假装没有看见。轿夫衙役，见牛群挡在路上过不去，就停下轿子大声吆喝。钱六姐和一个老汉回过头来望了望，想让也让不开，因为前面还有三条牛。县官等得不耐烦了，就走出轿来说道："你们竟敢拦本县官要走的路，快快给我让开！"可是前边三条牛背上的人，好像没有听见。衙役们急了，就跑到前面去赶，这三个骑在牛背上的人，见有人赶牛，回过头来指手画脚，嘴里还哇啦哇啦地叫，还想用牛鞭抽打衙役。

老汉忙说道："他们是几个'哑巴'，要好好地说。六姑，你用手势告诉他们，说是大官来了，叫他们把路让开。"

①　保正：保长。

钱六姐做了几个手势，"哑巴"们不但不让路，还气势汹汹地瞪着县官，指手画脚地乱吼个不停。

县官问老汉道："他们又嚷又画的是么意思？"

老汉答道："我也不懂，只有这六姑娘懂得他们这一套。"

县官又问钱六姐，钱六姐答道："他们的意思我晓得，只是有碍老爷的面子，民女也不敢说。"

县官说道："你照直讲，我不怪你。"

钱六姐说道："他用手指天，是说天不下雨，指地是地无收成。"总起来，大意是：

> 天不下雨，地无收成。
> 做官心黑，吃了赈银。
> 坐轿催粮，逼迫小民。
> 有朝一日，告到省城。
> 杀了贪官，斩他满门。

县官说道："我才不信，哑巴他听不见，还懂得这些事。"

老汉说道："老爷莫小看他们，当中穿花衣的女哑巴，还念过几年书，从小聪明得很，后来害了一场大病，才变哑巴的。她舅舅前年吃了冤枉官司，是她写状纸跑到县衙去告，老爷你的前任知县见他是个哑巴，知道她不会说谎，就给她舅舅平了冤。"

乡下人见是县官和放牛娃吵架，胆子大的就围拢来看稀奇，其中有几个小孩儿，用小手指着县官，嘴里还大声地唱。县官是外地人，不懂方言土语，就问钱六姐。

钱六姐说道："不晓得他们在哪里学的。"唱的是：

> 县官下乡催钱粮，
> 逼得鸡飞狗跳墙。

要想纱帽戴得稳，

免了钱粮再发赈。

县官又急又气，对衙役吼道："把他们给我赶走，不许他们乱唱。"

钱六姐说道："一个县的父母官，是好是坏，百姓心里有杆秤。若要人不知，除非己莫为。缸口封得住，人口是封不住的，只要不是贪官，就是唱到南京、北京也不要紧，这关你老爷么事。"

老汉说道："也不能说与县老爷没有干系，这饥荒的年岁，肚子都吃不饱，哪有钱去完粮？不过县老爷今天是为人命官司来的，不能耽搁他，六姑，你做个手势，叫他们让开一条路。"

县官正好借梯下楼，说道："老汉说得对，等我回衙以后，去求府台发点儿赈灾粮来。"

钱六姐见县官软了，知道他有点儿害怕，就对几个"哑巴"做了个手势，让开一条路，轿子才过去。

钱九公本是到王家伺候县老爷的，一出门见钱六姐与县官说理，吓得躲在大树后面不敢出来。等轿子走了才出来说道："你们几个真是胆大包天，装哑巴来捉弄县老爷。"

骑在牛背上的哑巴一齐开口说道："九爹，你还是保正呢？见了县老爷吓得不敢出来。你看我们多威风，县官站着我们高高坐着，还敢挖苦他。"

九公一边走一边摇头说："真把你们几个顽皮崽有得办法。"

过了不久，县里真的把钱粮免了。

陈传诗讲述　余樵搜集整理

# 审　状　元

状元犯了法，官司打到县衙，县太爷说自己的官职太低，审理不了状元。

钱六姐横下心，要为百姓申冤。她到府衙击鼓，向新到任的知府告状元。

这新到任的知府不是别人，正是钱六姐的丈夫李宗乾。此人刚进官场时还算清白，以后他投到当今宰相严嵩的门下，就逐渐变成了贪官。他今天刚到任，就见有人告状，以为是个发财的好兆头，便开口道：

> 老爷的衙门朝南开，
> 老爷的衙役两边排，
> 老爷我今天堂中坐，
> 有理无钱莫进来。

钱六姐听声音很耳熟，抬头一望，见是丈夫李宗乾，顿时胸中直冒火，决定戏弄他一番：

> 老爷的帽门朝后开，
> 老爷的帽耳两边排，
> 老爷你明镜堂上挂，
> 不理民事滚下来。

李宗乾道："大胆刁妇，竟敢辱骂本官。来人，拉下去重打五十大板！"

钱六姐站起来怒道："昏官！你敢打你家姑太婆？"

李宗乾闻这女子口气不小。仔细一看是妻子钱六姐，吓了一跳："哎呀，我的老姑婆，你吃了豹子胆，告起状元老爷来了？"

"告他不得？"

"他是当今国相的得意门生，告他不得！"

"莫说他是奸相的得意门生，就是皇帝老子的得意女婿，我也要告！"钱六姐叫丈夫赶快审状元，李宗乾劝妻子多一事不如少一事。

气得钱六姐一把将他拉下堂，剥下他的官衣官帽，自己女扮男装审起了状元公。

从前朝官审案，案桌前没有吊桌布，状元公在堂下，看见案桌下一双女人脚，知道是钱六姐，他说："好一个钱六姐，你无法无天，竟敢女扮男装替夫坐堂审案，我要告你个乱纲欺君之罪！"

钱六姐说："我叫你告！"她提笔在纸上写了四句诗：

> 小小状元郎，
> 临死还嘴犟。
> 打发见阎王，
> 阴间告老娘。

写后将笔一丢，令衙役将状元公打入了死牢。

后来当官的学乖了。每在升堂审案的时候，都要在案前吊一块桌布，以免脚下有失。

镇万玉讲述　刘民搜集整理

# 徐文长的故事

（汉族）

◦┄┄┄┄┄┄◦

　　徐文长（1521—1593），名渭，初字文清，后改字文长，号天池山人，或青藤道人，山阴（今浙江绍兴）人。明代文学家、书画家。在民间故事中，人们将他塑造为一个性格狂傲，愤世嫉俗，敢于对抗官府、嘲弄豪门的文人型机智人物。其故事于 20 世纪 40 年代即已出过多种专集，至今仍在浙江、江苏及全国许多地方流传。

◦┄┄┄┄┄┄◦

## 卸御赐金牌

　　明朝窦太师，三考出身，大名鼎鼎。有一次，皇帝问他："卿识字几何？"窦太师回答："字如牛毛，臣识一腿。"皇帝想："论牛毛，腿上最多最密，这样看来，他识字之多就可想而知了。"当场试了些难字，果然个个认得。皇帝大喜，特地赐给他一块"天下无书不读"的金牌。

　　窦太师到绍兴后，每次逛街过市，总把这块御赐金牌挂在轿前，鸣锣喝道，耀武扬威，自以为文章压倒天下，目空一切，傲慢非凡。

　　这天，正是炎热盛暑，徐文长听得窦太师又要到学宫①去，心想：什么

---

　　① 学宫：旧指府、州、县的孔庙，为奉祀孔子的庙宇，亦为儒学教官的衙署所在。

御赐金牌，老是抬出来吓人，今天非把它卸落来不可！主意既定，就赤身露胸，睡在东郭门内的官道当中。

"喤喤……"鸣锣喝道的声音渐渐近了。头牌执事看到有人睡在官道当中，就禀告老太师说："有个小伙子挡官拦道！"窦太师听得有拦道的，就吩咐停住轿，自己出来看看。只见那拦道的睡得正熟，窦太师就连忙把他叫醒。

徐文长故作恭敬地站在一旁，等候发落。窦太师开口问道："你睡在热石板上做什么，难道不怕皮肤晒焦么？"徐文长回答说："我不做什么，只是晒晒肚皮里的万卷藏书。"

窦太师听他好大口气，就对他说："既然你喜欢读书，读书又多，一定会对课。我此刻有个课要你对，如对不出，你就速速让道回避。"

徐文长反问道："如果对出了又将如何？"

窦太师想：黄口小儿，乳臭未干，谅他有多大学问？就随口说："如果对得出，我把全副执事停在这里，老夫步行进学宫！"

于是，就开始对课了。

窦太师想起绍兴有三个阁老台门，便随口道：

南街三学士。

徐文长不假思索地立即回对：

东郭两军门。

窦太师一听，觉得南街对东郭，文官对武将，对得多工！而且这五个台门。都是绍兴城内有名的大台门，不觉暗暗佩服。可是嘴里却说："光是一个课，还不能试出真才实学，须得再对一个。"

徐文长若无其事地回答说："太师只管吩咐，不要说一个，就是十个百个，学生也一概从命。"

于是窦太师又想了一个连环课来难徐文长。他道：

　　大善塔，塔顶尖，尖如笔，笔写五湖四海。

徐文长略一思索，即对道：

　　小江桥，桥洞圆，圆似镜，镜照山会两县。

　　窦太师听了，大善塔和小江桥都是绍兴城的南朝古物，小江桥恰恰造在两县的分界河旁，桥洞的两面正对着山阴、会稽两县。这个课不但连接得巧妙，而且对得十分妥帖，不由得点头称赞："好，奇才！"

　　这时，徐文长就故意问窦太师："你那块金牌上的六个大金字，做何解释？"窦太师听得问起金牌，马上得意地说："皇上晓得我读遍天下的书，才特地赐我这块'天下无书不读'的金牌！"徐文长接着又问："那么，太师爷，你'时宪书①'总该熟读吧？"窦太师被问得目瞪口呆。暗想不要说熟读，就是连书名也没有听到过哩！

　　徐文长见时机已到，便把早已准备好的《万年历》拿出来，递给窦太师说："太师没读过，学生倒会背。"接着，就喃喃地径自背诵起来，背得既流利、又纯熟。

　　那窦太师果然也聪颖，真是过目不忘，等徐文长背好，他也已经记住，立刻也背了出来。但徐文长说："太师能背，极好，不过这只是顺背，学生还能倒背呢！"说罢，就把《万年历》从尾到头，倒背了起来。

　　窦太师对着书，听徐文长倒背完毕，自己却背不出，只好呆呆地站在一旁。过一会儿，徐文长问道："太师既然有书未读，背书不熟，那么这块金牌将如何发落？"

　　窦太师尴尬万分，当着众人只好践约，说声："卸了吧！"立即举步朝学

　　───────────

　　① 时宪书：历书。

宫走了。

从此，窦太师进出府门，虽仍耀武扬威，鸣锣喝道，却再也看不到他那
块"天下无书不读"的御赐金牌了。

## 府学宫斗钦差

明代嘉靖年间，朝中宦官弄权，连号称"清水衙门"的礼部，也被那班
太监把持着。他们结党营私，贪赃枉法，大兴冤狱，弄得朝野怨声载道，民
不聊生。

这一年春天，京师有个姓胡的太监，挂着"钦点巡学使"的官衔，来江
南一带"巡学"，到了古城绍兴。

绍兴府教谕①童某，是个善于拍马奉承、巴结上司的学棍，他听得那个
胡太监来头不小，此番到绍，正是自己大献殷勤的好机会，于是马上传谕山
阴、会稽两县秀才，前来府学宫集会，聆听钦差训示，并且规定每个秀才都
要献纳名为"敬师"的礼金。

童某的吩咐一下来，那些富家子弟当然加倍奉献；一班穷寒的秀才们不
敢违礼，也只得东借西凑，忍痛交纳；只有山阴秀才徐文长不买账，分文
不交。

府学宫集会这一天，两县秀才都到齐，唱名后鱼贯入宫，肃立在宫中恭
听钦差训示。教谕陪着钦差转到后花厅小憩，进用茶点。这时，秀才们才松
了一口气，三三两两地到学宫院子里谈论着诗文。只有徐文长独自悠闲自得
地伫立在庭院里，观赏着那里盛开的桃花和郁李。

这位钦差胡太监早就闻得绍兴出才子，这次巡学到此，一来想当面考一
考秀才们的才思学问，二来也显一显自己的威风，因此兴致很浓。他用过茶
点，就和童教谕一起到花厅，来和众秀才见面。

---

① 府教谕：明代府一级文化教育机关的长官。教谕，"正式教师"之意，宋代开始设置，负责教育
生员。

那童教谕早得知在两县秀才中，只有徐文长一人没有照规定献纳"敬师"礼金，心里已经不悦，这时又见徐文长若无其事地独自在赏花，举止傲慢，旁若无人，不觉气上加气，盘算着要在众秀才面前，狠狠地奚落他一番。他禀过钦差，用老鼠眼瞅瞅徐文长，就口占一课道：

　　桃李花开，白面书生做春梦。①

念毕，便命众秀才好好思考，当场对出下联来。

　　俗话说：萝卜吃声，闲话听音。徐文长在旁，早就听出这是教谕在"指桑骂槐"，借题发挥，分明是对着自己不献礼金而发的挖苦话。他心里想：好一个为人师表的教谕老爷，你借"敬师"为名，向秀才们勒索钱财，巴结宦官，自己不知羞耻，竟还来骂我。既然如此，我徐文长今天也不客气了。于是开言道："启禀学宪大人，这课，学生倒想好了下联，不知道是对是错，我念出来你听听吧。"

　　梧桐叶落，青皮光棍打秋风。②

　　童教谕见徐文长应声而出，吃了一惊，一听他念的下联，话中带刺，正触着了自己的隐痛处，于是脸上一阵儿青，一阵儿红，半晌说不出话来。众秀才见徐文长对得这样妙，顿时也悟出下联的意思，不由得个个暗暗叫绝。

　　这时，坐在太师椅上的胡太监，听徐文长出言不逊，当场弄得堂堂府学童教谕十分难堪，也有失自己尊严。本想当众发作，但觉得没有什么理由，何况童教谕为他"打秋风"的事传扬开去也不好听。因此只装出一副若无其事的样子。他打量了一下徐文长。只见徐文长在这阳春三月天气，身上还穿着一件旧棉袍，手中却执着一柄夏天用的折扇，显出一副寒酸潦倒的样子，不禁"嘿

---

　　① 用隐喻恶意挖苦徐文长妄自废弃敬师礼节。
　　② 用隐喻讽刺胡（梧）太监，童（桐）教谕，狼狈为奸，勒索钱财。打秋风，指勒索行为。青皮光棍，绍兴方言，指流氓、无赖一类坏人。

嘿"冷笑了几声。他接着以尖尖的女人音调对徐文长说："俺也有一个课，恐怕不容易对出来。你好生想想，把它对上来。……嗯！俺的上联听好了。"

着冬衣，执夏扇，秀才不识春秋。①

徐文长平日最恨这班太监专横跋扈，扰乱朝廷，现在有这样面对面交锋的机会，岂肯轻易饶他？于是，他理直气壮地对答道：

揽北权，踏南地，钦差少样东西。②

"怎么？说俺少样东西，俺少样什么东西？"胡太监给"少样东西"这句话弄迷糊了，不解地问着。

这句话不重述倒还好，经他这么一重述，可就热闹了。在场的众秀才一阵骚动，几百只眼睛都望着胡太监那张没有长胡子的胖面，个个忍不住笑出声来。

胡太监惊愕地看看徐文长，又看看众秀才，弄不清众人为啥如此发笑。这时，坐在旁边的童教谕已吓得面如土色，冷汗直冒。他赶快起身气急败坏地连声高喊："诸位肃静，肃静！"

笑声停下来后，但见徐文长轻摇纸扇，从容地踱着方步，走出府学宫大门，扬长而去了。

钦差胡太监等到徐文长离开后，方才醒悟过来，原来刚才徐文长说的"少样东西"正是在骂他，直气得浑身发抖，四肢冰凉，像一只癞蛤蟆似的颓然倒在太师椅上。

以上两则谢德铣　阮庆祥　寿能仁　李韩林搜集整理

流传地区：浙江

---

①　恶意讥笑徐文长是不识时务，不分时令和不学无术。不识春秋，这里是双关语，既指不知道气候变化，又指没有读过《春秋》这部书。

②　用隐喻讽刺宦官弄权，到处伸手。少样东西，指胡太监受过阉割。

# 智斗太守

明朝嘉靖皇帝死了，全国官民服丧一年。平时歌舞不绝的杭州城，也变得死气沉沉。

一天，徐文长乘船外出，急听远处传来隐隐的音乐声，只见一条大船慢慢开了过来，船上，还有一对对歌女在跳舞呢。原来是新任杭州太守在游览西湖。

那太守是严嵩死党，依仗主子的势力，横征暴敛，胡作非为。这次初到杭州，正碰上皇上晏驾，不能游览湖光山色，心里好大的不快。而他的妻妾们又一再吵着要去，执拗不过，便悄悄乘船前来。徐文长想杀杀他的威风，眉头一皱，计上心来。

再说太守在船上饮酒作乐，兴致勃勃。突然，船被"通"地猛撞一下，桌上酒菜泼了一身，姨太太站立不稳，撞在案角上，崩掉两颗门牙，顿时号啕大哭，要起无赖来。太守勃然大怒，喝道："哪来的盗贼，竟敢冲撞本官，给我拿来！"

当差的带上船家。太守脸色铁青，咬着牙齿说："大胆刁民，给我拉下去重重地打！"船家不动声色，不慌不忙地递上一张名帖。太守接过一看，又是徐文长！真是冤家路窄。贼眼乌珠碌碌一转，吩咐道："有请先生！"

不一会儿，徐文长款款而来，走到太守跟前，微微一鞠躬，道："大人在上，学生无意中冒犯了虎威。乞望大人开恩。"太守皮笑肉不笑地说："久仰先生大名，今天有幸相识，请坐。"心中暗暗琢磨，徐文长是恩师严相爷的宿敌，今日正好趁机治他个死罪，说不定还能讨相爷的欢心，加官晋爵呢！现在，先杀杀他的威风，然后问斩也不迟。

太守主意拿定，阴笃笃地说："先生才华过人，大名鼎鼎。今天冲撞本官，理应治罪。可本官惜才如命，如果先生果然有七步成诗的奇才，一定赦你无罪。"接着对下人说："拿笔来。"徐文长慌忙起身推托道："学生才疏学浅，不敢，不敢。"太守还以为徐文长徒有虚名，不敢应对，便令人铺好纸，磨浓墨,把笔塞进徐文长手里。徐文长抖抖索索地写了个"天"字,接着,垂首托额,呆坐一旁。太守渐渐拉长脸,提高嗓门:"写下去啊!"徐文长故意吃了一惊,赶紧下笔,又写了一个"天"字,接下去,竟一连七个"天"字。太守自以为得计,翻脸喝道:"好个欺世盗名的刁民!给我拿下!"左右正要动手,只听徐文长凛然一声:"慢!"接着,但见他拿起笔来,龙飞凤舞。写完,冷冷地说:"请大人过目。"太守不看则已,一看,顿时瘫倒在椅子上。过了很久,才缓过气来,伏地就拜:"老夫有眼无珠,望先生海涵。"

要问徐文长写的是什么,竟叫太守吓得魂不附体?但见——

天天天天天天天,天子新丧未半年。

山川草木尚含泪,太守西湖独放船。

太守自知,今天游湖一事,如果告发,不但自己脑袋难保,还要连累九族,因此不得不磕头求饶。

秦来来　忻才良搜集整理

流传地区:浙江

## 青天高一尺

山阴①知县高云要调到宁波去做知府了。这可不得了,全县所有的土豪劣绅都来送行,有的送挂轴②,有的送旗,有的送食品,有的送金银。徐文长闻讯后,送了一幅轴子,上面写着五个大字:"青天高一尺。"高知县高兴极了,他想,徐文长是有名的书法家,这五个大字可给我增了不少光!

告别宴会那天,来了许多客人。高知县把徐文长赠的轴子高挂在堂前,

---

① 山阴:今浙江绍兴市。
② 挂轴:挂在墙上的大幅字画,下端有一木轴,又称作"轴子"。

扬扬得意地向大家介绍说："这是名家徐文长送给我的。你们看，写得多好！他称赞我比青天还高一尺哪，哈哈哈！"

有些人很气愤，徐文长竟给这种贪赃枉法的官僚捧场。有的还特地去责问他："徐先生，你怎么也会给高知县捧场？要知道这人在山阴当知县，不知刮去这儿多少地皮？你怎么称他是'青天'，还恭维他是'青天高一尺'呢？"

徐文长听了，哈哈大笑说："正因为我们山阴县的地皮被他刮低了一尺，所以我才给他写上'青天高一尺'五个大字！"大家听他这么一说，这才恍然大悟，都放声大笑起来。

徐文长的话传到高云耳朵里时，他已经在宁波任知府了。这位高知府只好红着脸，把高高挂在堂前的这幅轴子取下来。不过，从这以后，"刮地皮贪官高云"的名声却传遍了宁波城，街谈巷议，家喻户晓了。

李韩林搜集整理

流传地区：浙江

## 斗败刁师爷

山阴县的县官，是一个目不识丁的草包。他贿赂了五千两银子，捐得一名七品知县，上任时还带来一名诡计多端的绍兴师爷，做他的心腹幕僚，为他出谋划策。

这位师爷姓刁。他以博学多才自居，所以骄横无理，目中无人，常常以戏弄别人为乐。刁师爷早闻徐文长大名，心中老大不服气。心想：定要借机当众坍他的台，方见我刁师爷的厉害。

有一次，刁师爷在受徐文长羞辱后，心生诡计。他奸笑一声说道："徐先生，我和你打个赌，如你胜了，我就心服口服！"

"怎么打赌？请道其详。"徐文长问道。

刁师爷答道："我和你如打架吵嚷般地扭往县衙门去告状，由县太爷判决谁输谁赢。输者责打三十大板。不知你敢去否？"

徐文长听了心里明白，这是他想借县官之权势来压倒我。我何不将计就计，同他前去，见机行事。于是笑着答道："哪有不敢之理？一定奉陪。"

两人当即离开酒店，一路往县衙门走去。将近到衙门前，两人就装着争吵，扭将起来，击鼓鸣冤。衙役一见是自己的师爷鸣冤，马上进内通报知县。知县传令立即升堂。

堂外围观了一大群百姓，都在为徐文长担心。徐、刁两人到了堂上，仍是吵嚷不休，都在说："我说得对！"知县不知就里，冲着刁师爷问道："你们所为何事，吵闹不休？说得明白，待本县做主！"刁师爷抢先说道："东翁！我和他……"

"师爷，你不要急嘛！让他先说。"知县和蔼地对师爷说，满以为定要帮他打赢官司。接着对徐文长喝道："快些从实讲来！"

此时，徐文长早已妙计在心。一本正经地说道："回禀大人！小人和他无冤无仇，今天同在酒楼饮酒叙谈。只是为了一事，争论不休，各陈己见。故而前来公堂之上，请大人做主！"

"为了何事，争论不休？从实禀来！"知县问道。

徐文长胸有成竹地继续说："只因我们在饮酒时，他当众说你大人胸无半点墨，是五千两纹银捐来的捐班官，所以办事无能。平时衙门中的一应公事，都是他刁师爷一手包办的。小人听了不服，我说：'大人必定是三考得中，金榜题名，两榜出身，满腹经纶。否则，岂能做得朝廷命官，七品大员呢？'他听了也不服。所以我俩吵嚷不休，只得到衙门请大人做主——究竟是谁说得对？"

知县最怕人家知道他的出身底细，曾几番吩咐刁师爷不可传扬出去。今天这位师爷竟敢在大庭广众的酒馆中，揭他的疮疤，气得他面色铁青，火冒三丈。

刁师爷知道不好，想要分辩。可是，不等他开口，知县早就指着他怒喝道："你好大胆！想本县十年寒窗，磨穿铁砚，才得金榜题名、两榜出身。后蒙皇上荐拔重用，来此山阴县做一县之主。哪个不知，谁人不晓！大胆刁姓狂徒，竟敢造谣惑众，诬蔑朝廷命官！该当何罪？来呀！"

"有！"

"速将他重责三十大板！"

衙役不敢怠慢，一拥而上，将刁师爷拉翻在地，"一、二、三、四、五……"打将起来。

"东翁，冤枉呀！"刁师爷急叫。知县又气又恨，听他叫屈，好似火上添油，急把惊堂木一拍，大喝："谁是你的东翁？叫冤枉再罚二十大板！"衙役哪个敢留情，当即打完三十下，又狠狠打了二十板子。打得师爷皮开肉绽，再也不敢叫屈了。

徐文长笑着对刁师爷说："现在你可认输了吗？"

打完板子后，这位知县太爷还不过瘾，一怒之下当堂撤了刁师爷的职，命他立即离开衙门。刁师爷无法，只得卷了铺盖，一拐一跛地回绍兴乡下去了。

潘善良搜集整理

## 一个乌龟一个鳖

知府衙门两个师爷，一个姓邬，一个姓毕，经营刀笔，仗势欺人，人们都把他们恨入骨髓。

一天，邬、毕二人在酒店喝酒，趁着酒兴，大吹牛皮。忽然，徐文长撞了进来，他俩一见，连忙让座。本来，徐文长不屑理睬他们，但想想这两个师爷平素的为人，正好趁机奚落他们一番，也就坐了下来。

两个师爷都知道徐文长是当今名士，便假装斯文，要和徐文长吟诗，以显示他们的高雅。毕师爷给徐文长满满地筛了一杯酒，邬师爷随即开了口："我们来作这样的诗，选一字拆开成两个相同的字，再说出两种颜色相同的东西，这样联成一首诗。"

毕师爷摇头晃脑，哼哼呵呵了一会儿，眉飞色舞地念起他的诗来："出字拆开两座山，一山煤来一山炭，煤炭本来同一色，你想，哪山是煤哪山是炭？"

"好诗，好诗！"邹师爷赞不绝口。然后拍手打桌叽里咕噜地念了一通之后，也兴高采烈地念起他的诗来："吕字拆开两张口，一口茶来一口酒，茶酒本来同一色，你猜，哪口是茶哪口酒？"

"好诗，好诗！"毕师爷也赞不绝口。一堂酒家，听听都肉麻起来。他们都注视着徐文长，想让徐先生能念出一首好诗来回答。徐文长不慌不忙地念道："二字拆开两个一，一个乌龟一个鳖，龟鳖本来同一色，你们看，哪是乌龟哪是鳖？"

酒客们听了，忍不住"哈哈哈哈"大笑起来。邹、毕两个师爷，无地自容，只好溜之大吉。

李韩林搜集整理

流传地区：浙江

## 狗不如吃巴掌

绍兴西门外，有个叫苟甫儒的财主，剥削穷人手毒心狠，看钱如命。可是见到权势比他大的，腰也哈了，腿也弯了，脸上笑得五家并一家，比见了他亲老子还乖巧。那种奴才相连条狗都不如，难怪当地人都叫他"狗不如"。

狗不如有一回吃醉了酒，夸口说："我苟某能有这份家当，在于懂得两句诀窍：'有钱有势的都是生我的亲爹亲妈，无钱无势的都是喂我的小鱼小虾'。"

这话传开了，传到了徐文长的耳朵里。徐文长恨透了这些吹牛拍马、谄媚逢迎的家伙，决定找个机会戏弄戏弄他。

老话说：属狗的鼻子尖。狗不如打听到这年二月初十县太爷家里逢双喜：一则是县太爷要过五十大寿，二则是姨太太生了个胖儿子过"百岁"。狗不如一看巴结的机会又到了，吩咐管家七手八脚准备了一份厚礼。

好不容易巴到这一天，大清早狗不如就叫备车备马，去县太爷府上送礼。刚刚要出门，忽然想到县太爷是孔门子弟，最喜欢咬文嚼字，最讲究斯文，如果再写副对联一齐送去那多好。

既然写对联，当然就得请徐文长了。别看狗不如目不识丁，他也知道徐文长的字是绍兴城里写得最好的。放在往日，徐文长与这些财主人家是不来往的，没想到这一次爽爽快快写好了。

狗不如一见乐滋滋的，立刻把对联和礼物带着，坐上马车直奔县太爷府上。

到了县府门口，狗不如将礼物和对联一并给看门的家人送了进去，自己在门口恭候。他看见别人的礼都不如他的厚，心里扬扬得意。

忽然，出来几个如狼似虎的家丁，为首的一把抓住狗不如，喊了声"掌嘴"，就左右开弓，"劈劈啪啪、啪啪劈劈"，一连打了八十下耳光，打得狗不如血流满面，差点儿昏死过去。

这辰光，门外挤满了老百姓，没有一个不捂着嘴笑，但谁也不清楚今儿县太爷为什么要如此痛打这条哈巴狗。

狗不如自己也被打蒙了，原先以为是礼物少了，后一问，才晓得是送的那副对联把县太爷气得七窍冒烟。

原来，徐文长写的对联是：


县令大人不是人，
生了儿子要做贼。


狗不如听了又怕又恨，怕的是不要被县太爷搬了脑壳，恨的是徐文长竟敢欺到他的头上。他脸上的血都来不及揩，连滚带爬地去求见县太爷，磕头如捣蒜，说对联是徐文长写的，与他狗不如不相干。

县太爷一听大怒，立即叫人将徐文长带来。不一会儿，徐文长一步一踱地来了。问明缘由，他不慌不忙地说："只怪苟财主性子太急，刚才小生的对联尚未写好，他便令人拿去了，这怎能责备小生呢？"

县太爷一听也觉有理，马上叫人将笔墨取来，叫徐文长接着写下去。

徐文长把对联放开，不假思索，一挥而就：

县令大人不是人，本是南山老寿星。

养个儿子要做贼，偷来蟠桃献父亲。

众人一看赞不绝口。县太爷脸上也有了喜色，硬拉着徐文长吃寿酒。狗不如只好告辞了，因为吃了八十个巴掌，嘴都张不开，足可以三天不吃饭。

此事一讲出去，人们都乐坏了。不久，四乡就传着这样一首顺口溜：

狗不如，送礼忙，

一遇遇到徐文长。

徐文长来吃喜酒，

狗不如来吃巴掌。

张金根讲述

## 十四字打赢官司

一天，徐文长路过一个村庄，听见有人家哭哭啼啼。他素来喜爱打抱不平，当即推门进去，问个究竟。

原来，这里住着小夫妻两个。男的叫王二，长得五短三粗，平日里只晓得埋头做活，老实得像头牛。老话说得不假，痴人有痴福。王二讨的婆娘可是俏俏刮刮、玲玲珑珑。这一日，他婆娘出去洗菜时被村上的大财主王万砍撞见，扯着想调戏。他婆娘又气又羞，大声呼救。正巧，王二赶到，他嘴笨手不笨，抡着钵子似的拳头，只消几下，王万砍就像面团似的瘫在地上不得动了。

这下惹了大祸。王万砍仗着他在京城做官的儿子有权有势，胡作非为，村上人个个根死了他，就是无可奈何。王万砍吃了王二的亏，岂肯罢休？他马上派人去县衙门击鼓叫冤，说王二行凶打人，妄图谋财害命。县太爷当下便差人传王二去大堂听审。王二婆娘想到平时丈夫在家话都不会讲，到了大堂，肯定是张口结舌，说不出个道理来。一时间小夫妻两个抱头痛哭起来。

徐文长听完，气得胡子直翘。他吟了一会儿，吩咐找来笔墨，叫王二伸出手来，每只手掌上替他写了几个字，关照王二说："你去到大堂上，不管老爷问你什么，你都不要开口，把左手举起来，再问，把右手举起来。他要问是谁写的，你就说是徐文长，保准你能打赢官司。"说完，徐文长继续赶路去了。

再说王二到了大堂，县太爷惊堂木一拍："你狗胆包天，竟敢欺到王老太爷头上！赶快从实招罪。"

王二不作声，举起了左手。老爷扒开一看，上头写着："我妻有貂蝉之美。"

县太爷继续往下问，王二又把右手一举。县太爷再一看，写的是："万砍有董卓之淫。"

县太爷还算通点儿人性，心想，王万砍这般无耻，怎能不被打？活该活该。一转念，他京城的儿子要怪罪下来，我岂不丢了乌纱帽？真是左难右难。又一想，王二绝对写不出这十四个字来，还有高手在后，他狠狠拍了一下惊堂木，叫王二讲出是何人写的。

王二吞吞吐吐，嘴唇努了半天，才挤出三个字："徐文长。"

一听这三个字，县太爷直吐舌头，一挥手，对王二说："好了好了，恕你无罪，快回家去吧！"

原来，县太爷早就听说徐文长的厉害，哪个肯自找倒霉呢？就这样，徐文长凭十四个字打赢了一场官司。

张教庚讲述

以上两则吴林森　方范搜集整理

搜集地点：江苏镇江

# 嫁乎? 不嫁?

绍兴平水乡下有一个老头子,老太婆早已死了,生有两个儿子:小儿子二十岁,尚未娶妻;大儿子早在六年前——十七岁时成了亲,只不到一年,得病身亡。从此,当时十六岁的妻子便成了少年寡妇。

从前,封建社会妇女可苦哩!丈夫死了要改嫁叫"再醮",绍兴人还叫她们是"泡过的茶叶"或者"二婚头",是很被人看不起的。而且,如果要再嫁,一定要经过衙门批准才行。因此,有很多年轻寡妇没法,只得活活守寡到老。

不过,这个十六岁的少年寡妇倒是有点儿主见的。她为了自己的终身,不愿一世活受罪,因此曾经托人写了许多呈子,请求官府允许她改嫁,可是县官却一直不准。这样,匆匆过了五年。

有年春天,徐文长恰巧路过这里。这少年寡妇知道他很肯帮人解除危难,便去请教他。徐文长听了,深表同情,就立即动笔为她写好一个呈子,并告诉她进城亲自去见县官。

第二天,这少年寡妇按照徐文长的嘱咐,来到衙门,见了县官。她把徐文长写的呈子送了上去。县官翻开呈子一看,见上面写着:

十五嫁,十六寡。公鳏,叔大,花少叶,叶缺花。嫁乎? 不嫁?

县官看罢,又细细问了口供,觉得呈子写得合情合理,如果再不批准,未免说不过去。就连忙提笔批道:"嫁,嫁,嫁。"

谢德铣　阮庆祥　寿能仁　李韩林搜集整理
流传地区:浙江

# 一百文钱一只桃

在绍兴有个狡猾的水果商人，从来不对顾客讲实话。买卖水果，见人讲价，由此牟取暴利。忠厚老实的顾客，常常吃亏上当。

一天早上，徐文长走过那水果店门口，见有鲜桃出售，心想买只尝尝，就随口问老板："喂，老板，桃子多少钱一斤？"那水果商一看是徐文长，知道他是穷出名的，以为徐文长买不起桃子，是来和他开玩笑的，就故意回答道："桃子是不上秤的，一百文钱一只，你买得起吗？"

徐文长听了，心里暗想，你这个奸刁的家伙，人家都说你做生意不规矩，见人讲价，好，今天我倒要教训教训你。于是，他把袋里仅有的一百文钱掏出来，交给水果商，认真地说："好，让我买一只。"

"好的，好的。"水果商见徐文长真的掏出一百文钱，以为他是个书呆子。心想：反正这种人平时也不知物价的。于是一面放大胆子收下了钱，一面给了徐文长一只桃子，还满以为徐文长这下是上了他的当，吃亏了。

谁知徐文长买了桃子后，就拿着这只桃子，站在水果店旁不走了。凡是顾客来问桃子价钱的时候，徐文长就把手里的桃子高高举起，对顾客喊道："桃子是不上秤的，一百文钱一只。"顾客听了，有的摇头，有的吐舌，谁愿意买这样昂贵的桃子呢？这一天，这家水果店从早到晚除了卖给徐文长这只桃子外，一桩生意也没有做成。

第二天一早，徐文长没等水果店开门，就又站在那店门口了。和昨天一样，他手里又拿着那只桃子，凡是有人来问桃子价钱时，他就举起手里那只桃子叫着："桃子是不上秤的，一百文钱一只。"

就这样，这家水果店第二天也没有卖掉一只桃子。

第三天，徐文长还是那样，一早就站在水果店门口了，来往的人不但没有一个来问桃子价钱的，反而瞪起眼睛朝店里看着。原来，一百文钱买一只桃子的新闻，早已轰动全城，成为街谈巷议的笑料了。谁还会到这家水果店来买这样昂贵的水果呢？

水果商人吃了大亏，这时，才知道自己上了徐文长的当，他只得厚着脸皮向徐文长苦苦哀求："徐先生，我把一百文钱还给你，再贴你一百文钱，十斤桃子，请你无论如何别再站在这里，好让我做点儿生意。你做做好事吧！对不起……"

徐文长听了，哈哈大笑："为什么？"奸商这时才说了实话："你再站下去，我店的水果都要烂光了。徐先生，你就饶饶我吧！……"

徐文长沉下脸，厉声说："告诉你，做人不要过分奸刁。这次只不过是教训教训你，下次再这样，就不能饶恕你了。"说完，取回一百文钱，把桃子还给奸商，就扬长而去了。

李韩林搜集整理

流传地区：浙江

## 蜡烛头鱼行主

从前，有个人开鱼行，因为生意很好，不到几年，就赚了一笔大钱，做了老板。这个鱼行老板是个有名的小气鬼，别人想拔他一根毫毛，简直比月中折桂还难。他家里金银财宝多得用不完，却还要处处占人家的便宜。所以人们给他取了个绰号，叫"蜡烛头"。

鱼行老板自己没有读过书，却羡慕读书人，他让儿子去读书应试，希望儿子有朝一日也做个大官，用八人抬的大轿穿街过市，吆喝着抬回家来。这样，他就不用开鱼行，可以在家做老太爷，享一辈子清福了。

后来，他的儿子果然考中了秀才，他高兴得一夜睡不着觉。第二天一早，他特地跑到徐文长家里，赔着一脸笑容，缠死缠活地硬请徐文长给他自己题一个雅号，给儿子的书房定个室名。徐文长没法拒绝，思索了一会儿，就提起笔来替他题名"海山先生"，给他儿子的书房题名"衡玉山房"。鱼行老板拿了这两条字，直笑得合不拢嘴，兴冲冲地拱手告辞了。

大家看到鱼行老板的雅号和他儿子书房的室名，个个都说这两个名字取得文雅极了。不久，徐文长的几位好朋友，特地跑到徐文长那里去质问："文长兄，鱼行老板不过是专讨人家便宜，寿头寿脑的'蜡烛头'，他儿子无非考上个秀才，有什么了不得！你为什么把他的外号和他儿子书房的名称取得这般体面呢？"

徐文长回答道："那外号和书房的名称，取得并不体面呀！"

朋友们诧异地问道："那你为什么要用'海山''衡玉'这些字眼呢？"徐文长笑着回答："我替他题的'海山'两个字，其实是不难理解的。你们只要看祝寿的那副蜡烛上写的金字就会明白，一支是'福如东海'，一支是'寿比南山'。如果有人做寿点寿烛，点到后来，只剩了蜡烛头的时候，岂不是一边只剩下一个'海'字，一边只剩下一个'山'字了吗？至于那'衡玉山房'，也并不见得有什么雅，你们不妨把'衡玉'两字拆开来看看。"

那几位朋友听了徐文长的话，想了一想，把"衡玉"两字拆开来，原来就是"鱼行主"三个字。再把上面的意思连贯起来，就成为"蜡烛头鱼行主"。大家一会意，都笑痛了肚皮。

谢德铣搜集整理

搜集地点：浙江绍兴

## 萝 卜 课

绍兴都昌坊口，有个姓孙的财主，为人十分刻薄，外号叫作"孙剥皮"。

孙剥皮有个儿子，生得尖头笨脑，人人叫他"孙小头"。孙小头进了五年书院，毫无进步，连个课也对不上。孙剥皮急得要命，怕万贯家财后继无人，就四处打听，想请个博学多才的先生，给儿子开导开导。他打听得徐文长才华出众，就挽亲托友，请徐文长来教自己的儿子。

徐文长早已听说孙剥皮盘剥穷人敲骨吸髓，有心去领教，就答应了。

徐文长到了孙剥皮家以后，见孙剥皮给长工吃的尽是酸米稀粥、烂菜叶、霉萝卜，心中十分恼火。

一天，孙剥皮来书房，向徐文长问起儿子的学习情况，徐文长说："恭喜你，你的儿子大有长进，双字课都会对了。"孙剥皮听说儿子能对双字课，十分高兴，连连称谢说："全仗先生苦心栽培，我想明天面试一下好吗?"徐文长说："好。"

徐文长送走孙剥皮，把孙小头叫来告诉说："你爹明天要亲自给你对课，你得准备准备!"孙小头一听急傻了眼，吃惊地说："先生，我……对不上，怎么准备?"徐文长说："不用急，明天你爹不管出什么题目，你都只要说'萝卜'两字好了。"

第二天，孙剥皮派人到书房来请徐文长。徐文长带了孙小头走向客厅，孙剥皮连连拱手出迎，请徐文长上坐。徐文长毫不客气地坐了客位，孙小头向孙剥皮请了安，战战兢兢地站在一旁不敢抬头。宾主客套几句以后，孙剥皮就对儿子说："听先生说，你近日读书有了上进，我今天给你对几个课试试，你听着：绸缎。"

孙小头皱了皱眉头说："萝卜。"

孙剥皮一听就骂开了："混账!绸缎怎么对成萝卜，真是瞎七瞎八。"孙小头吓得张口结舌，缩作一团。这时徐文长笑着说："东家莫怒，少东家答对了，你怎么还骂他呢?"

孙剥皮不解地看了看徐文长："怎么?"只见徐文长慢条斯理地说："你说的绸缎是丝织品，你儿子答的罗帛，也是丝织品，以罗帛对绸缎，不是十分贴切吗?"

孙剥皮听了这个解释，紧锁的眉头展开了，连连说："先生言之有理!"接着又出了第二个课题："琴瑟。"这回孙小头胆大气壮，毫不思索，响亮地回答："萝卜。"孙剥皮气得眼珠突出，骂道："活见鬼，又是萝卜。"

徐文长坐在一旁开了口："东家，你儿子又答对了。""何以见得?""琴瑟乃是丝弦乐器，锣钹乃响铜乐器，锣钹对琴瑟，以乐器对乐器，错在哪里?"孙剥皮被徐文长说得目瞪口呆，哑口无言，沉默了一阵儿，又出了第三个课题："岳飞。"孙小头因为顺利地连对两课，也就毫无惧色了，他满不在乎地说："萝卜。"

"畜生，真是海外奇谈！哪来这么多的萝卜。"

徐文长在旁听了大笑起来。孙小头见先生支持自己，就大胆地说："谁叫你出的都是萝卜课？"孙剥皮见儿子竟敢顶嘴，更加恼火，就劈头盖脑的一巴掌，打得孙小头呜呜地哭。徐文长埋怨孙剥皮说："东家，这就是你的不是了。少东家明明答得对，你却偏偏说他错，打狗还得看主人脸，这么当着先生面打起学生来了。"徐文长一席话把孙剥皮说糊涂了："怎么，萝卜又答对了？"

徐文长笑笑说："萝卜当然是对的啰！""岳飞是个忠臣，你儿子答的萝卜就是傅萝卜，傅萝卜是个孝子，不是很对？"孙剥皮听了连连顿首："对得好！对得好！倒是鄙人寡闻了。看来小犬确有长进，先生真是才高学深，教导有方，我要重重谢你。"

徐文长不屑地笑笑，说道："不用谢，我还是受东家的启发。东家十分喜欢萝卜，蒸萝卜、咸萝卜、霉萝卜，对萝卜颇有研究，因此我对少东家教导也在萝卜上下功夫。"孙剥皮被说得如梦初醒，脸孔红一阵儿，白一阵儿，手足无措。当他还想开口说话，只见徐文长一甩袖子，大步走了。

郑休白搜集整理
搜集地点：浙江绍兴